L'ANNÉE DU CHIEN

Du même auteur

Chinatown Beat, Filature(s), 2020.

Henry Chang

L'ANNÉE DU CHIEN

Traduit de l'anglais (États-Unis)
par Marie Chivot-Buhler

FILATURE(S)

Remerciements

Un immense merci à Andrew, mon frère, le fils aîné, pour sa patience, son indulgence et ses talents sur Photoshop.

Merci aussi du fond du cœur à Laura Hruska, mon éditrice chez Soho, pour son œil affûté qui a sans aucun doute amélioré mes mots.

Ma profonde gratitude envers Dana et Debbie qui continuent de défendre mes histoires.

Je suis très reconnaissant envers Sophia, Mimi et Bobo de maintenir la machine en marche.

Et comme toujours, je tiens à exprimer toute mon affection à mes frères de Chinatown, passés et présents. Ils m'inspirent chaque jour.

Conception graphique : Éric Laurin
Illustration de couverture : Christophe Chabouté

ISBN: 978-2-4915-0712-1

Pour ma mère, qui a traversé courageusement les océans, laissant derrière elle un pays déchiré par la guerre, à destination de l'Amérique, pour une vie à Chinatown de travail de misère et d'ateliers clandestins, une vie dédiée à sa famille. Que Guan Yin, déesse de la Compassion, veille toujours sur toi.

L'année du Chien

Le Chien est le onzième signe, l'avant-dernier du cycle lunaire, et le plus aimé de tous les animaux. Le Chien est téméraire, charismatique, il croit en la justice, la loyauté et la fidélité.

L'année est caractérisée par le Yang masculin, par le conflit, la persévérance et la foi.

0-9

La Neuvième Circonscription s'étendait d'est en ouest de l'East River à Broadway. Au nord, elle était délimitée par la 14e Rue ; au sud, par Houston Street. Ce périmètre englobait les quartiers d'East Village, Loisaida, NoHo, Alphabet City et Tompkins Square. Anarchistes, artistes, étudiants et une frange modeste de la classe populaire y cohabitaient, parfois dans un équilibre précaire, jusqu'à ce que les tensions fassent la une du *Daily News*.

Les détectives de la Neuvième avaient l'habitude de devoir gérer ce contexte multiculturel, les conflits quotidiens entre Noirs et Blancs, métis et Jaunes. La présence asiatique disséminée dans cette zone se caractérisait pour l'essentiel par des petits établissements chinois de vente à emporter, des épiceries et des teintureries coréennes, des restaurants de sushis japonais et ce qui était probablement la dernière blanchisserie traditionnelle chinoise de New York. À East Village, les Asiatiques du Sud-Est vendaient à la sauvette tee-shirts, bijoux punks et tous types d'accessoires pour fumeurs d'herbe. Indiens et Pakistanais régnaient en maîtres sur les kiosques à journaux.

Jack Yu avait été transféré à la 0-9 pour renforcer les effectifs pendant les fêtes de fin d'année. Assis dans le bureau des détectives, il recula de son ordinateur et ferma les yeux. Le soir de Thanksgiving, la dernière heure de permanence de nuit paraissait toujours interminable. Il éprouvait un mélange de fatigue cuisante et de hâte fébrile.

Il n'aurait pas été surpris que survienne encore un appel au sujet d'un homicide dans les quartiers sud de Manhattan, ou bien émanant de ses confrères de l'Unité spéciale.

Il se massa la tempe du bout de l'index en dessinant des petits cercles. Des statistiques défilèrent pêle-mêle dans son esprit, les données informatiques CompStat, brutes et factuelles, qui décrivaient pourquoi et comment les gens s'entretuaient à New York.

Des centaines de meurtres étaient commis chaque année dans la ville, tous quartiers confondus ; lorsque le crack était apparu, ils avaient même avoisiné les deux mille. À en croire les chiffres, les principales raisons de se faire tuer étaient les suivantes :

Altercations – 28 %
Drogue – 25 %
Violences conjugales – 13 %
Vols /Braquages – 12 %
Règlements de comptes – 10 %
Guerres de gangs – 8 %
Raison inconnue – 4 %

Des vies entières réduites par le NYPD en une courte liste de pourcentages, de dates et de lieux, de genres et d'ethnicités.

Juste les faits. Les spéculations, mieux valait les laisser aux flics de bas étage.

D'après les statistiques, *les femmes étaient plus susceptibles que les hommes d'assassiner leur mari ou leur amant,* de même que :

Les hommes à l'origine de crimes privilégiaient les armes à feu.

Parmi toutes les juridictions de New York, Brooklyn – qu'on surnommait Crooklyn, « Brooklyn la pourrie » – détenait le record de nombre de meurtres : 46 %.

C'était le samedi qu'on tuait et se faisait tuer le plus souvent.

Les hommes, adultes et jeunes, perpétraient 90 % des crimes.

L'heure la plus meurtrière était entre 1 heure et 2 heures du matin.

Dans la moitié des cas, tueur et victime se connaissaient.

Dans 75 % des cas, tueur et victime étaient de la même origine.

Les homicides se concentraient dans les quartiers les plus pauvres.

La majorité des meurtriers avaient un casier judiciaire.
Un tiers des homicides demeuraient irrésolus.

Les Asiatiques, qui comptaient pour onze pour cent de la population de la ville, représentaient quatre pour cent des victimes et, bizarrement, quatre pour cent aussi des meurtriers. Le chiffre quatre, en chinois, se prononce comme le mot signifiant « mort ».

Jack savait que le boulot de policier à la Neuvième Circonscription, la 0-9, n'avait rien à voir avec celui de la brigade criminelle des quartiers de Brownsville ou de l'East New York à Brooklyn, où les affaires de meurtre étaient bien plus fréquentes et où les flics enregistraient chaque semaine des cadavres. D'après les données CompStat, si la 0-9 ne recensait pas beaucoup d'homicides, elle n'avait rien à envier aux autres circonscriptions en matière de délits, qu'il s'agît de vols à main armée, de cambriolages, de querelles conjugales, de délinquance juvénile ou de trafics de drogue.

Il porta la main à sa nuque et frotta ses muscles tendus, en prenant une profonde inspiration par le nez, à la façon d'un boxeur.

La brigade de la 0-9 lui convenait assez bien, ça avait été une bonne surprise. Il n'escomptait pas rencontrer les mêmes problèmes qu'à la Cinquième Circonscription. Peut-être que ses prouesses là-bas, qui lui avaient valu une médaille, l'avaient précédé dans ce nouveau poste et lui avaient apporté un peu de respect.

Jack se leva du bureau et s'approcha de la fenêtre à l'arrière en faisant des petits mouvements des hanches et des jambes jusqu'à prendre la posture du « long pont », un étirement shaolin. Ses articulations et ligaments craquèrent lorsqu'il se redressa en contemplant les premiers rayons matinaux gris d'Alphabet City qui filtraient à travers la vitre.

Il y eut un appel. Un junkie des logements sociaux avait été trouvé sans vie dans un squat de toxicomanes sur l'Avenue D, une overdose apparemment, mais la brigade antidrogue était sur le coup, car le cas relevait d'une opération de plus grande envergure. La victime était leur indic.

La fin de son service se déroula sans encombre, ponctuée par les grésillements de la radio de la brigade posée sur le poste de garde à l'entrée. Aucun meurtre ne leur avait été notifié cette nuit-là, mais Jack savait que, dans le Lower East Side, un simple regard de travers ou une quelconque mauvaise intention suffisaient à engendrer la violence.

Les agents de l'équipe de jour commençaient à arriver.

Jack signa le registre de sortie alors qu'ils se rassemblaient pour l'appel. Il pensait à la soupe chaude de chez Kim's lorsqu'une bourrasque glaciale venue de l'East River lui fouetta le visage.

Bodega coréenne

Kim's Produce était un traiteur coréen tenu par des Portoricains sur la 10e Rue, à quelques blocs du poste de police de la Neuvième Circonscription. La pendule Colt 45 affichait 9 h 18, bien après la fin de son astreinte de douze heures, quand Jack se plaça dans la file derrière la caisse avec sa soupe aux palourdes à emporter. Un petit téléviseur diffusait la parade de Thanksgiving. Tourné vers l'écran, Jack prit une gorgée de la soupe fumante alors qu'il attendait. Les fêtes de fin d'année lui inspiraient des sentiments contradictoires. C'était certes l'occasion de réjouissances, mais aussi une période très morose pour beaucoup de gens. La ville avait deux facettes – les riches et les pauvres, isolés psychologiquement les uns des autres si ce n'était physiquement.

Jack regarda la traditionnelle parade du magasin Macy's descendre l'avenue Central Park West, le long de somptueux bâtiments dont même le nom était clinquant : Majestic, Prasada, Dakota, San Remo, les repaires de la haute société, aux premières loges du spectacle. Les majorettes qui précédaient la fanfare traversaient d'un pas allègre la Vingtième Circonscription, vers le vieil hôtel Mayflower, puis le Trump International, où une clientèle huppée avait réservé les suites avec vue dans des formules à mille dollars la nuit, pour que leurs enfants s'émerveillent devant les ballons géants de personnages de dessins animés qui flottaient derrière leurs baies à double vitrage. La Panthère rose. Le Chat chapeauté du Dr Seuss. Barney le dinosaure. Sonic, particulièrement friand des lampadaires de Central Park.

Plus bas, dans la rue, deux millions de personnes du petit peuple s'amassaient le long du parcours, agglutinées sur les trottoirs, dans le froid mordant. Des touristes et des familles banlieusardes de la classe moyenne regardaient passer les ballons – le gros oiseau jaune de *Sesame Street*, le père Noël et des héros de BD qui ondoyaient dans le ciel.

La parade continuerait vers Times Square, puis descendrait vers le sud en traversant Midtown. Jack savait que le point d'arrivée était le magasin Macy's sur Herald Square, où il y avait des renforts des Dixième et Treizième Circonscriptions et bon nombre d'agents réquisitionnés en heures supplémentaires pour gérer la foule, la circulation et les accès au métro.

Encore plus au sud de la ville, songea Jack, *il n'y a ni chambres d'hôtel de luxe, ni ballons, ni chars.* Dans le Lower East Side, ou « Loisaida », pour les habitants de la Neuvième Circonscription, les fêtes de fin d'année se limitaient à la soupe populaire, aux banques alimentaires et au centre d'accueil de la Bowery Mission où les pauvres et les familles sans abri ni ressources se réjouissaient d'avoir droit à la dinde traditionnelle avec les garnitures habituelles, au même titre que le reste de la population qui rendait grâce à Dieu. Les hospices Holy Cross, St. Mary ou St. Mark : les distributions de repas à travers la circonscription leur donnaient de quoi être reconnaissants, au moins ce jour-là.

Les fêtes les rappelaient à leur dure réalité ; l'étalage de célébrations joyeuses et de manifestations religieuses et commerciales ne les concernait pas. Pour eux, ce n'était qu'une année de galère de plus.

À Chinatown, la plupart des Chinois ne fêtaient pas Thanksgiving par tradition, mais ce jour férié était un bon prétexte pour se rassembler et se régaler de fruits de mer, de porc, de poulet et de pousses de chou chinois. Du homard cantonais à la place de la dinde, du riz au lieu de la purée de pommes de terre, accompagnés de courges cireuses et de soupe de racines de lotus. Les familles partageaient des *da bean lo*, des ragoûts.

Jack ne gardait pas de bons souvenirs des fêtes. Comme Pa n'avait jamais considéré avoir quelque raison de rendre grâce à

Thanksgiving, ni accordé plus d'importance à Noël, Jack avait rarement reçu des cadeaux. Il avait donc été tout excité à l'idée d'avoir quelque chose de l'association de police de la Cinquième Circonscription qui œuvrait pour les jeunes du quartier et il avait fait la queue avec les autres gosses défavorisés de Chinatown dans l'espoir de revenir avec une babiole. Une année, il s'était fait piétiner par des gamins plus grands et des parents qui s'étaient rués pour récupérer un jouet gratuit. *Piétiné pour une figurine de Popeye.* Il avait pleuré, mais n'en avait pas été moins heureux d'obtenir son cadeau. Quand il était rentré à la maison, Pa l'avait raillé de s'être fait bousculer pour une ridicule poupée de *gwailo*.

Jack atteignait la caisse au moment où la sonnerie de son portable le tira de ses pensées. Il paya sa soupe avant d'ouvrir le clapet du téléphone.

C'était le sergent qui lui annonçait que, à la suite d'un signalement, la patrouille avait découvert plusieurs corps, bien morts, à Astor Place, à côté de la librairie Barnes & Nobles.

Le sergent Donahoe se trouvait déjà sur place.

Les policiers du sud de Manhattan avaient fort à faire pendant les fêtes avec le nombre exacerbé de chauffards qui généraient des accidents mortels sur la Westside Highway, c'est pourquoi on appelait Jack à la rescousse.

— J'arrive, dit-il avant de remettre son téléphone dans sa poche.

Il finit la soupe à grandes lampées, remonta son col et sortit dans la rue gelée. Il se dirigea vers l'ouest, à travers East Village, le visage exposé au vent glacial, le froid lui brûlant les yeux à chaque pas.

Honneur et mort

Le One Astor Plaza était une tour de vingt étages en verre incurvé, un gratte-ciel de luxe à la croisée de quartiers comprenant le Public Theater, les campus de la NYU et de Cooper Union, East Village et NoHo. C'était une résidence avec un portier, un agent de sécurité à l'entrée et un concierge derrière un comptoir en marbre. Une filiale de la Commercial Bank occupait le rez-de-chaussée. Un trois pièces y coûtait 1,5 million de dollars et tous les appartements avaient été vendus avant même que l'immeuble soit terminé.

La tour en verre sculpté de style néo-moderne surplombait les grandes artères qui traversaient Manhattan du nord au sud, au-dessus de la principale station de métro de l'est de la ville, et dominait la zone commerciale de Cooper Square.

Un homme à la large carrure, le sergent Donahoe, sortit de la voiture de patrouille.

— Wong est là-haut, dit-il.

L'agent de police Wong était une jeune recrue, un Sino-Américain qui maîtrisait plusieurs dialectes chinois.

— 18A, ajouta Donahoe. Le concierge, l'agent de sécurité, la grand-mère, ils sont tous là-haut. Le lieutenant des sapeurs-pompiers est dans le hall. Adressez-vous à lui en premier.

Jack inspira une grosse bouffée d'air froid.

— Qu'est-ce qu'on a ? demanda-t-il, se préparant au pire.

Le sergent lui lança un regard affligé et secoua sa tête grisonnante.

— Une famille entière…

Il s'interrompit et, avant qu'il puisse poursuivre, Jack avait déjà tourné les talons et se dirigeait vers le lobby.

Le lieutenant des sapeurs-pompiers, un autre Irlandais imposant, lui expliqua qu'ils étaient venus à la suite de l'activation d'un détecteur de fumée sur la centrale de contrôle incendie.

— Quand on est arrivés à l'étage, il n'y avait pas de fumée. Mais le capteur du plafond mesure aussi le niveau de monoxyde de carbone.

— C'est donc ça qui a déclenché le détecteur ? demanda Jack.

— Nous avons effectué plusieurs relevés, continua le lieutenant. Le taux de CO avait dépassé les 80 ppm. Le niveau critique est de 10 ppm.

— Huit fois le seuil mortel, nota Jack.

— Un sacré merdier, en ce jour de Thanksgiving. Enfin, mes hommes en ont fini là-haut. Il ne leur reste plus qu'à réinitialiser la centrale de contrôle.

— Merci pour votre aide, dit Jack, appréciant d'avoir été averti de ce qui l'attendait.

Il avait entendu bon nombre de flics dénigrer les pompiers, les décrivant comme des charlatans qui volaient de l'argent et des biens sur les lieux d'incendie. Bien souvent, les deux corps de métier, flics et pompiers, se disputaient l'autorité sur une scène de crime impliquant un feu. Jack n'avait jamais été confronté à une telle situation ; à ses yeux, les soldats du feu faisaient un boulot admirable, à braver les flammes, surtout en hiver. Même s'il savait que la ségrégation infestait encore le FDNY – le département des sapeurs-pompiers de New York –, composé à majorité de Blancs et à majorité d'Irlandais, Jack avait beaucoup de respect pour le travail dangereux qu'ils assuraient.

Les ascenseurs étaient rapides, tout en acier poli industriel aux lignes élégantes.

La porte de l'appartement 18A était ouverte, barrée d'un ruban jaune. Les pompiers avaient ouvert toutes les fenêtres et évacué l'étage. L'agent Wong se tenait près de l'entrée avec le concierge qui tripotait nerveusement un trousseau de clés. Jack se présenta à l'homme et adressa un signe de tête à son collègue.

— Je vais avoir besoin de votre déposition, dit-il au concierge. Ainsi que des rapports de sécurité et d'informations sur les résidents.

L'homme était sous le choc. Il avait le visage blême et la voix chevrotante.

— Bien sûr, répondit-il d'un air accablé. Vous me trouverez dans mon bureau, au rez-de-chaussée. C'est horrible, vraiment horrible.

Il se dirigea lentement vers l'ascenseur.

Wong, qui était plus petit que Jack et bâti comme un bouledogue, décrocha une des extrémités du ruban jaune.

— Wong, tu crois qu'un accident, c'est un coup du destin ? demanda Jack.

— Eh bien, ce qui s'est passé ici n'est certainement pas un accident, mais le destin, peut-être.

L'étonnement se lut sur le visage de Jack quand il vit la vieille femme chinoise assise sur une chaise pliante à la porte de l'appartement.

— On a eu du mal à la calmer, expliqua Wong. Elle ne parle que taïwanais.

Jack posa son stylo sur son bloc-notes.

— Raconte, dit-il doucement en jetant un œil à la dame.

— La grand-mère a reçu un coup de fil paniqué de Taïwan, commença Wong. La belle-famille craignait que quelque chose de terrible ne soit sur le point de se produire. Une lettre leur est parvenue aujourd'hui, de leur fils, l'homme qui habite ici.

Jack leva la tête de ses notes.

— Ça ressemblait à des adieux, ajouta Wong.

La vieille femme lança un regard à Jack, qui imaginait déjà les pires scénarios possibles.

— Ça lui a pris deux heures pour venir du New Jersey jusqu'ici, continua Wong. Puis elle a été bloquée à la réception, à cause de la barrière de la langue, ils voulaient être sûrs de son identité, tout ça. Ils ont appelé à l'étage, mais pas de réponse. Alors le concierge est monté avec la grand-mère et l'agent de sécurité, muni de son jeu de clés. C'était fermé à double tour. Quand ils ont ouvert la porte, le détecteur de fumée du couloir s'est mis en route.

— Ce qui a fait venir les pompiers, compléta Jack.

— Quelques minutes plus tard. Ensuite on est arrivés.

Jack pénétra dans l'appartement, suivi par Wong. À l'intérieur, une couverture avait été roulée en boule et calée par terre contre la porte.

La vieille dame resta assise en silence lorsqu'ils passèrent devant elle. Jack parcourut la pièce du regard. Il faisait très froid. Les fenêtres étaient grandes ouvertes et des rideaux légers ondulaient dans le vent. Dans un aquarium, huit poissons rouges flottaient sur le dos.

Le sol était couvert de moquette blanc cassé.

La lumière grise matinale baignait la pièce principale, une salle de séjour ouverte, en un voile monotone qui ternissait les rares touches de couleur. Le mobilier moderne, sobre, consistait en un canapé d'angle bleu marine et un fauteuil ottoman, un grand écran de télévision et une table basse en verre. Sur un pan du mur, une étagère encastrée contenait des vases en porcelaine, des figurines en terre cuite de personnages chinois à cheval et un mini-drapeau rouge, blanc et bleu de Taïwan. Tout était parfaitement en ordre, comme dans un hôtel de luxe après le passage de la femme de chambre. En face du salon se trouvait le coin cuisine, séparé par un îlot en granite, avec un évier et un lave-vaisselle. Un réfrigérateur en Inox et des placards occupaient le reste de l'espace.

Un couloir menait aux chambres.

Wong poursuivit :

— Dans sa lettre, le fils disait que ses affaires avaient mal tourné et qu'il avait perdu beaucoup d'argent en Bourse.

Plusieurs casseroles et deux woks étaient posés sur les plaques de cuisson et le plan de travail. Ils étaient tous remplis de cendres et de restes de charbon. Jack repéra une boîte d'allumettes et de l'alcool à brûler. On avait fait chauffer huit récipients de charbon de bois sur la cuisinière, en l'aspergeant d'alcool pour qu'il ne s'éteigne pas.

— Il y a un sac de charbon vide derrière le comptoir, dit Wong. Le fils et sa femme étaient accablés à cause de leurs dettes. Les deux enfants fréquentaient une école privée chic.

Jack pénétra dans la plus petite chambre.

— Quel âge, les gamins ?

— Cinq et six ans, répondit Wong d'un ton solennel. Deux garçons.

Wong faisait preuve de professionnalisme en fournissant à Jack des informations factuelles tout en ayant l'intelligence de garder pour lui ses opinions et impressions personnelles.

La chambre des enfants était meublée de lits jumeaux avec des taies d'oreiller à l'effigie de l'équipe des Yankees et des housses de couette assorties. Entre les deux lits, une lampe Mickey trônait sur la table de chevet. Un ordinateur était installé sur le bureau, surmonté d'étagères remplies de livres pour enfants. Il y avait des peluches alignées sur la commode, plus quelques autres par terre, de plus grande taille : Winnie l'Ourson et Tigrou, Barney le dinosaure et Toccata l'oiseau géant. Des posters de *Thomas et ses amis* étaient accrochés au mur.

Jack sentit une poussée d'adrénaline monter en lui. *Un homicide-suicide, c'est déjà horrible en soi, mais en plus des enfants ?* pensa-t-il. *Pourquoi ? Pour rester ensemble dans une prochaine vie ?* Après avoir pris une profonde inspiration, il sortit l'appareil photo jetable de la poche de sa veste et se dirigea vers la dernière pièce.

Les rideaux épais étaient tirés. Il faisait encore plus froid ici que dans le reste de l'appartement. La chambre parentale était si spacieuse que les corps semblaient un peu perdus. Une femme et deux enfants étaient allongés sur un grand lit. Un homme affalé sur une banquette. Jack photographia la scène dans sa globalité, puis s'approcha du lit pour prendre un cliché de chacun des corps. Il remarqua un flacon de comprimés sur l'une des tables de chevet.

La mère était couchée sur le côté droit, le bras gauche enlaçant les deux garçons. Eux étaient sur le dos, les bras le long du corps, dans leur uniforme d'écoliers. On aurait dit qu'ils dormaient.

À l'autre bout de la chambre, deux grands plats en céramique ornés de dragons avaient été placés de manière stratégique. Jack y vit des cendres. Il se pencha plus près pour photographier le visage des victimes.

La femme avait les yeux gonflés et cernés. Elle devait avoir beaucoup pleuré. Elle était habillée de manière classique, en pantalon et chandail. Elle avait dans les trente-cinq ans. Sur la banquette, l'homme était avachi, tête baissée, les yeux fixés sur le tapis. Il avait vomi. Jack lui donnait la petite quarantaine.

Le vomi était de couleur foncée et, à en juger par la croûte qui s'était formée, il avait séché depuis au moins un jour.

Près du corps, une grande armoire chinoise délimitait un espace de travail bien en ordre : un bureau avec des ordinateurs, une imprimante et des meubles de classement. Une pile de livres était posée au-dessus. *La Bible du trader.*

Jack vida le reste de sa bobine, mitraillant la pièce sous différents angles. Il était d'avis que les images préservaient bien mieux ses impressions que des notes et il voulait prendre ses propres photos avant que ne débarquent l'équipe du médecin légiste et la police scientifique.

Quand il était encore à Chinatown, il déposait l'appareil photo chez Ah Fook, la boutique de développement en trente minutes, où Fook Junior s'occupait de sa commande pendant que Jack allait prendre un thé *nai cha* au Mai Wah, juste à côté, tout en regardant passer les gamins des rues.

Il remit l'appareil jetable dans sa poche.

Devant la chambre, Wong reprit la parole :

— Le sergent a prévenu le médecin légiste il y a une vingtaine de minutes. Son équipe est en route pour venir voir l'hécatombe.

— D'accord, acquiesça Jack.

Son collègue ne se montrait ni rustre ni insensible. C'était juste la façon de parler des flics, le jargon qu'ils employaient pour évacuer un peu la pression face à un incident traumatisant.

Wong se dirigea vers la porte d'entrée où la vieille femme pleurait doucement. Jack s'approcha de la baie vitrée du salon. L'Empire State Building se profilait au loin, dans l'enchevêtrement de toits et de panneaux publicitaires de la mégalopole.

Plus bas, les rues grouillaient de piétons qui affluaient au carrefour. La ville était en ébullition en cette période de fête, métros et bus déversaient des gens partout.

Le monde continue de tourner, pensa Jack. *Une famille entière s'est offerte aux dieux, des dieux cupides et envieux, et le monde ne s'arrête même pas une seconde pour présenter ses condoléances. Quelle tristesse !*

Jack avait déjà vu des enfants morts, mais la disparition de toute une famille, c'était la première fois. Comme ce devait être le cas pour l'agent Wong, il se sentait d'autant plus touché du fait qu'ils étaient chinois. Mais en tant que policiers ils se blindaient instinctivement.

Les flics étaient payés pour absorber les horreurs quotidiennes et les carnages que les cols blancs propres sur eux préfèrent ignorer. Ils s'endurcissaient, gardaient un détachement professionnel vis-à-vis des victimes et travaillaient de façon à ne pas se laisser affecter. Trop s'impliquer constituait un réel danger qui pouvait mener à l'excès de zèle. Les policiers en première ligne devenaient indifférents face à l'avalanche quotidienne d'atrocités qui atterrissaient sur leur bureau de jour comme de nuit. Cinquante mille arrestations par an. Dans une ville où de jeunes mères abandonnaient leurs bébés dans des poubelles et où des parents étaient capables de se tuer eux-mêmes et de tuer leurs enfants dans un accès de colère, de dépression, de désespoir, bien souvent sous l'emprise de l'alcool et de la drogue.

Les Taïwanais, comme les Chinois, étaient obsédés par le succès et par l'argent. Cette tragédie avait été provoquée par l'affliction d'un couple confronté à la dégradation imminente d'un certain niveau de vie, mais était tout autant liée à la honte, à la crainte de *perdre la face*. Les croyances bouddhistes de Ma lui revinrent en mémoire : *avarice et envie*. Selon l'enseignement bouddhiste, la convoitise et l'accumulation de possessions, le monde matériel, n'apportent que le malheur. La vie est faite de souffrances, et les souffrances proviennent de l'envie, l'envie d'objets, d'espoirs inassouvis. *Élimine l'envie* et tu élimines la souffrance.

Jack savait que le suicide était fréquent aux États-Unis. Il concernait surtout les hommes, qui se tuaient par arme à feu. Et puis il y avait les overdoses, une prise de risques qui camouflait des penchants suicidaires, et enfin l'aide au suicide, par ceux qui défendaient le droit de mourir.

À la porte de l'appartement, Jack repéra les bouts du ruban adhésif qui avait servi à fixer la couverture sous la porte pour retenir le monoxyde de carbone.

Élimine l'envie.

Il abandonna Wong et descendit interroger le concierge. La paperasserie à remplir à la circonscription, plus les rapports du médecin légiste, les témoignages des proches, les certificats des pompes funèbres, tout ça allait occuper ses prochains services.

Finalement, après seize heures de travail, les paupières tombant de sommeil, il appela un *see gay* de Chinatown, un taxi.

Le chauffeur chinois lui parla en cantonais et se dirigea vers Sunset Park, le quartier chinois de Brooklyn, sans avoir à demander le chemin. Épuisé, Jack baissa la vitre électrique et offrit son visage au vent glacial mais revigorant.

Ignorant la soif qu'il avait ressentie un peu plus tôt, une fois chez lui il alla droit au placard de sa kitchenette, sortit quelques bâtons d'encens et les alluma. Il secoua les cendres et dissipa le filet sinueux de fumée avant de planter les tiges dans le petit sanctuaire qu'il avait installé pour Pa sur la table d'appoint près de la fenêtre, avec une vieille photo de son défunt père habillé dans le style traditionnel chinois *tong jong*.

Pa reposait dans la terre froide d'Evergreen Hills depuis sept semaines.

Jack n'irait pas au cimetière avant la mi-janvier, à la date d'anniversaire de Pa.

Cette sinistre journée rappelait à Jack que lui aussi, à seulement vingt-sept ans, était le dernier de sa lignée, le reliquat solitaire du clan Yu, dont l'origine remontait à plusieurs générations.

Le quatre-vingt-huitième flic d'origine sino-américaine. Un nombre porte-bonheur, s'était-il dit un jour. Sauf qu'il n'avait pas vraiment vu la chance lui sourire jusque-là.

Il entendait encore les mots de son père. « *Chaai lo ah ?* Tu es flic, maintenant ? » avait-il ironisé quand Jack avait endossé l'uniforme bleu. « Un Chinois ne devient pas flic. La police, c'est pire que les escrocs. Tout le monde sait qu'ils s'en mettent plein les poches. *Nei cheega*, tu es fou, tu as perdu ta tête de *jook-sing* – de natif américain. Je ne t'ai pas élevé pour que tu deviennes un *kai dai* – un pourri écervelé – et qu'ils t'utilisent contre les tiens. »

Je n'ai jamais accepté aucun pot-de-vin. Jack n'avait pas eu l'occasion de le dire à son père.

Il s'inclina trois fois devant le sanctuaire, puis sortit le Johnnie Walker Black et s'en servit un verre avant d'ouvrir une canette de bière pour faire passer l'alcool.

Il avait la gorge en feu à cause du whisky. Il descendit alors la bière en se disant que ça allait le détendre, lui permettre de mieux dormir. Il avait perdu tout appétit dès lors qu'il était arrivé sur la scène de crime. Et il était désormais assis au bout du canapé convertible niché dans un coin de son studio. Il se débarrassa de ses chaussures et essaya de s'éclaircir les idées, de mettre de l'ordre dans tout ce qui s'était passé depuis la mort de Pa.

Quatre mois plus tôt, ce qui avait d'abord été une mutation subie à contrecœur à la Cinquième Circonscription de Chinatown pour se rapprocher de son père mourant s'était conclu par une promotion. Puis il avait été transféré à la Neuvième.

De mauvais souvenirs de cette période se bousculaient dans son esprit alors que l'alcool lui montait au cerveau. Il tira les rideaux pour occulter la lumière de l'après-midi.

Quand il ferma les yeux, son esprit partit à la dérive. Il finit par s'endormir sur le canapé.

Son sommeil ponctué de rêves fut troublé par une sensation fébrile et confuse.

Il avait à nouveau dix-sept ans et courait de toit en toit avec Tat Louie et Wing Lee à la tombée de la nuit. Trois frères de sang, *hingdaai*. Tat jetait des cailloux aux fenêtres et ils éclataient de rire de leurs voix juvéniles en prenant leurs jambes à leur cou ; trois gamins de Chinatown, jamais à court d'idées pour faire des bêtises, qui s'amusaient comme des fous. Puis soudain apparaissaient les rictus menaçants des membres du gang Wah Ying, dégainant leurs grands couteaux à cran d'arrêt. Un tourbillon d'images : Tat qui se bat, Wing qui se fait poignarder. Et lui, Jack, qui sombre dans les ténèbres, après être tombé tête la première, du sang lui coulant dans les yeux. La scène se fondit ensuite dans un salon funéraire de Chinatown. Wing dans un cercueil, le visage macabre, et Tat qui s'enfuit, passe en courant devant les croque-morts, suivi par les pleurs de la mère de Wing. L'odeur d'encens intrinsèque à la mort.

Il observait sa jeunesse défiler devant ses yeux, comme la bande d'un caméscope, des plans rudes, implacables. Soudain, il entendit des jurons en chinois, une voix familière. Celle de Pa.

Jack sentit son corps trembler de manière incontrôlable. Les images jaillissaient dans son cerveau comme des décharges électriques. Une attaque de soldats japonais, leurs sabres de samouraï brandis en l'air, tailladant des bébés chinois, violant et assaillant les femmes à coups de baïonnette. Le drapeau au Soleil Levant battant au vent. Une boucherie. Mille têtes chinoises qui ricochent et dégringolent une colline ensanglantée. Et il glisse, il tombe.

C'était le cauchemar de Pa.

Il y a des cris, des hurlements incessants. *Say yup poon jai !* beugle Pa – Salauds de Japs ! Jack se retrouve soudain à côté de son père, repousse baïonnettes et sabres, avant de se réveiller en sursaut sur le canapé, manquant de renverser son poste radiocassette d'un coup de pied tout en se rendant compte que c'était sa propre voix qu'il entendait tonner dans l'obscurité de la petite pièce.

Il se redressa pour reprendre son souffle et, après avoir descendu un autre shot de Johnnie Walker Black, se laissa à nouveau sombrer dans le sommeil.

Le rêve suivant était furtif, une vision trouble de Tat, désormais gangster de Chinatown, en veste en cuir noir. Tat Louie, alias Lucky, lui offrant un grand sac d'argent qu'il déclinait. Tat, qui avait mal tourné.

Le carillon du vent.

Tat, un 9 mm à la ceinture, se tient devant un groupe de voyous à l'air sardonique. Jack voit sa plaque de police dorée se balancer au bout d'un couteau.

Il tend les mains devant lui pour bloquer la lame, pour récupérer sa plaque, quand finalement les ténèbres l'enveloppent.

Chacun pour soi

Lucky frotta le 9 mm Smith & Wesson sur la manche de sa chemise, poussa le magasin et y chambra une balle à pointe creuse. Il fit coulisser la sécurité vers le bas avec son pouce et rangea la cartouche supplémentaire dans la poche latérale de son blouson noir en cuir, posé sur le dossier du fauteuil. Il reporta son attention sur le grand écran couleur du téléviseur où des manifestants fukiénois criant et brandissant des pancartes défilaient en direction du One Police Plaza, le quartier général de la police new-yorkaise.

Lucky tira sur la fin de son joint, garda la fumée un instant en bouche avant de la souffler. Les yeux fermés, il pensa au concept de *face* et au futur. En tant que *dailo* – chef – du puissant gang de la Ghost Legion, il savait que sans la face il n'y avait pas de futur. Il sentait que des transformations s'opéraient dans le milieu de la pègre, surtout depuis le meurtre d'Oncle Quatre, le parrain des Hip Ching de Chinatown. Pour les plus jeunes de l'association, la mort consécutive de Golo, le redouté homme de main d'Oncle Quatre, était annonciatrice de changements à venir au sein de leurs rangs. Des membres influents et ambitieux soutenaient que le leadership à l'ancienne était inefficace et que l'organisation devait s'orienter vers des alliances avec des forces extérieures comme, en Chine, la triade *Hung Huen*, le Cercle Rouge, ou avec des triades paramilitaires du sud de la Chine. De telles alliances leur donneraient accès à des kalachnikovs et à des grenades. Mais, compte tenu de la présence de centaines de milliers de Fukiénois de l'autre côté d'East Broadway, Lucky considérait que ce n'était pas une bonne idée. Ça risquait de dérégler l'équilibre des pouvoirs.

À la télé, les cinq mille manifestants fukiénois, descendus dans la rue à la suite du meurtre d'une des leurs par un gang d'adolescents, réclamaient justice.

Une Chinoise tuée par trois jeunes Noirs et Latinos lors du braquage d'une boutique « Tout à 99 cents » *qui a mal tourné.*

Lucky baissa le volume et glissa le Smith & Wesson dans la grande poche spécialement cousue à l'intérieur de sa veste en cuir par Ah Wong, le tailleur. Les Fukiénois, les derniers arrivés à Chinatown, essayaient de gagner le pouvoir, de supplanter les « tongs » établis de longue date, les On Yee et les Hip Ching. Tout le monde se tournait désormais vers la Chine et les Fukiénois – les Fuk Ching – montraient la voie.

La précédente vague d'immigrants venait de Canton, aujourd'hui appelé Guangzhou, ils parlaient cantonais, tout comme leurs camarades de Hong Kong. Ils ne comprenaient pas le dialecte des Fukiénois, qui avaient formé leurs propres gangs – les Fuk Chow et les Fuk Ching –, connus pour ne respecter personne. Ils ne recrutaient que la lie désespérée de leur communauté.

Le pouvoir mutait. Sur *son* territoire, le principal bastion de Chinatown, une descente de police avait eu lieu la même semaine au salon de massage de la Grosse Lily et à la salle de jeux dite Numéro 17. Ce n'étaient pas des flics de la circonscription, mais une unité spéciale d'agents en blouson bleu qu'il ne connaissait pas. Il y avait forcément un indic qui orientait ces flics blancs *gwailo* vers les activités de la Ghost Legion. Ça pouvait être chez les Fuks, ou alors quelqu'un jouait un double jeu dans une autre société. Et tous ses informateurs au sein de la Cinquième Circonscription étaient partis. Lucky pensa aussitôt à Jack Yu, *Jacky*, le policier chinois, le héros, son ancien ami d'enfance. Puis il secoua lentement la tête, avec un sourire qui mêlait mépris et contrariété. *Jacky n'est plus à la Cinquième, il est allé ferrer d'autres poissons dans son monde de flics.*

Lucky voyait d'autres menaces se profiler. Le nouveau maire était un type attaché à l'ordre public, un ancien procureur qui avait déjà annoncé qu'il allait sévir contre le crime organisé. Si, par le passé, ça voulait dire la Mafia, les Siciliens, maintenant ça incluait la *mafiya* russe, les Mexicains, les trafiquants de drogue de la ville ainsi que les tongs chinois.

Lucky savait suivre le mouvement, se laisser porter par le vent, mais il devait aussi faire preuve de flexibilité et nouer les alliances secrètes qui le protégeraient et lui permettraient d'étendre son influence. Il n'hésiterait pas à passer des accords secrets avec des groupes pro-Chine et même avec des petites frappes des Fuk Ching. Impossible de faire confiance à la triade du Cercle Rouge, liée aux On Yee avec lesquels elle entretenait des rapports historiques. Ils trahissaient absolument tout le monde. *Mieux vaut surveiller mes arrières*, se disait-il, parce que, si les autres factions des Ghost découvraient ses manœuvres, ils pourraient croire qu'il les vendait, qu'il avait l'intention de les lâcher.

Une chose était sûre : c'en était fini des On Yee. Ils avaient surtout des liens avec Hong Kong et Taïwan. Or la Chine, c'était une tout autre histoire ; les Fukiénois étaient déjà proches de membres corrompus du gouvernement sur le continent et la rumeur courait qu'ils comptaient parmi les leurs des déserteurs de l'Armée de libération du peuple.

Le journal télévisé passa de la manifestation des Fukiénois aux festivités de Thanksgiving. La parade de Macy qui apparut à l'écran lui fit penser à son père, car le jour de Thanksgiving était aussi l'anniversaire du vieil alcoolique violent qu'il n'avait pas vu depuis cinq ans, depuis la fois où il l'avait rencontré par hasard dans le quartier chinois de Flushing et où ce tocard pathétique avait eu le culot de lui demander de l'argent. *Pauvre minable*, pensa Lucky – à cause de lui sa mère les avait abandonnés alors qu'il n'était même pas encore adolescent. Il se demanda brièvement si cet enfoiré était encore en vie, avant de se dire qu'il n'en avait rien à foutre.

Dégoûté, il éteignit la télévision.

Quand Lucky se regardait dans un miroir, il y voyait toujours un caïd de la rue, mais l'excès de malbouffe chinoise, de bière et de brandy avait rendu son ventre flasque, lui donnant des airs patauds d'ours.

Il consulta sa Rolex Oyster. Il était 21 heures. Il jeta un œil dehors, sur Bayard Street plongée dans l'obscurité en cette nuit de novembre. Le vent battait contre les fenêtres. Par ce froid de canard, la plupart de ses hommes de la Ghost Legion s'emmitouflaient dans leurs grosses doudounes sombres, assez bouffantes pour dissimuler leurs armes. En sa qualité de *dailo*, Lucky ne portait que sa veste en cuir noire, ce qui le faisait paraître insensible au froid, plus viril que tous les autres.

De la buée s'était formée en bas du cadre de la fenêtre en métal et le thermomètre extérieur affichait moins douze degrés. Il était bientôt l'heure de faire sa tournée, de s'assurer que tout était en ordre dans son empire.

Les rues autour de Bowery étaient désertes. Au carrefour, cinq étages sous son appartement, les feux tricolores qui se balançaient au bout du long bras en métal surplombant l'intersection étaient figés sur le rouge. Un bus négocia le virage avec précaution pour remonter l'avenue vers le nord. Il n'y avait pas un chat dans les rues gelées sous la lueur jaunâtre des lampadaires.

Dans la pénombre, Manhattan Bridge ressemblait à un ruban noir suspendu à deux rangées parallèles de perles, une ligne cambrée au-dessus de l'East River jusqu'au chantier naval de Brooklyn sur la rive opposée.

Deux coups de klaxon en bas de l'immeuble le tirèrent de ses pensées. Une voiture noire se rangea lentement au coin, ses phares blancs balayant l'entrée du garage des frères Rickshaw. Il se figura Lefty derrière le volant, les cheveux dressés par du gel, accompagné de Kongo, le molosse malaisien, sur le siège passager. Les phares s'éteignirent et la Buick immobile au carrefour fit l'effet d'une blatte menaçante.

Lucky écrasa le joint au fond d'un verre. Il prit la veste en cuir sur le fauteuil et la sentit plus lourde lorsqu'il l'enfila. Normalement, il ne sortait pas avec son Smith & Wesson sur lui mais, ce soir, comme il allait aux limites de Chinatown sur East Broadway, il se fiait à son instinct en tentant de se convaincre qu'il ne cédait pas à la paranoïa. *Jamais trop prudent*. Il éteignit les lumières et le téléviseur, puis ferma la porte rouge de son appartement, descendit l'escalier, conscient du poids de son pistolet dans sa poche. En repensant aux Fukiénois d'East Broadway et à quel point l'équilibre des pouvoirs était fragile, il traversa la rue sombre de Chinatown jusqu'à la Buick noire.

Buick noire, nuit noire

La Buick noire était une Riviera de 1988, une grosse cylindrée débridée venue directement de Detroit, avec un large châssis, des pneus épais Pirelli et des vitres teintées. Elle affichait soixante-dix mille kilomètres au compteur quand les Ghost l'avaient confisquée en guise de paiement à un joueur qui avait perdu au *fan-tan* dans l'un de leurs sous-sols. Les finitions étaient un peu fatiguées mais, sous le capot, le moteur V6 3600 n'avait rien perdu de sa puissance ronronnante. Les gros pneus la rendaient stable dans les rues étroites de Chinatown aux coins abrupts et irréguliers. Avec Lefty au volant, la voiture filait sur l'asphalte et épousait les virages même à vitesse élevée. Elle avait quatre roues motrices à suspension indépendante. Elle accélérait de zéro à cent en six secondes et même à cent trente kilomètres à l'heure elle gardait assez de reprise pour se faufiler dans la circulation dense. En ville, il n'y avait pas mieux en cas de départ précipité et de fusillade. La Buick allait plus vite et gérait mieux les tournants que les Firebird et les Camaro. Les flics n'avaient aucune chance de la rattraper avec leurs Dodge de base qui carburaient à l'essence bon marché, restrictions budgétaires obligent.

Lucky avait fait appel au garagiste Chin Ho Auto Repair pour incorporer des plaques d'aluminium dans les portières, en échange de la « cotisation » mensuelle qu'il n'avait pas payée. Le cousin de Lefty, Hom Mo, mécanicien chez Victor's Fix-Rite, s'occupait de l'entretien du moteur et veillait au niveau d'huile.

Il était 21 h 09 quand Lucky se glissa sur la banquette arrière.

Lefty alluma les phares et démarra. Ils empruntèrent les petites rues vers Centre Street, puis se dirigèrent vers Walker Street plus au nord. Lucky ne prononça pas un mot, observant la nuit défiler derrière la masse sombre de Kongo. Lefty savait qu'ils passaient toujours en premier chez Willie Eyeballs – le Globuleux –, pour récupérer de l'argent et des cigarettes. Willie Wong avait des yeux exorbités qui lui donnaient l'air d'un pervers. Homme de main des On Yee, il gérait un entrepôt sur Walker Street par lequel transitaient des milliers de cartouches de cigarettes de contrebande. Des fausses Marlboro et Camel fabriquées en Chine avaient intégré le trafic illégal de cigarettes qui s'était développé lorsque les taxes de l'État avaient grimpé en flèche. Les contrefaçons étaient à moitié prix et celles produites à l'étranger encore moins chères. Un conteneur de cinquante mille cartouches était déchargé dans les docks chaque mois et deux camions pleins de cigarettes hors taxe en provenance du sud arrivaient un jour sur deux. La combine engendrait cent mille dollars par semaine.

La marchandise était acheminée d'un port industriel dans le Queens vers différents locaux, comme l'entrepôt de Willie Eyeballs, des magasins sur Canal Street ou encore à Chinatown, et se propageait jusqu'au Lower East Side, dans toute la ville de New York et même au-delà, dans le New Jersey. L'activité brassait plusieurs millions de dollars et tournait grâce à des antennes de la triade du Cercle Rouge au sud de la Chine, en partenariat avec les On Yee.

En échange d'assurer la protection de l'entrepôt, les Ghost obtenaient du cash et des clopes.

Willie s'approcha de la voiture en frissonnant, veillant à ce que Kongo voie toujours ses mains. Il tendit à Lucky une enveloppe contenant les cinq cents dollars hebdomadaires ainsi qu'un gros sac en plastique rempli de cartouches de fausses Marlboro, un extra à l'intention des parieurs importants des salles de jeux clandestines tenues par les Ghost sur Mott Street.

L'air glacial s'infiltrait déjà dans la Buick lorsque Lucky remonta la vitre électrique tandis qu'Eyeballs se hâtait vers l'entrepôt.

— Arrête-toi chez Mimi, dit-il à Lefty.

Ils prirent vers le nord, les rues toujours vides à l'exception de quelques ouvrières frigorifiées qui descendaient les marches glissantes du métro. Lucky s'enfonça dans son siège en regardant les néons de couleur flous défiler dans la nuit et pensa aux cambriolages de boutiques On Yee qui se multipliaient dans cette zone à la marge de Chinatown. Pike Street, Allen Street et d'autres rues adjacentes à East Broadway. Des commerçants s'étaient plaints. Après tout, ils payaient pour leur protection alors *qu'est-ce qui se passait, bordel ?*

Lee Watch Distribution, une boutique d'horlogerie sur Orchard Street, participait au trafic de Skinny Chin, qui faisait passer des montres de luxe de Hong Kong en évitant la douane. Quelqu'un s'était introduit dans la réserve et avait volé pour cent mille dollars de montres Rado, Movado, Cartier et Rolex. Skinny avait pété les plombs en constatant qu'il n'y avait aucune trace d'effraction ni aucun accès possible à part une minuscule fenêtre dans les toilettes, beaucoup trop étroite pour qu'on puisse y passer.

Il me prend pour qui, un putain de détective ? pensa Lucky ironiquement. Il savait pourtant que son honneur était en jeu.

À cause du lien de famille de Skinny avec le trésorier des On Yee, ses foutues jérémiades allaient faire perdre la face à Lucky.

Qu'il aille se faire foutre, songea-t-il.

Le vol suivant avait eu lieu à l'entrepôt de Jung Wah sur Allen Street et concernait des produits d'épicerie fine : des centaines de cartons d'ormeaux en conserve *bao yee* et une demi-tonne de nids d'hirondelle. *Comment des centaines de caisses ont-elles pu disparaître sans que personne ne voie ni n'entende rien ?* Un autre butin à cent mille dollars. Et à nouveau, pas d'effraction. *Un coup monté de l'intérieur ?*

Ça restait un mystère.

Broome Street apparut et ils s'arrêtèrent devant une vitrine fermée dont l'enseigne indiquait « Vente de vêtements en gros ». Lucky savait que le sous-sol renfermait pour deux cent cinquante mille dollars de faux sacs Gucci, Louis Vuitton, Prada et Chanel. De même que des imitations de survêtements Nike et de bijoux

Tiffany. Tous fabriqués en Chine. Des sacs à main à des milliers de dollars vendus pour quatre-vingt-huit balles.

Lefty donna deux coups de klaxon et la porte d'entrée s'ouvrit. Une fille à la coupe au carré jeta un œil dehors avant de se diriger vers eux, un sac de courses dans chaque main. D'origine asiatique – Lucky n'aurait su dire de quel pays –, elle était menue et emmitouflée dans un manteau beaucoup trop grand pour elle. Elle sourit en lui tendant les sacs à travers la vitre. Il lui rendit son sourire, puis vérifia les articles alors qu'elle rebroussait déjà chemin. Il y avait trois sacs Vuitton et trois Prada, des petites attentions pour ses putes préférées chez la Grosse Lily et chez Flavio. Ainsi que trois faux bracelets Tiffany, des cadeaux qu'il garderait sous le coude pour montrer à quel point il n'était pas avare de folies lorsque viendrait Noël. *La marque, qu'est-ce qu'on en a à foutre ?*

— Kenmare, et ensuite Chrystie, indiqua-t-il à Lefty.

La voiture noire se rangea devant un garage, situé sur Kenmare Street, avant qu'elle ne débouche sur Delancey Street, à environ huit cents mètres du croisement entre Mott et Bayard Street, le cœur de Chinatown. Kongo sortit et se posta un peu plus loin, son fusil dans la main droite. Lefty klaxonna avant d'éteindre les phares.

Une porte latérale du garage s'ouvrit et un Chinois pas très grand apparut avec une sacoche. Il jeta un œil à Kongo et à son fusil, puis posa lentement la sacoche sur le toit de la Riviera avant de tourner les talons et de rentrer. Alors que Lefty faisait marche arrière, Kongo prit le sac, l'ouvrit en grand, puis remonta dans la Buick. Ils se dirigèrent ensuite vers Chrystie Street.

Lucky savait que la livraison contenait mille tablettes d'ecstasy et ne doutait pas que le compte était juste. Ces pilules résultaient d'un accord à l'amiable entre les Ghost de Montréal et la bande de Vietnamiens qui produisaient la « drogue récréative » au Canada. Les Vietnamiens récupéraient la matière brute des Pays-Bas qu'ils transformaient dans leurs usines d'ecstasy à Montréal, Toronto et Edmonton. La Ghost Legion gérait les mules et faisait passer chaque mois aux États-Unis un million de pilules qui finissaient dans les boîtes de nuit à travers tout le pays. Kongo fourra la sacoche dans un compartiment secret derrière le levier de vitesse. Les mille tablettes seraient écoulées en même pas deux week-ends à New York.

Ils s'arrêtèrent à un feu rouge lorsqu'une patrouille les croisa de l'autre côté de la rue. Lucky approcha la main vers la crosse de son arme mais, en voyant la voiture de police s'éloigner dans le rétroviseur, il se remit à réfléchir aux casses d'East Broadway. USA Garments, une fabrique textile, s'était fait voler l'argent des salaires par des bandits masqués qui avaient communiqué par gestes, sans prononcer un mot. Cinquante mille dollars en liquide.

Des Fuk Ching ? À nouveau les Dragons ? Ça ne leur ressemblait pas, et Lucky ne les estimait pas assez malins pour monter un coup pareil. *D'autres gangs à l'œuvre dans le* no man's land *?* Il pensa à Koo Jai et à la bande de Ghost Legion d'East Broadway, les plus éloignés du centre. Le secteur était sous la responsabilité de Koo Jai, même si, après avoir tabassé quelques petites frappes des Fuk Ching, ils se partageaient désormais le territoire, placé sous une trêve tacite, non officielle. *Koo Jai, le beau gosse arriviste, avec Eddie Ng, son pote court sur pattes, les frères Jung débiles et quelques autres minables qui se faisaient avant appeler les Stars, ou un nom de nazes dans ce genre-là.*

Lucky allait devoir avoir une petite discussion avec Koo Jai, après s'être occupé des transferts dans les salles de jeux et être passé au bordel de Chrystie Street vers laquelle se dirigeait désormais Lefty.

Chez Chao

Chez Chao était une maison close située dans un immeuble rénové de quatre étages dans une zone calme de Chrystie Street, près du vieux parc des drogués. Lucky prit l'un des sacs Prada et y glissa une poignée de pilules d'ecstasy.

Angelina Chao, la quarantaine, autrefois hôtesse à Hong Kong, dirigeait sa petite affaire dans son trois pièces du quatrième étage, avec un balcon donnant sur le parc et sur les toits qui s'étendaient à perte de vue. Angelina faisait tourner ses effectifs de poules asiatiques originaires de Miami, Los Angeles, Las Vegas et La Nouvelle-Orléans.

Les « mises en bouche », autrement dit les fellations, coûtaient cinquante dollars la passe.

Chaos, songea Lucky en réfléchissant au nom de famille d'Angelina. Il l'avait appelée en amont pour s'assurer que ce soir il serait le premier à être sucé par la nouvelle fille. Un peu plus tôt, il avait entendu des joueurs qui n'étaient pas du coin plaisanter à propos d'une métisse *jop-jung*, une *petite nouvelle* chez Angelina, une *ho* mi-cubaine, mi-chinoise qui pratiquait un truc appelé pipe *yingyang* ou pipe black-out. Des clients avaient même perdu connaissance. *Quoi ? Elle sait presser les couilles exactement comme il le faut, quand il le faut, tout en suçant la bite à en faire exploser le type qu'elle pompe jusqu'à la dernière goutte.*

Il envisageait de porter un préservatif, considérant qu'il testerait la marchandise, évaluerait les compétences de la fille, une sorte de contrôle de qualité.

Lefty et Kongo allaient rester patiemment dans la voiture, sachant que les sous-sols de Mott Street seraient la prochaine étape.

Lucky ne vit pas d'autres clients dans les parages et Angelina lui fit signe de venir dans l'une des chambres. Il y avait un lit double, une table de chevet et une chaise dans un coin. Les draps, le tapis et les rideaux, tout était rouge.

Il resta à la porte, en rebouclant sa ceinture après y avoir passé la poignée du sac Prada. Il avala une pilule d'ecstasy et attendit. Après quelques minutes, la fille *jop-jung* entra par une porte communicante. Elle vit le sac Prada pendre entre les jambes de Lucky et sourit. Quand elle fit glisser son peignoir rouge en soie sur ses épaules, Lucky la contempla nue, un superbe corps hâlé et un visage exotique qui combinaient les meilleurs atouts de sa double origine. Des yeux félins et des lèvres pulpeuses, généreuses et sexy. De longs cheveux qui miroitaient lorsqu'elle tournait la tête.

Elle s'agenouilla devant lui et défit sa ceinture en décalant avec soin le sac Prada sur le côté sans jamais le quitter des yeux, même lorsqu'elle descendit sa braguette. Elle lui baissa le pantalon et sortit son pénis *lun* en le caressant du bout de ses ongles manucurés.

— *Dios mio,* s'exclama-t-elle d'une voix douce. *Nei dai sai.*

« Mon Dieu, comme il est grand », elle l'émoustillait en jonglant avec les deux langues.

— *Nei ho yeh,* répondit-il avec sarcasme. *C'est toi qui gagnes.* J'ai entendu dire que tu étais la meilleure.

Elle sourit à nouveau, se mouilla les lèvres, puis fit courir sa langue autour du bout du sexe de Lucky. Elle le lécha jusqu'à ce qu'il soit gonflé, puis entreprit de le sucer lentement et fermement.

L'effet de l'ecstasy supplantait désormais celui de la marijuana, le faisant osciller comme un yo-yo.

Il sentit la force quitter ses bras, ses jambes, son sang affluer vers sa queue, son cœur pomper à toute allure pour continuer de faire fonctionner son corps. Il eut la respiration coupée en voyant la masse de cheveux soyeux aller et venir sous son ventre. Elle resserra encore les lèvres et le prit profondément. La pression montait dans sa tête, il était prêt. Elle caressa sa verge d'une main et ses couilles de l'autre. Il explosa dans sa bouche, quatre, cinq, six fois. Le bruit qu'il entendit était son propre grognement, le doux supplice palpitant dans ses reins.

Il inspira par le nez, haletant comme un poisson, les cuisses tremblantes en appuyant son dos à la porte. Il attendit que son cœur se calme alors qu'il redescendait sur terre. Quand elle tourna la tête, il vit son doux visage baissé vers ses paumes. Elle leva ses grands yeux marron sur lui, puis ouvrit la bouche et se pencha en avant vers ses mains pour laisser l'épais fluide laiteux s'échapper de sa lèvre inférieure, mêlé à sa salive. Un filet translucide resta accroché à son menton. Elle sourit et l'essuya du dos de la main. Elle sortit une petite serviette de la table de chevet et essuya la substance collante de l'entrejambe de Lucky. Les mots n'étaient pas nécessaires ; il la regarda se retourner, toujours à quatre pattes, en emportant son peignoir rouge et le sac Prada, lui offrant une vue sur sa chatte par l'arrière. Arrivée à la porte communicante, elle se mit debout et leurs yeux se rencontrèrent une dernière fois avant qu'elle quitte la pièce. *Sino-cubaine.*

Il prit une profonde inspiration, remonta son pantalon, puis sa braguette et, après quelques pas mal assurés, ressortit dans la nuit glaciale vers la voiture noire.

Sur le court trajet entre Chrystie et Mott Street, Lucky garda la fenêtre ouverte, laissant le vent froid sur son visage agir avec l'ecstasy pour l'aider à recouvrer ses esprits.

Les On Yee récoltaient toujours l'argent de la rue avant les jours fériés et réglaient les comptes avant que n'affluent aux portes des salles de jeux les serveurs, les poches pleines de pourboires laissés pour Thanksgiving par les *gwailo,* les diables blancs.

Quand ils atteignirent Bayard Street, il était presque 22 h 30, encore tôt pour le monde du jeu. Lefty gara la Riviera sur Mulberry Street en direction du nord, le Holland Tunnel d'un côté et Manhattan Bridge de l'autre, des issues faciles si jamais ils devaient quitter Chinatown en vitesse.

Lucky, Lefty et Kongo se dirigèrent vers Mott Street, dont le calme n'était troublé que par le sifflement du vent glacial.

Ils commencèrent par la salle de jeux Numéro 9.

Le sous-sol était fortement éclairé et, sauf une partie en cours de mah-jong, Lucky n'y vit qu'une poignée d'habitués de l'association jouer au poker en mode *low* juste pour s'occuper. Il faisait froid dehors mais, *de toute façon, il est encore tôt pour les noctambules,* pensa-t-il.

Kongo remit les fausses Marlboro au gérant de la salle et se décala sur le côté en surveillant la seule table active de poker à treize cartes. Il n'y avait personne aux tables de *fan-tan* ou de *paigow*, et les croupiers fumaient des cigarettes et buvaient du café en regardant une chaîne câblée chinoise à la télévision. Lefty emporta les pilules d'ecstasy au Numéro 66, où d'autres Ghost les répartiraient dans des petits sachets avant de les livrer aux bars à karaoké de Chinatown et aux boîtes de nuit et clubs du reste de la ville.

Lucky saisit une nouvelle pilule qu'il avala avec un shot de Johnnie Black. Il patienta pendant que les gérants finissaient leurs comptes. Les joueurs n'allaient pas tarder à venir remplir les sous-sols et il voulait encore aller voir le bookmaker chinois pour placer un important pari aux courses hippiques. Les problèmes d'East Broadway revenaient sans cesse lui accaparer l'esprit, supplantant les images de pipes et de corps sexy. Il ne pouvait s'empêcher de penser à cette bande d'incapables, à Koo Jai – Kid Koo – qu'il appela sur son pager. Lefty revint avec une valise pleine de billets pour le manager et la donna aux comptables de l'établissement. Puis il ingéra une pilule et se posta à côté de Kongo à la porte, d'où il regarda la maison ramasser de l'argent sur la table de poker.

Lucky contempla la salle, mais il ne se sentait pas tranquille, obnubilé par le concept de *face* et ce qui se tramait aux confins d'East Broadway.

Pari hippique

Le centre de paris hippiques de Chinatown était le plus actif du Lower East Side, brassant cent mille dollars par jour tout en attirant le plus gros volume de parieurs de la ville. Sans compter tous les Chinois qui passaient par les bookmakers à l'œuvre dans les rues.

Le turfiste chinois moyen, qui ne parlait pas un mot d'anglais à part le nom du cheval et peut-être celui de l'hippodrome où avait lieu la course, préférait faire appel aux bookmakers. Ces derniers accordaient une remise de dix pour cent pour toute mise de dix dollars ou plus et, contrairement aux instances officielles, ne demandaient pas de remplir le formulaire fiscal W2-G ni de présenter des papiers d'identité et un numéro de sécurité sociale en cas de gains supérieurs à six cents dollars.

Aucun Chinois en situation illégale, aucun Chinois suffisamment prudent, n'allait fournir de telles informations, surtout depuis que bon nombre d'habitués se risquaient à faire des paris dits « exotiques » qui étaient plus difficiles à gagner mais rapportaient en général plus que six cents dollars.

Fong Sai Go – le quatrième frère Fong – se considérait comme un bookmaker, un *johng ga*, alors qu'en réalité il n'était qu'un *teng jaii,* un petit sampan dans le vaste océan des paris chinois illégaux. Il n'était qu'un simple intermédiaire, autorisé à pratiquer ses activités au centre de paris par ses relations au sein de l'association locale, propriétaire des murs de l'établissement. Les autres associations familiales suivirent le mouvement et les tongs ne disaient rien tant qu'ils récoltaient leur part du gâteau.

Sai Go tenait la carte dorée dans sa main et passa le pouce sur les gravures du dragon et de la déesse de la Compassion, puis sur les caractères chinois de chaque côté de ce talisman bouddhiste, une plaque de la taille d'une carte de crédit sur laquelle figuraient *cheut yop ping on* – que la paix soit avec vous – ainsi que les mots « bon voyage ». Il était en train de penser à l'ironie du sort, à quel point ce *bot gwa*, ce talisman, l'avait déçu, quand il remarqua que le centre de paris commençait à se remplir, tandis que serveurs et commis de cuisine chinois qui avaient fini leur service venaient se mettre à l'abri du froid.

Sai Go se plaça de côté, d'où il avait une bonne vue sur le grand écran couleur du téléviseur qui diffusait les courses de Golden Gate, de Los Alamitos, de Delta Downs. Les australiennes – Sydney, Melbourne, Caulfield – débuteraient plus tard, mais les courses de Happy Valley à Hong Kong et celles de l'ovale Sha Tin en Chine allaient bientôt démarrer.

Il rangea le talisman et constata qu'il était déjà minuit passé. Les parieurs affluaient encore et se mêlaient à la foule bruyante et fétide d'hommes vêtus de *meen nop*, des vestes matelassées, et de doudounes grises, marron, noires – les tons sombres de la classe populaire. Il percevait aussi l'odeur de tabac froid des cigarettes écrasées sur le lino collant.

Une bande de jeunes gangsters apparut, en anorak noir, les cheveux dressés en pointes. Plusieurs portaient des mitaines noires en cuir. Ils se répartirent entre les différents comptoirs et Sai Go approcha instinctivement sa main du cutter glissé dans sa poche arrière. Il fut rassuré de voir Lucky, le *dailo*, entrer avec un autre groupe de Ghost.

Lucky le repéra immédiatement et se dirigea vers lui. Les gens cédèrent le passage à la troupe qui l'escortait, huit têtes brûlées et un grand Malaisien à la peau sombre.

Sai Go pensa au bloc-notes dans sa poche alors que les hommes avançaient jusqu'au fond de la salle. Il ne fit aucun geste lorsqu'ils l'encerclèrent.

— Je veux parier mille dollars sur la victoire de Ming Sing dans la deuxième course de Happy Valley, dit Lucky.

— Ming Sing, répéta Sai Go, confirmant la requête.

— Il y a déjà des mises sur lui ? demanda Lucky.

— Tu es le premier, répondit Sai Go, attendant le bon moment pour changer de sujet.

Lucky avait entendu un des oncles dire que les courses étaient truquées et que Ming Sing, littéralement « star de cinéma », un hongre d'Australie, avait une cote de huit contre un. Il n'avait pas saisi les détails, mais imaginait que les triades de Hong Kong avaient probablement kidnappé un membre de la famille d'un jockey ou d'un entraîneur et peut-être payé, voire forcé, les autres cavaliers à se réfréner à la faveur du vainqueur « désigné ».

Peu importait finalement, y compris la somme, quel que soit le résultat. Il remettait en jeu les mille cinq cents dollars qu'il venait de récupérer des sous-sols de Mott Street.

— Tu pourras voir la course sur la chaîne du satellite, dit Sai Go.

Ça, Lucky le savait déjà, mais il garda le regard rivé sur Sai Go tout en s'allumant une Marlboro.

— Alors, c'est quoi ton problème ? demanda-t-il en soufflant de la fumée. Quelqu'un te doit de l'argent ?

Il lut le soulagement sur le visage de Sai Go, content que le chef aborde le sujet.

— C'est ce gamin, à peu près ta taille. *Leng jai,* plutôt beau garçon. Il se fait appeler « Koo », ou « Cool », un truc comme ça.

Lucky s'efforça de ne pas trop montrer son intérêt.

— Et comment ça se fait que tu lui aies avancé autant de fric ? demanda-t-il, sur le ton du reproche.

— Il était déjà venu parier plusieurs fois avant ça, rétorqua Sai Go. Et il avait toujours de l'argent. Mille dollars, ça ne semblait pas poser problème.

Lucky laissa échapper un filet de fumée entre ses lèvres.

— Une petite avance sur trésorerie, hein ?

— Ouais, confirma Sai Go.

Les deux hommes gardèrent le silence un moment. Sai Go reprit le premier :

— C'est juste qu'il a dit qu'il n'allait pas me payer. Devant tous les parieurs. Il m'a fait perdre la face, et…

— Je m'en occupe, l'interrompit Lucky. *Gau dim*, considère que c'est réglé. Tu as dit mille dollars, c'est ça ?

— C'est ça, *dailo*, dit Sai Go en s'inclinant légèrement.

Il sentit sa pression sanguine augmenter, la tension prendre son crâne en étau.

Lucky fit un geste de la tête au grand Malaisien, jeta sa Marlboro par terre et l'écrasa avec son talon. Les autres lui ouvrirent la voie et ils fendirent à nouveau la foule.

Sai Go les regarda partir tout en notant le pari de Lucky sur son bloc de feuilles solubles. Des feuilles qu'il pouvait avaler à tout moment pour faire disparaître les preuves des paris illégaux, car elles se dissoudraient avant d'avoir atteint son estomac. Il se sentit soudain nauséeux, le souffle court. *C'est le médicament*, pensa-t-il, *le médicament du diable blanc* gwailo *qui est pourtant censé guérir même la pire des maladies.*

L'un de ses téléphones portables sonna et il prépara son bloc. C'était Big Fat qui appelait pour lui transmettre les paris du China Garden. Dans la vision périphérique de Sai Go, les chevaux s'élançaient sur les grands écrans couleur. Il avait la tête qui tournait alors qu'il notait les chiffres à côté du surnom de Big Fat. Il connaissait tous ses turfistes par leurs surnoms. *Pai Kwut* était Spare Ribs – travers de porc. *Gee Jai*, Little Pig – petit cochon. Que des trucs dans ce genre-là. Les autres allaient bientôt se manifester.

Tiens bon, se dit-il. *C'est juste les médicaments*. Éprouvant le besoin d'air frais, il se fraya lentement un chemin vers les gens qui frissonnaient à l'entrée.

En marge

C'était tout au bout d'East Broadway, après la scierie et la vieille synagogue, au croisement avec Essex Street, que se situait le Bar 1-6-8, auparavant connu sous le nom de Mickey Rose, un ancien pub irlandais miteux qu'on disait affilié aux Campisi du quartier des Knickerbockers. Il était à deux blocs des logements sociaux Rutgers et à un bloc à l'est de l'église St. Teresa, à environ un kilomètre de Mott Street.

Le grand néon blanc du bar était la seule source de lumière au carrefour sombre et désert. Sur l'enseigne, les chiffres un, six et huit étaient imbriqués dans les lettres « BAR », accompagnés d'un verre à cocktail incliné.

À l'intérieur, la salle était longue et étroite, l'éclairage tamisé provenant d'une rangée de suspensions bleues. Il y avait un bar en bois de six mètres sur la gauche, avec une douzaine de tabourets, et quelques tables au fond. Des banquettes en plastique rouge occupaient le mur du côté droit jusqu'au billard à l'arrière.

Au cours des années, la clientèle avait changé, la plupart venait désormais des logements sociaux, autour de Seward Park, mais il y avait aussi des membres de gangs chinois qui opéraient à la périphérie de Chinatown. Des Blancs, des Noirs, des Hispaniques et des Chinois, qui se mêlaient les uns aux autres.

Il était presque minuit et on n'entendait que les Ghost qui buvaient au fond, près du billard.

Assis à la dernière table, Koo Jai, ou Kid Koo, prit une gorgée de sa bouteille de Heineken en regardant les jumeaux Jung et Shorty Ng jouer au billard. Il pensa à l'époque révolue où ces rues appartenaient aux Red Stars, avant qu'ils soient remplacés par les Ghost, et encore bien avant les vagues suivantes de caïds fukiénois. Désormais, les Fuks – ou ces « putains de *fucks* », comme il les appelait – gagnaient du terrain aux limites de Chinatown et menaient leurs propres affaires, comme la salle de mah-jong sur Henry Street, ce que les Stars n'auraient pas toléré dans le temps sans exiger leur part du gâteau. Maintenant, tous ceux qui monnayaient leur protection payaient soit aux traditionnels Cantonais de Chinatown, soit à ces foutues nouvelles organisations fukiénoises. Et les Dragons revendiquaient aussi une partie du territoire.

Shorty se plaça à l'extrémité de la table et tapa le bout de sa canne contre le plancher en bois tandis qu'il étudiait le coup de la victoire. Comme il ne mesurait même pas un mètre cinquante, il devait se mettre sur la pointe des pieds et se coucher en travers de la table pour frapper la bille.

Un coup délicat.

Un des Jung se racla la gorge avec flegme.

Shorty rata et la neuvième bille se retrouva en position facile dans le coin – il avait vraiment foiré.

Les Jung pouffèrent en grognant.

— *Dew gow keuih !* jura Shorty en tapant du poing – putain de bille de merde.

Koo Jai ne put retenir un sourire narquois, puis but une nouvelle gorgée de bière.

— Putain, répéta Shorty avec un geste rageur en contournant la table.

Koo Jai secoua la tête vers lui d'un air désapprobateur, en pensant à son surnom, *Shorty* – minus. Le plus petit mec du gang, mais à la plus grande gueule. *Un type superstitieux.* Du genre à refuser un job si c'était un jour de pluie ou à une date comportant le chiffre quatre. Pas moyen de le faire entrer quelque part si c'était au quatrième étage, ou au quatorzième, etc. Il redoutait la mort, qui sonne comme « quatre » en chinois.

Le jeune Jung gagna la partie, un grand sourire sur les lèvres. Il marcha d'un pas nonchalant alors que Shorty se baissait à contrecœur pour récupérer les billes.

Koo Jai ferma les yeux quelques secondes et sentit soudain un courant d'air froid qui lui fit tourner la tête vers la silhouette massive de Kongo à la porte ouverte du bar. Il fut encore plus surpris de voir Lucky, le *dailo*, s'approcher du billard.

Les plaisanteries autour de la table cessèrent.

Dehors, le klaxon d'une voiture retentit. Il vit l'ombre des phares sur la porte s'éteindre.

Un instant plus tard, Lucky était devant lui.

— C'est quoi ce bordel, mec ? lui lança le *dailo* d'une voix acerbe. Je t'ai bipé il y a presque une heure.

Koo Jai baissa légèrement la tête et répondit, penaud :

— Désolé, boss, la batterie de mon pager doit être naze.

— C'est ton putain de cerveau qui est naze.

Pour marquer le coup, Lucky sortit le Smith & Wesson et le posa sur le cadre du billard.

— Y se passe quoi ici ?

Koo Jai savait que ce n'était pas une visite de courtoisie, mais semblait sincèrement ne pas comprendre de quoi il retournait, échangeant des regards avec Shorty et les frères Jung dans le silence qui régnait soudain. Lucky renâcla, puis tourna sa mine sévère vers Koo Jai.

— Comment ça se fait que t'aies personne dans la rue ? Tu sais ce qui se passe là-dehors ?

Lucky marqua une pause pour ménager son effet.

— KJ, c'est toi qui es aux commandes, ici. Dis-moi ce qui se passe.

Il posa les doigts sur l'arme et attendit.

— On gère le quartier, répondit posément Jai. On a toujours fait ce qu'il fallait, on s'assure que les *hoh-kwee* et les *loy sung* n'entubent pas les Chinois.

Lucky prit l'arme et dit :

— Et c'est ce que tu fais ici, dans ce bar ? Tu gardes vraiment un œil sur ce qui se passe, hein ? Et tu fais juste semblant de boire des bières et de jouer au billard, c'est ça ?

— Allez jeter un œil dehors, ordonna Koo Jai à Shorty et aux Jung.

— Bordel, ça caille, bougonna Shorty alors qu'ils se dirigeaient vers la porte.

— On était dans la rue tout à l'heure, poursuivit Koo Jai. Et y avait personne. Il fait trop froid. On est juste rentrés pour se réchauffer.

Lucky se plaça derrière lui avec son arme.

— Laisse-moi te dire un truc, gronda-t-il. Quelqu'un s'amuse à aller dévaliser les affaires du coin, ce qui n'est pas bon pour nos affaires à nous, parce que ça nous fait passer pour des cons. Je veux tes hommes dans la rue, à l'affût de braquages, les oreilles et les yeux grands ouverts.

Koo Jai hocha la tête puis dit :

— Pas facile de comprendre les Fuk. Quand ils parlent, on dirait qu'ils crachent ou qu'ils chient.

— Je m'en tape, rétorqua Lucky en faisant face à Koo. Tu ferais mieux de garder la main sur ton périmètre. Parce que, crois-moi, mec, s'il y a un autre cambriolage, ça retombera sur toi.

— OK, boss, souffla Koo Jai, en essayant de garder la face. Mais j'ai une question.

Lucky acquiesça.

— Dis-moi.

La voix de Koo Jai était désormais plus assurée.

— Tu sais qu'on est là-dehors avec les *hok-kwee* – les junkies –, les négros et les latinos, et maintenant, on doit non seulement avoir les Dragons à l'œil, mais il y a aussi ces putains d'enfoirés de Fuk Ching.

Lucky plissa les yeux.

— Et alors ?

— Rappelle-moi, poursuivit Koo Jai, toujours avec respect, pourquoi on se retient, pourquoi on va pas simplement péter la gueule, *sot,* à ces fils de pute ?

— Tout le monde la joue tranquille. Il y a des accords passés, au-dessus de nous, par les anciens.

Koo Jai comprit que ça voulait dire que c'étaient les pontes des sociétés qui géraient tout ça. Il savait pertinemment qu'il valait mieux ne pas contester le *dailo* ou les oncles.

— Ouais, dit-il, mais les Fuk ont craché sur Shorty et les Dragons ont pissé sur la voiture de Jung.

Lucky leva le pistolet au niveau des yeux de Koo Jai.

— T'inquiète pas pour eux. Le moment venu, on va nettoyer tout ce bazar.

Lucky rangea l'arme dans sa poche intérieure, serra la mâchoire et jeta un œil à sa Rolex.

— Pour l'instant, je veux savoir qui est derrière ces casses.

— OK, boss, acquiesça Koo Jai tandis que Lucky se dirigeait vers la porte, suivi de Kongo. Bien sûr, grommela-t-il pour lui-même en regardant le *dailo* de Mott Street sortir du bar minable d'East Broadway.

Nuit sans fin

Quand Jack se réveilla à nouveau, il faisait sombre dans son studio, seuls les chiffres numériques du poste radiocassette diffusaient une faible lueur. Il était 22 heures passées.

Il s'habilla et descendit sur la Huitième Avenue où il s'arrêta prendre des raviolis de Shanghai à la sauce piquante dans l'une des échoppes ouvertes à toute heure. Quand il eut fini de manger, il était 23 h 30 et il se glissa dans le premier taxi chinois rangé le long de la rue, qui prit la direction du Brooklyn Bridge. Une fois à Manhattan, le chauffeur *see gay* se dirigea vers le nord, sur Bowery, quittant la Cinquième Circonscription vers la Neuvième.

Neuvième et minuit

Sur son bureau, il y avait les photos de la scène de crime des Kung, un dossier et une note de l'agent Wong. À la demande de Jack, Wong avait appelé un chauffeur chinois pour ramener la grand-mère chez elle et s'était renseigné pour apprendre que la famille avait pris ses dispositions auprès de l'entreprise de pompes funèbres Heaven Grace de Flushing. Les certificats de décès seraient disponibles là-bas.

Les parents, dont les pires craintes s'étaient réalisées, étaient en route pour New York.

En regardant les photos, Jack avait beau se dire que, si le suicide n'était pas inhabituel, c'était quand même différent dans ce cas-là. La disparition de familles entières, surtout impliquant de jeunes enfants, était particulièrement tragique.

Le dossier contenait les rapports du QG. Le témoignage du concierge était fidèle aux propos qu'il avait tenus devant Jack, factuel, cohérent avec celui de l'agent de sécurité. Les deux hommes avaient découvert ensemble la vision d'horreur. Les comptes rendus suivaient le schéma standard de la police : heures, lieux, faits.

L'autopsie avait établi l'asphyxie comme cause des décès. Si le corps ne reçoit plus d'oxygène, il finit par perdre connaissance, puis par tomber dans le coma, jusqu'à ce que mort s'ensuive. *Étouffement par monoxyde de carbone.* Les quatre cadavres avaient révélé des niveaux mortels de ce poison invisible et inodore. La mère et les enfants présentaient également des doses importantes d'Actifed, plus qu'assez pour les rendre somnolents.

Il n'y en avait aucune trace chez le père. *Il devait s'assurer que le charbon continue de brûler, le monoxyde de carbone de se répandre.* Il avait connu une mort lente et douloureuse, prenant peut-être conscience, alors qu'il suffoquait, de l'énormité de ce que sa femme et lui avaient fait, tout en sachant qu'il était trop tard pour faire machine arrière.

Jack repensa aux photos des grands plats ornés de dragons rouges. Il y restait plus de charbon et de cendres que dans les casseroles de la cuisine.

Il referma le dossier et le remit dans le porte-documents avec les photos. Il se remémora le décès de Pa et songea à ce qui attendait désormais les proches : l'organisation des obsèques, la veillée funèbre, l'enterrement et enfin l'église ou le temple. Plus tard, la visite au cimetière, conclusion d'un long processus d'adieux, si des adieux étaient possibles.

Il se mit à faire le tri dans la paperasse, à répertorier les questions en suspens de l'affaire.

L'agent Wong avait laissé à l'attention de Jack un petit mot sur un Post-it, un commentaire non officiel en marge des rapports : il avait l'intention de se rendre à la veillée funèbre de la famille Kung qui allait avoir lieu dans le quartier chinois de Flushing. *La conclusion de son processus à lui,* pensa Jack, *c'est une bonne chose.* Lorsqu'ils se sont frottés à la mort, les Chinois superstitieux considèrent que rendre un dernier hommage à la victime permet d'enrayer le mauvais sort.

Le tour de garde s'étirait en longueur.

Jack consulta la main courante, les rapports de patrouille et les derniers communiqués sur l'ordinateur.

Dans la Soixante-douzième Circonscription de Brooklyn, l'attaque d'une bijouterie avait provoqué une course-poursuite et un vol de voiture. Quatre des sept braqueurs armés de la Galerie du Joaillier avaient pris la fuite. Les trois autres avaient été arrêtés.

Dans le Queens, une bagarre à cause d'une jolie fille avait dégénéré lorsque l'un des jeunes avait poignardé son colocataire avant d'être coffré une heure plus tard. La femme en question n'avait fait aucun commentaire.

Dans la 0-5, la circonscription de Chinatown, deux membres de gang avaient été interpellés alors qu'ils essayaient d'obtenir une rançon après avoir kidnappé et torturé un immigrant chinois.

Jack se demanda si les Ghost de Tat avaient quelque chose à voir là-dedans, avant de se dire qu'il s'agissait plus probablement d'un coup des Fukiénois. La victime et les agresseurs avaient tous des noms typiquement mandarins, Zhang et non Chang, Qiu et non Chu. Un deuxième incident à Chinatown faisait état d'un Chinois non identifié qui avait été pris dans une embuscade alors qu'il sortait d'un restaurant, par au moins deux assaillants qui lui avaient plusieurs fois tiré dessus ; il était dans un état stationnaire à l'hôpital du sud de Manhattan. Les policiers de la 0-5 étaient sur le coup, mais se trouvaient freinés par le manque de coopération de la population locale et des commerçants. *Pas étonnant*, pensa Jack. L'inhabituelle force de frappe retint toutefois son attention, des armes plus lourdes que dans la plupart des épisodes de violence de Chinatown : des balles de calibre 45, des fusils de calibre 223, des kalachnikovs, des Colt de calibre 45 et des Parabellum de 9 mm. La victime avait apparemment riposté avec un revolver de calibre 38 – une sarbacane en comparaison.

Une lutte de pouvoir, songea Jack, *ou alors un vilain règlement de comptes.*

Aux limites de la Neuvième Circonscription, les rapports étaient arrivés tôt. Toys'R'Us avait ouvert à 7 heures du matin pour des soldes exceptionnelles qui avaient généré une rixe entre deux clients pour une figurine parlante de Spiderman à dix dollars. Au magasin Kmart, une émeute avait éclaté, des acheteurs déchaînés s'étaient piétinés pour récupérer une télé couleur à cinquante dollars.

Et Thanksgiving se voulait être une fête de partage…

Des agents et des patrouilles étaient sur place.

Du Black Friday aux jours précédant Noël, les commerces allaient de pertes en profits. Les publicités pour les soldes et promotions attiraient les consommateurs dans les boutiques et les centres commerciaux, alimentant la folie acheteuse qui supplantait la morale et le message spirituel des fêtes. Jack repensa à l'un des préceptes bouddhistes de Ma : *le néant, tel est le secret du bonheur.* Voilà qui allait à contre-courant du capitalisme et ne fonctionnait guère dans cette ville, ce pays, ce monde moderne d'argent et de machines. Il valait mieux le laisser aux moines des steppes de haute montagne, loin du vacarme et du grondement des civilisations industrialisées.

Il essayait de garder à l'esprit le principe de la force qui coule en toute chose, le *tao*, mais les affaires de Chinatown revenaient encombrer ses pensées. *Le meurtre de Mme Ping, à l'origine des manifestations des Fukiénois, les cambriolages, les crimes des gangs et la violence omniprésente,* tous ces incidents hors de sa juridiction titillaient son sens du devoir.

Des vieilles dames chinoises se faisaient régulièrement renverser par des camions sur Canal Street. Elles marchaient trop lentement et semblaient croire qu'aucun chauffeur n'oserait leur foncer dessus. Elles étaient peut-être en tort, mais ça n'en restait pas moins des tragédies.

Mais qui s'en souciait vraiment ?

Dans la vie d'un flic, plus il côtoie de tragédies, plus ça déteint sur lui, devient une part de lui-même. Confrontés à trop d'horreurs, certains policiers en viennent à retourner leur arme contre eux-mêmes.

En essayant de chasser le mauvais karma de son esprit, Jack pensa à Alexandra Lee, son amie avocate activiste. Il devait encore la remercier de l'avoir aidé à organiser ses dernières vacances à Hawaï. Il décida de passer la voir à son bureau à NoHo une fois son service terminé, mais il allait d'abord se rendre à Chinatown, chez Billy Bow, son copain d'enfance, au magasin de tofu.

À l'approche du déjeuner, Jack commanda des sushis à emporter chez Avenue B, un restaurant à la mode où on servait encore du poisson cru à 3 heures du matin. Le trajet aller-retour à pied jusque là-bas, à quatre blocs du poste de police, lui ferait faire un peu d'exercice bénéfique pour sa circulation sanguine.

Malade mental Avenue B

Le restaurant de sushis était encore bondé à 3 heures du matin, pris d'assaut par les clubbeurs du week-end qui sortaient de boîtes de nuit prisées comme le Webster Hall ou le Limelight et venaient tempérer les derniers effets de l'ecstasy avec du saké et du poisson cru.

Du U2 à la place des mix du DJ.

Jack était en train de payer pour son Nabeyaki Special, un menu avec soupe et sushis, quand il entendit du tumulte dehors, dans la rue pourtant déserte à son arrivée.

Les clients tournèrent la tête.

Le gérant du restaurant, un jeune type d'Asie Pacifique, qui essayait de se donner des airs de *yakuza* mais qui faisait plutôt penser à Jack à un étudiant en école de commerce de la NYU, se fraya un passage jusqu'à la porte pour voir ce qu'il se passait.

En empochant la monnaie, Jack lui emboîta le pas.

Dehors, un homme blanc pas très grand, vêtu d'une veste militaire usée, était en train de hurler sur le trottoir vers les lampadaires dans la nuit froide et sombre. Son souffle chaud découpait un nuage de vapeur dans l'air glacial. Il gardait les mains enfoncées dans les poches de sa veste.

Un malade mental, songea Jack.

Ne sachant pas trop comment aborder l'individu, le manager se tenait à distance.

— Excuse-moi ? Hé, mec, excuse-moi ? lança le *yakuza* de la NYU.

La vingtaine, le nez plein de morve, le détraqué était probablement un SDF. Il ressemblait à Charles Manson, avec les yeux globuleux.

Il continuait de beugler.

Jack se demandait si quelqu'un dans le voisinage avait déjà prévenu la police, lorsque l'homme fit un pas vers le patron du restaurant.

Mieux vaut se méfier, avec les malades mentaux, se dit Jack ; on ne savait jamais comment ils pouvaient réagir.

Les instituts psychiatriques en avaient lâché des milliers, et bon nombre de ces bombes à retardement ambulantes étaient venues dans la ville, qui n'était pas préparée à les gérer.

Jack sortit son insigne et s'adressa à lui avec autorité :

— Hey, *mon pote*, qu'est-ce que tu dirais qu'on te trouve un abri au chaud ? Avec un bol de soupe ? Un lit ?

Il crut entendre une sirène au loin.

Le type se tourna vers Jack et sourit, en levant lentement les mains à son visage. Il étira le coin de ses paupières pour imiter des yeux bridés. Puis il éclata de rire.

— *Yo*, putain de *jap* ! cria-t-il à Jack. T'es pas flic, toi ! Sale enfoiré de fourbe !

Il cracha vers le manager asiatique, qui recula.

OK, pensa Jack, *malade mental, mais pas au point d'en oublier d'être raciste*. En entendant ces mots et ces insultes, il perdit toute humanité et toute empathie. Il voyait désormais l'individu comme un simple détraqué de plus, un danger pour lui-même, voire pour les autres.

Le clochard se mit à faire des espèces de mouvements de kung-fu accompagnés de cris à la Bruce Lee.

Garde ton calme, se dit Jack en faisant un pas en arrière. Ce type était peut-être dérangé dans sa tête, mais ça ne voulait pas dire que son corps ne fonctionnait pas parfaitement.

Soudain, il fondit sur Jack.

Instinctivement, le policier se déhancha et se pencha en arrière alors que le pied du fou furieux fouettait l'air, ratant sa cible mais renversant sa commande à emporter. Le clone de Charles Manson sortit un objet métallique de son manteau avec lequel il se mit à décrire de larges gestes devant Jack.

Jack fit un bras d'arc pour bloquer l'attaque avant de s'approcher et de lui crocheter le pied, ce qui fit perdre l'équilibre à son adversaire. Puis le policier frappa du plat de sa paume tendue la poitrine du clochard qui tomba en arrière. Il atterrit sur le trottoir et Jack lui colla son genou dans le dos tout en lui écrasant le poignet pour envoyer valdinguer le cutter un peu plus loin. Le détraqué cessa de se débattre lorsque Jack sortit les menottes. *Fou, mais pas bête.*

Jack reprit son souffle tandis que le patron du restaurant remerciait encore et encore son nouveau héros *ying hung*. Les nouilles *udon* et les *hamachi* gisaient par terre.

Les lumières de la voiture de patrouille clignotaient à moins d'un kilomètre.

Au bout de l'avenue, l'ambulance arrivait.

Selon la procédure habituelle, le malade mental allait finir à Bellevue pour être placé sous surveillance psychiatrique. Puis les services sociaux prendraient le relais. Enfin, on le mettrait à nouveau sous médicaments avant de le relâcher, une autre bombe à retardement de retour parmi la population.

Il y aurait d'autres victimes.

Une fois que tout avait été réglé avec les agents, Jack avait perdu l'appétit et retourna au poste pour terminer sa permanence.

Les médicaments du diable blanc

Sai Go appuya sur l'interrupteur et se tint dans la faible lumière jaunâtre. Il vit qu'il était 4 heures du matin lorsqu'il retira sa montre et la posa à côté du lavabo de la salle de bains. Quand il regarda dans le miroir, il se retrouva face à un vieillard défait. Il n'avait que cinquante-neuf ans. Des yeux vides enfoncés au milieu d'un visage émacié. Des cheveux gris et blancs clairsemés, coiffés à la brosse, qui auraient besoin d'un coup de ciseaux. Une barbe naissante sur son menton.

Les petits flacons en plastique étaient alignés sous la glace de l'armoire à pharmacie. S'il était fier de parvenir en général à lire les noms pittoresques des chevaux sur le bulletin de course malgré son anglais approximatif, les mots sur les flacons demeuraient obscurs à ses yeux.

Taxol.

On lui avait trouvé une tumeur au poumon. *Un nodule. Un adénocarcinome.*

Il avait du mal à se concentrer.

Vinorelbine.

Une pilule deux fois par jour. Une pilule tous les deux jours.

Il avait oublié lequel était lequel. Les médicaments l'étourdissaient.

Les rouges aux rayures blanches, tous les trois jours.

Les bleues, *une par jour ?*

Les tablettes jaunes, les gélules violettes…

Leucocidine.

Des termes vides de sens, telles des petites bêtes noires qui dansaient sur l'ordonnance du dispensaire. De nouvelles sonorités qui vibraient à ses oreilles, aux accents étrangers.

Gum Sook, l'herboriste, lui avait recommandé d'arrêter de fumer et de faire infuser du thé aux larmes de Job avec du sucre brun. *Pas de lézard, ni de poche vésicale, ni de poudre de corne, ni de pénis de bœuf séché.*

Chimiothérapie.

Radiothérapie.

D'autres bêtes dansantes. Il allait perdre ses cheveux et se sentir très mal.

Chat Choy, chef cuistot au Tang's Dynasty, lui avait conseillé de faire bouillir trois gousses d'ail à manger avec de la sauce soja. Longshot Lee, serveur au Garden Palace, lui avait dit avec calme et assurance : « Fais revenir trois gousses d'ail dans de l'huile d'olive, ajoute du poivre noir, du gingembre et du sel avec des champignons shiitake. Deux fois par jour. Pendant deux mois. »

De nos jours, cinquante-neuf ans, c'est trop jeune pour y passer.

Les quatre mois qu'il lui restait n'étaient pas suffisants.

Oublie tout ça, conclut-il, épuisé. *Un jour ou l'autre, on finit tous par mourir.*

Ils ne me feront pas avaler une de ces pilules gwailo *de plus.* C'était plus douloureux d'essayer de rester en vie que d'accepter de mourir. Ses pensées commencèrent à dériver, loin, il avait l'impression à la fois de planer et d'avoir le tournis. Ça se propageait, désormais. Il sentait son cancer dans son sang, comme s'il payait pour ses péchés, sa vie en chute libre, dégringolant en spirale, sans défense ni espoir.

Il toussota et déglutit, un goût de sang au fond de la gorge. Après avoir éteint la lumière, il attendit que ses yeux s'accommodent à la pénombre et sortit de la salle de bains.

Au salon, il alluma le poste de télévision qui diffusa un halo dans la pièce. Il baissa le volume et rembobina la cassette vidéo de la deuxième course de Happy Valley. Sur les étagères, à côté des décodeurs, il avait installé une sorte de petit espace de travail : c'était là qu'il chargeait ses téléphones portables, rangeait ses blocs de feuilles solubles et passait en revue les cotes des hippodromes à l'étranger.

À la lueur de l'écran, le salon, inchangé depuis vingt ans, comportait un canapé convertible usé, entouré de part et d'autre d'une paire de tablettes en contreplaqué, et un bureau qui servait de table à manger.

Il s'assit sur le sofa pour visionner l'enregistrement. Il faisait beau à Hong Kong, mais il voyait que la piste était mouillée. Il avait dû pleuvoir ce matin-là.

Les cavaliers aux tenues colorées impeccables calmaient leurs montures en entrant dans les stalles de départ. Il passa les chevaux en revue : Gung Ho Warrior, Buddha's Baby, Fool Manchu, Happy Dragon, Sword of Doom, Baby Bok Choy, Noble Emperor, Ming Sing, Chu Chu Chang, Double Happiness, Secret Asian Man et Geisha Gold. Douze partants sur la ligne.

Soudain, le coup de feu fut tiré, ils s'élancèrent. Sans le son, Sai Go commentait la course dans sa tête, cherchant le trucage de son œil affûté.

Au départ, Geisha's Gold est à la corde avec Noble Emperor, suivi par Buddha's Baby. Fool Manchu et Baby Bok Choy se disputent la troisième place. Deux longueurs derrière eux, Double Happiness est accompagné par Ming Sing à son extérieur et Chu Chu Chang prend sa place à la corde, Secret Asian Man et Happy Dragon dans son dos. Viennent ensuite Gung Ho Warrior, puis Sword of Doom en retrait alors qu'ils foncent dans le premier tournant.

La course est emmenée par Geisha's Gold et Noble Emperor, talonnés par Fool Manchu une longueur derrière, puis un peloton serré composé de Buddha's Baby et Chu Chu Chang devant Baby Bok Choy, Ming Sing et Secret Asian Man. Happy Dragon est contraint de se rapprocher en épaisseur par Gung Ho Warrior et Double Happiness. Enfin, Sword of Doom ferme toujours la marche.

Sur la ligne droite, Geisha's Gold et Noble Emperor restent aux commandes. Derrière eux, les autres gagnent du terrain – ils montent, accélèrent, tous essaient de rattraper les concurrents de tête. L'allure s'intensifie ; Ming Sing est en neuvième position. Plus que huit cents mètres.

Secret Asian Man poursuit son effort à l'extérieur et prend l'avantage. Ming Sing est toujours à la corde en huitième position. Les chevaux se tirent la bourre et rejoignent les premiers.

Ils entrent dans le tournant des écuries.

Secret Asian Man s'impose toujours, juste devant Buddha's Baby et Chu Chu Chang prêt à bondir. Ming Sing est en septième position.

Ils sont à trois côte à côte dans le tournant. Double Happiness, Chu Chu Chang et Buddha's Baby. Ming Sing est sixième, les autres redoublent d'efforts.

Sur la dernière ligne droite, les jockeys brandissent leur cravache.

La tête de peloton accentue l'écart. Ming Sing progresse dans le sillage de Double Happiness à mi-parcours. Sword of Doom, défiant les autres chevaux, les suit. Buddha's Baby perd du terrain et Chu Chu Chang ferme la marche.

Après une course effrénée sur les trois dernières longueurs, au poteau c'est finalement Ming Sing, d'une encolure, puis Double Happiness et Sword of Doom. Buddha's Baby finit quatrième.

Sai Go abattit son poing et poussa un cri de joie. La course, qui avait duré une minute à peine, avait été de toute beauté. Il attendit que s'affichent les résultats des gains en songeant que ses paris, via son intermédiaire à Happy Valley, allaient rapporter plus de dix mille dollars. Se fiant au choix de Lucky pour Ming Sing, il avait placé des mises doubles, voire triples, sur d'autres tiercés atypiques. Ce type d'opérations aux États-Unis paraissait banale par rapport aux paris exotiques à Hong Kong ; les gains dans celle qu'on appelait le Port des Senteurs étaient astronomiques.

Il but un shot de Chivas et patienta, assis sur le canapé.

Les chiffres apparurent à l'écran.

Lucky, le *dailo*, avait gagné plus de six mille dollars, mais l'ensemble des mises de Sai Go lui avait rapporté plus de onze mille dollars. En soustrayant l'argent du *dailo*, son profit s'élevait à plus de cinq mille dollars, tout ça grâce à un trucage.

L'argent lui serait transféré sur son compte en banque de l'US Asia dès le lendemain, moins la commission de ses partenaires à Happy Valley et les frais de transaction.

Sai Go se frotta les yeux et éteignit le poste, replongeant la pièce dans le noir. *Que faire avec ça ?* se demanda-t-il. *Comment dépenser mon jackpot ?* Quand soudain l'ironie de la situation le rattrapa.

Il se voilait la face ou quoi ? Il lui restait quatre mois à vivre et il se réjouissait d'avoir gagné cinq mille dollars à Happy Valley ? *J'aurais dû dresser une liste de tous les trucs de Chinois à faire avant de tirer ma révérence.*

Aller à Bangkok, boire et baiser jusqu'à la mort.

Visiter tous les endroits qu'il n'avait pas eu l'occasion de voir.

Retourner à Hong Kong et en Chine dire au revoir aux quelques membres âgés de sa famille avec qui il était encore en bons termes.

Sauf que, maintenant, plus proche que jamais de la ligne d'arrivée, il n'était pas sûr de vouloir voyager avec la mort dans ses bagages. Il envisageait plutôt de mener sa dernière bataille à Chinatown, jusqu'à rendre l'âme dans son petit une pièce de HLM.

Il avait environ vingt-huit mille dollars sur son compte en banque et une assurance-vie d'une valeur de cinquante mille dollars à la Nationwide dont son ex-femme était toujours la bénéficiaire. C'était tout. Pas de nouvelle épouse, pas d'enfants, pas de famille. Ses parents étaient décédés depuis longtemps. Il s'était brouillé avec les autres – sa sœur, ses cousins, tous. *Un monde sans fin, amen.*

Il lui restait à réclamer l'argent qu'il avait avancé à certains, qu'on lui règle ses dettes. Si besoin, il dirait qu'il se lançait dans une nouvelle activité qui nécessitait des fonds conséquents. *Une fois que j'aurai tout récupéré,* se dit-il, *j'aurai encore un peu de temps pour faire le genre de choses qu'on fait à la fin de sa vie.*

Il envisagea d'aller chez le coiffeur, de se faire masser, d'acheter le journal chinois, mais il s'endormit sur le canapé, dans l'obscurité, sans vraiment savoir ce que lui réservait la vie.

En passant

À l'heure de pointe en ce début de journée, Jack prit le bus M103 en cours de route, alors qu'il était déjà presque sur St. Mark's Street. Il arriva rapidement à Chinatown. Il descendit à proximité de Bayard Street et prit à l'ouest vers Mott Street, en passant devant le vieil immeuble où il avait grandi, où Pa était mort.

Une foule de personnes âgées était agglutinée, bloquant le trottoir devant le restaurant de Sam Kee. Jack traversa la rue et s'éloigna des devantures de boutiques miteuses qu'il avait connues sous des jours meilleurs lorsqu'il était enfant.

Le magasin de tofu de Billy se trouvait à un bloc de là. Billy Bow, fils unique d'un fils unique, était son plus vieil ami à Chinatown. Il était les yeux et les oreilles de Jack dans le quartier et lui fournissait des tuyaux sur ce qui se tramait au sein de la communauté.

Le Tofu King représentait le fruit du travail de trois générations d'une famille installée de longue date à Chinatown, les Bow. Fut un temps où ça avait été le principal distributeur de produits à base de tofu dans le quartier, mais désormais il n'en était clairement plus le roi. Face à une concurrence de plus en plus féroce à mesure qu'arrivaient de nouveaux immigrants de Chine, le Tofu King devait à présent avoir recours à des opérations promotionnelles pour ne pas perdre ses clients. Chaque semaine, le « Mardi Tofu » accordait une remise de cinquante pour cent au troisième âge et chaque jour après 18 heures, trois gâteaux de riz et du *dao jeong*, du lait de soja frais, coûtaient seulement un dollar.

Le grand-père de Billy avait lancé le négoce en cultivant ses propres germes de soja, puis avait perfectionné le processus de la cuisson, avant de le transmettre à son fils, le père de Billy, qui l'avait développé en s'associant à des producteurs dans l'Indiana. Finalement, Billy, enrôlé à son tour dans l'entreprise familiale, avait élargi leur offre en s'ouvrant au marché des produits sains et agrandi la boutique pour en faire le Tofu King. À présent, les affaires étaient difficiles, face non seulement à la concurrence mais aussi aux coûts qui n'arrêtaient pas d'augmenter.

Jack repensa aux trois années où, sans objectif précis en tête, il avait travaillé au Tofu King, dans l'arrière-salle étouffante, à préparer et à couper le soja en *foo jook*, des feuilles de soja, et les tofu *fa*, les puddings au tofu. C'était bien après la mort de son ami Wing Lee, mais avant qu'il fasse finalement des études au City College.

À travers la vitrine embuée de la boutique, il vit Billy au fond en train de faire de grands gestes, agité, la mine contrariée.

Jack entra dans le magasin humide et écouta la diatribe de son ami à propos du dernier scandale.

— Un fonctionnaire de l'Hygiène publique, enfin plutôt un *voleur* de l'Hygiène publique si vous voulez mon avis, se pointe chaque mois avec des nouvelles réglementations. Juste pour qu'ils puissent se faire encore plus d'argent sur le dos des Chinois.

Le laïus habituel devant les commis en cuisine, pensa Jack.

— *Ew ke ma ga hei,* fils de pute, jura Billy dans son meilleur dialecte de Toishan, la langue des premiers immigrants de Chinatown. Des *milliers* de dollars d'amende.

Jack se servit de ce dont il avait besoin et se dirigea vers Billy qui pestait toujours en direction de ses employés. Ceux-là fronçaient les sourcils et hochaient la tête à tout ce qu'il disait.

Feignant la surprise, Billy se tourna vers Jack et lâcha un rire.

— Oh merde ! C'est la 0-5 d'Hawaï ! Sortez vos cartes vertes, les gars ! Coffre-les, Jack-O.

Jack était content de voir Billy sourire, ça changeait de ses penchants maniaco-dépressifs.

— Quoi de neuf, *man* ? On dirait même que tu as bronzé !

Billy prit une inspiration et secoua tristement la tête alors que Jack posait sur le comptoir trois pots de *bok tong go* qu'il avait pris dans le réfrigérateur.

— C'est quoi cet attroupement devant chez Sam Kee ? s'enquit Jack.

Billy renâcla.

— Ils attendent leur canard *for ngaap* gratuit. L'inspection a décrété que c'était désormais illégal de pendre des canards et des poulets dans les vitrines, sans système de contrôle de la température. Ils ont collé à ce bon vieux Kee une amende de deux cents dollars et un avertissement.

Jack secoua la tête, l'air de dire : « Et alors ? »

— Alors Kee s'est énervé et a menacé de jeter les canards dans la rue. Les vieux espèrent en récupérer un gratos.

— Ça ne risque pas d'arriver, grimaça Jack.

— Je crois pas non plus.

— Tout ce qu'il va réussir à faire, c'est s'attirer les foudres des services d'assainissement.

— Jack, *yo*, ça fait cent ans que les canards et les poulets sont accrochés dans les vitrines de Chinatown. Et tout à coup, c'est un problème d'hygiène ?

— Le Canard Centenaire. C'est pas le nom d'un restau sur Wally's Street ?

— Quel ramassis de conneries, poursuivit Billy. La dernière épidémie remonte à quand ? À 1893, par là ?

À travers la vitre givrée, Jack vit la voiture verte de l'agent municipal assis au volant s'attarder au coin de Bayard.

— La Ville veut juste se faire du blé en rackettant les Chinetoques, mon frère. Kee Junior appelle ça la loi de la « couillonnade des canards » et des « poulets plumés ».

Jack ricana, songeant à quel point plus les choses changeaient à Chinatown et plus elles restaient les mêmes. *Ça fait cent ans que ça dure.* Le vieux Kee avait certainement un peu trop tardé à verser les pots-de-vin ou alors l'Hygiène publique avait envoyé un inspecteur zélé aux dents longues, potentiellement raciste. Les avocats de Chinatown trouvaient toujours le moyen de contourner les réglementations municipales. Les élus se succédaient. Ça aussi, ça passerait.

— Tout le monde parle de cette femme, Mme Ping, dit Billy doucement. La Fukiénoise qui s'est fait tuer ?

Jack hocha la tête ; il faisait allusion au meurtre qui avait déclenché les manifestations devant le One Police Plaza.

— Trois salopards à capuche, des connards de rappeurs apprentis gangsters. (Les yeux de Billy lancèrent des éclairs.) Et hier il manquait la moitié de mes gars en cuisine parce qu'ils sont allés protester devant la police.

— Pas facile, répondit Jack.

— Tu l'as dit, putain. L'association fukiénoise veut que ces raclures paient. Ils ont même engagé des avocats *blancs*. Ça vire au lynchage juridique.

Jack consulta sa montre, sachant à quel point Billy pouvait être bavard.

— Mais le crime accorde jamais de répit, hein ? plaisanta Billy. Tu veux quoi d'autre ? Du *fun* ou des feuilles ?

Il faisait référence à des produits de tofu, même si les deux noms semblaient être des allusions à la drogue ou à des connotations sexuelles.

Les deux amis éclatèrent de rire à cette blague entre eux qui remontait aux nombreuses heures qu'ils avaient passées ensemble en cuisine, pleins de sueur, à faire bouillir les graines de soja.

Billy poussa un long soupir avant de reprendre :

— Tu te souviens de Jeff Lee ? Celui qui a ouvert un petit bureau dans un entrepôt sur Pike Street ?

— Bien sûr, répondit Jack. JK Transactions, un truc du genre.

— Eh bien, il te cherchait. J'ai essayé de t'appeler avant de me souvenir que t'avais dit que tu partais en vacances.

— Pourquoi ? Qu'est-ce qu'il me veut ?

— Il a été cambriolé, dans les huit mille dollars en tout, sans qu'il y ait aucun signe d'effraction.

C'est le territoire des Ghost, ça, songea Jack. *Chez le* dailo *Tat.*

— Aucun signe d'effraction ? Jeff a pas appelé la police ?

— Si, ils sont venus. Une patrouille assignée aux affaires de vols, tu vois le genre. Ils ont rédigé un rapport puis ont dit à Jeff que, d'après eux, c'était probablement un de ses gars qui avait fait le coup de l'intérieur. (Billy se pencha en avant et ajouta plus bas :) Écoute, j'ai dit à Jeff que tu bossais plus dans la circonscription, mais il demandait juste comme ça, peut-être que tu pourrais aller jeter un œil. Pour avoir un deuxième avis.

Jack la ressentit à nouveau, cette tension à l'arrière du cou, la raison pour laquelle il avait dû quitter la Cinquième Circonscription. Cette prédisposition typique de Chinatown, la défiance des Chinois envers les policiers et les responsables politiques, une fracture historique due à des siècles de corruption en Chine, ainsi qu'à Hong Kong, où elle s'élevait carrément au niveau d'art.

Tout ce qu'il avait réussi à accomplir de positif dans ce quartier en tant que flic, il le devait au fait d'être chinois.

Et tout ce qui était arrivé de négatif en cours de route, c'était aussi parce qu'il était chinois.

Toutefois, il était convaincu qu'il aurait pu changer les choses s'il avait su laisser de côté sa quintessence chinoise.

— Franchement, reprit Billy, tirant Jack de ses pensées. Le coup d'un de ses gars, putain ? Jeff gère son affaire avec son père et sa sœur. On parle d'un bureau et de quelques chaises, pas des boutiques JC Penney. Ils vendent surtout en gros. Y a pas grand monde qui circule chez eux.

— J'ai eu mon lot d'emmerdes dans cette circonscription, Billy. Je peux pas contester le rapport d'un collègue.

— C'est pas ce que je te demande, mais si jamais il s'avérait que c'étaient les tiens qui t'avaient larronné, je te garantis que t'aurais pas envie de l'entendre de la bouche d'un flic blanc qui se marre intérieurement.

Devant la cruelle vérité contenue dans les paroles de Billy, Jack secoua la tête.

T'inquiète pas pour ça, mon petit Jacky. C'est Chinatown.

— J'en ai fini ici, Billy, insista Jack.

— C'est exactement ce que j'ai dit à Jeff, rétorqua Billy. Tiens, prends quand même sa carte. Appelle-le si une idée de génie te vient.

En rangeant la carte dans sa poche, Jack repéra sur le comptoir l'*United National*, un journal de langue chinoise. Des photos de l'homicide-suicide de la famille Kung faisaient la une. Le gros titre « TRAGÉDIE » lui fit penser qu'il devait encore aller rendre visite à Ah Por, qui pourrait peut-être l'éclairer.

— T'as fini de le lire ? demanda-t-il en pliant le journal.

— Prends-le.

— T'as entendu parler de la fusillade sur Division Street ? Des types avec des kalachnikovs ?

— Ouais, il en a été question à la radio, confirma Billy.

— Il s'est passé quoi ?

— Je sais pas. Je peux me renseigner auprès des Fuk tout à l'heure. Ils doivent venir travailler en cuisine cet après-midi.

— Je t'appelle ce soir.

— C'est vendredi, sourit Billy. Tu sais où me trouver.

Jack sourit. La tradition du vendredi soir, c'était d'aller chez Grand-Père, le bar incontournable du coin.

Dehors, le ciel était à nouveau menaçant.

Billy mit les produits de Jack dans un sac en plastique et écarta les mains, paumes en avant, pour refuser son argent avec un signe de tête.

Jack sourit et se tapa la poitrine du poing droit en guise de remerciement, avant de se diriger vers la porte froide, couverte de buée.

Il coupa par Park Street jusqu'à Mulberry Street puis longea le Columbus Park.

Il ne s'attendait pas à y trouver les vieilles femmes, mais il voulait en avoir le cœur net puisque, de toute façon, c'était sur le chemin. Il avait vu juste. Sous ce vent glacial, il n'y avait pas âme qui vive dans le parc et les arbres étaient depuis longtemps dénudés. Lorsque la météo était plus clémente, les vieilles femmes s'alignaient le long de la clôture, assises sur leur tabouret en plastique, avec leurs cartes, leurs herbes et leurs ouvrages rouges de divinations. Il faisait à présent trop froid et Jack savait qu'Ah Poor s'était réfugiée à l'intérieur. Il s'était souvenu d'elle, car Pa était allé la voir peu après la mort de Ma. Surtout pour s'entendre dire des mots ou des chiffres porte-bonheur, n'importe quoi pourvu que ce soient des bons présages.

Plus récemment, les prédictions d'Ah Por, de manière indirecte, avaient fourni de précieux indices à Jack. *Le centre d'accueil du troisième âge*, pensa-t-il en sortant du parc.

Sous le ciel uniforme, l'immeuble terne en brique rouge se situait au coin de Bayard Street, vague équivalent vétuste du colosse Art déco à un bloc de là sur Baxter Street qui abritait le centre de détention des Tombs, ou « Maison d'arrêt pour hommes », et la Cour pénale. Les seize étages de cet édifice imposant avaient été taillés dans le calcaire, surplombant une solide base de granite au niveau de la rue, datant de 1938.

Le bâtiment en brique rouge était plus vieux, peut-être une centaine d'années. Sa façade extérieure était composée de pierres, de colonnes et de tourelles de style médiéval. Tous les cadres des fenêtres étaient peints en vert. Autrefois, ça avait été le lycée de quartier de Jack, la Public School 23, cinq étages de salles de classe, un auditorium et une cafétéria. Du lino vert partout.

Plusieurs générations d'immigrants avaient fréquenté l'école, y compris des Irlandais et des Italiens. Dix ans après que Jack et sa classe constituée exclusivement de Chinois eurent passé leur diplôme, le lycée n'avait plus suffi pour accueillir la communauté grandissante, et ses vastes salles avaient été mises à la disposition des personnes âgées et de diverses associations culturelles et municipales. On y proposait désormais des petits déjeuners gratuits aux aînés, à ces mêmes tables où Jack avait mangé en tant qu'élève. Il repensa aux repas de l'époque : sandwichs au fromage, soupes de pois cassés, macaronis au fromage, sandwichs au beurre de cacahouète et à la confiture. En de rares occasions, les gamins avaient droit à des coupes de glace Dixie.

Quand il pénétra à l'intérieur, ce fut comme si le passé le rattrapait, puis le dépassait. Le lino usé de son enfance avait été remplacé par des carreaux de vinyle plus clairs. Au plafond, un nouvel éclairage avait été installé, doux mais suffisamment lumineux pour les plus âgés. Le bourdonnement des gens en train de manger et de parler emplissait l'espace. *Chung Wah*, la radio chinoise, diffusait les bulletins d'information et de météo à travers les haut-parleurs, juste au-dessus des bavardages et des commérages.

Jack se dirigea vers le fond de la pièce, où il vit que la vieille cuisine de la cafétéria de l'école publique avait été équipée d'une demi-douzaine de gazinières à wok. Cinq cuiseurs à riz professionnels étaient posés sur un grand comptoir le long du mur.

Sur un panneau d'affichage étaient écrits en caractères chinois les menus du mois. Soupes : courge cireuse, racines de lotus, poisson ou légumes. Plats principaux : ailes de poulet, porc, saumon, bœuf, côtelettes de porc et saucisses chinoises. Comme fruit du jour, il y avait en général des oranges.

Jack scruta les tables à la recherche d'Ah Por, une vieille femme parmi une marée de têtes grises, la plupart portant des doudounes démodées, gracieusement offertes par Good Panda dont le logo était bien en évidence dans leurs dos. Jack continua de balayer du regard la centaine de Chinois âgés en train d'aspirer leur gruau de riz fumant, le *jook*, dans lequel ils trempaient des petits bouts de pain qu'ils avaient apportés. Un bol de gruau gratuit ce matin, financé par une association caritative, un organisme municipal, une banque alimentaire fédérale ou encore une société chinoise. *Qu'importe.* Jack se réjouissait de voir les aînés manger avec appétit le *jook*, l'aliment de base de toute leur vie. Il savait que Pa était venu lui aussi prendre ici ces petits déjeuners, pas tant pour se sustenter que pour avoir de la compagnie.

Il la repéra enfin au bout d'un banc, près du mur opposé. Sa veste beaucoup trop grande pour elle lui donnait l'air encore plus petite, ratatinée au-dessus de son bol en plastique. Quand Jack s'approcha d'elle, certains le toisèrent avec curiosité et méfiance, mais Ah Por ne sembla pas le remarquer. *Sa vue décline probablement*, pensa Jack, tout en sachant que les secrets qu'elle percevait n'avaient rien à voir avec la vue.

— Ah Por, dit-il, juste assez fort pour couvrir le vacarme.

Elle leva tête vers lui et, après un instant, une lueur dans ses yeux attesta qu'elle l'avait reconnu. Un petit sourire las lui étira les lèvres. Jack constata qu'elle n'avait aucun de ses instruments de divination, ni livre rouge ni tiges de bambou, mais il savait que les objets du quotidien lui suffisaient pour faire ses prédictions et que, grâce à ses dons de clairvoyance, elle pouvait lui fournir un indice qui, s'il paraissait obscur de prime abord, se vérifiait par la suite.

Cette fois-ci, il cherchait davantage un peu de réconfort, un éclairage, plus qu'une piste à proprement parler. Ses mots pourraient exorciser le mauvais karma qui l'enveloppait.

— Ah Por, répéta-t-il en lui tendant le journal *United National* ouvert sur les photos de la famille Kung décédée.

Il glissa dans sa paume ridée un billet de cinq dollars plié en quatre et lui adressa un sourire en baissant légèrement le menton.

Elle fit courir son doigt courbé sur les photos du journal et ferma les yeux. Puis elle bascula lentement la tête d'un côté, comme si elle se concentrait pour entendre quelque chose, et dit :

— Un feu. (Elle marqua une pause avant d'ajouter :) C'est un signe de sacrifice.

Elle parcourut l'article du bout des ongles.

— Le vent, murmura-t-elle, qui souffle la peur.

Jack se pencha en avant pour mieux distinguer ses mots.

— Une purification est requise. Expier les regrets. Parfois, c'est nécessaire, pour repartir de zéro.

Elle passa la paume sur les portraits d'écoliers des enfants.

— Ce n'est la faute de personne.

Ah Por reprit sa respiration, regarda Jack comme une grand-mère regarde un petit garçon.

— Des sanctions fermes ont du bon, au bout du compte.

Elle retira sa main et souffla :

— Va au temple, récite une prière et fais une offrande. Huit dollars.

Jack lui remit un autre billet de cinq, accompagné de la carte de visite de Jeff Lee.

Elle frotta la carte entre ses doigts et eut l'air contrarié avant de fermer les yeux.

— *Malo*, dit-elle et Jack s'approcha.

« Mauvais », en espagnol ? Il ne comprenait pas, jusqu'à ce qu'elle rouvre les yeux et répète le mot, en adoucissant l'accent de Toishan :

— *Ma lo*.

« Singe. »

— Un singe ? demanda Jack. Vous voyez un singe ?

— Une *image*, répondit Ah Por avant de lui adresser tout à coup un regard stupéfait. On t'a tiré dessus, dit-elle sans détour.

Jack fut surpris qu'elle soit au courant.

— Oui…, répondit Jack, lorsqu'elle lui toucha la poitrine du côté gauche, sous sa veste, où les côtes enveloppaient le cœur. C'était au bras, précisa-t-il.

— Non, rétorqua-t-elle doucement. Autre chose.

Elle s'embrouille, pensa Jack. *Elle commence peut-être à perdre la tête.*

— C'était il y a longtemps, affirma-t-il.

— Non, corrigea Ah Por. Pas *quand*…

Soudain, elle se remit à manger son gruau, aspirant le liquide sur sa cuillère.

Jack savait que la séance était terminée. Il la remercia, lui pressant gentiment l'épaule. Elle sembla frissonner et il recula pour la laisser manger en paix.

Elle ne leva pas les yeux tandis qu'il sortait de la cafétéria de son enfance, désormais tourmenté par des réponses qu'il ne comprenait pas.

Une fois dehors, il réfléchit aux mots d'Ah Por tout en marchant, dans l'odeur de *jook* et de *yow jow gwai*, les beignets de Big Wang.

Après avoir pris à gauche sur Bayard Street, il passa devant une rangée de sous-sols des tongs, qui se transformaient en salles de jeux la nuit. Pendant son enquête sur Oncle Quatre, la présence de Jack dans ce milieu avait compromis plusieurs opérations des agents fédéraux. Ses faits et gestes avaient été minutieusement consignés par la DEA – l'agence de lutte contre les trafics de stupéfiants – et l'ATF – contre les trafics d'armes, de tabac et d'alcool –, mais il avait découvert qu'une femme était impliquée dans le meurtre.

Quelqu'un – *probablement un membre d'une des sociétés secrètes,* suspectait Jack – avait aussi contacté le département des Affaires internes pour l'accuser à tort de corruption auprès des bookmakers. L'affaire avait donné lieu à une enquête et il avait été suspendu.

Quelque part, une femme court toujours, songea-t-il en traversant Mott Street.

Le *jook* de Pa

Big Wang, véritable institution de la restauration rapide sur Mott Street, préparait encore le gruau de riz à la mode cantonaise traditionnelle, épais et onctueux, alors que la plupart des autres restaurants avaient désormais tendance à le rendre trop aqueux, sans substance. Jack allait chez Big Wang pour le *jook* préféré de Pa, dont il commandait un bol chaque matin dès lors que son père n'avait plus été en mesure de sortir de chez lui. Jack lui apportait le gruau avant d'aller travailler à la Cinquième Circonscription, subvenant aux besoins de son père chaque jour au cours des dernières semaines de sa vie.

Le *jook*, une des raisons pour lesquelles Pa avait refusé de quitter Chinatown. *Son gruau, son journal, son* bok choy. Ses excuses pour ne pas se déraciner.

Quand le *jook* de Jack arriva, il y ajouta un morceau de *yow jow gwai*, un beignet frit, qu'il laissa flotter dans le bol, tout en ressassant les mots d'Ah Por : *sacrifice, un singe, une blessure par balle.*

Hallucination, charabia et sorcellerie, pensa Jack, avant de se rappeler que ses prédictions s'étaient vérifiées par le passé.

Le gruau de riz lui avait fait penser à Pa et, quand il eut fini son bol, il décida de passer au temple en chemin.

Les prières de Ma

« Temple du Bouddha » était taillé en lettres dorées dans le bois sur la devanture de Mott Street. Dans la vitrine, une statue en bois finement sculptée représentait des moines et des dieux. La figure de la déesse de la Compassion se trouvait sur le côté.

À l'intérieur, Jack entendit des chants bouddhistes s'élever d'un poste radiocassette et vit les morceaux de papier rouges sur le mur, couverts de caractères noirs tracés à l'encre, au nom des membres et des donateurs. L'odeur de l'encens et des cierges parfumés à la surface des coupes remplies d'huile flottait dans la salle. Dans un coin, des étiquettes en plastique jaune portaient le nom des bien-aimés, des défunts, soigneusement alignées sous les assiettes d'oranges et les vases de glaïeuls.

En repensant aux visages de la famille Kung, il s'avança vers les dieux.

Il alluma trois bâtons d'encens et se prosterna trois fois devant les représentations des divinités, avant de planter les tiges dans une urne remplie de sable.

Il remercia la nonne puis observa à travers la fenêtre ornée du Bouddha la rue désormais en pleine ébullition matinale.

En sortant, il glissa huit dollars dans la boîte rouge réservée aux dons avant de faire ses adieux aux Kung.

AJA

Jack marcha d'un bon pas vers Chrystie Street, où la rue se prolongeait à gauche vers NoHo. Son souffle formait des nuages de vapeur ; par ce froid, on ne croisait dehors que les plus résistants et les plus malheureux. Après avoir dépassé les parcs à junkies, il arriva devant ce qui avait été autrefois une épicerie mais qui arborait aujourd'hui une enseigne jaune sur laquelle on pouvait lire « Assistance juridique pour Asio-Américains ».

L'AJA, qui se prononçait comme « Asia », était une association militante constituée de jeunes avocats asiatiques qui donnaient de leur temps à la communauté.

Par la porte ouverte, il vit les bureaux et les ordinateurs. Comme il n'y avait personne à l'accueil, il se dirigea directement vers l'espace de travail d'Alex dans l'angle.

Il la repéra à travers la petite vitre de la porte en bois. *Alexandra Lee-Chow, bientôt la trentaine mais qui pourrait encore passer pour une étudiante, en pleine procédure de divorce, au début de ce qui a l'air d'être une mauvaise journée pour elle.*

Elle semblait d'humeur massacrante. Sur le seuil, il hésita. Elle l'invita d'un geste à entrer, puis leva la main pour lui faire signe de se taire.

Jack posa les pots de *bok tong go* sur un coin de son bureau qui n'était pas encombré de dossiers ou de documents juridiques.

— Je voulais juste te remercier pour Hawaï, chuchota-t-il rapidement. Et on m'a dit que tu serais sortie le reste de la matinée.

Alex se détourna et déclara dans le téléphone :

— C'est inacceptable. Shen Ping s'est vidée de son sang en attendant que l'ambulance arrive.

Elle s'assit et lança à Jack un regard dégoûté avant de raccrocher.

— Le meurtre de Shen Ping. (Elle se frotta les yeux.) Tu sais, ça fait la une de tous les journaux, avec les manifestations, tout le tintouin. Bref, la famille veut attaquer la ville, les urgences, le système pénal, expliqua-t-elle avant de marquer une pause. Ainsi que le NYPD et quiconque lié de près ou de loin à la mort de cette femme.

En l'écoutant, Jack anticipait déjà les récriminations à venir.

— L'ambulance a mis plus de vingt-cinq minutes à arriver sur place, poursuivit-elle. Près d'Allen Street. Les paramédicaux prétendent avoir été bloqués dans les embouteillages générés par les livraisons.

Jack écoutait patiemment.

— Parce que, tu sais, les commerçants du quartier se plaignent depuis des mois que les forces de l'ordre – flics, greffiers, et autres employés de la ville – abusent de leur passe-droit en prenant les rues de Chinatown pour leur parking personnel. Le département municipal de la voirie ferme les yeux sur le stationnement des véhicules de police mais colle des amendes aux camions chinois qui ne peuvent pas accéder au trottoir et n'ont pas d'autre choix que de décharger leurs livraisons au milieu de la route.

Jack secoua la tête, compatissant.

Après une pause, elle ajouta :

— Désolée de te balancer tout ça, Jack.

— Sale journée, dit-il. Moi aussi, j'en ai connu quelques-unes dernièrement…

— Alors, mes parents t'ont organisé une *luau* ? le coupa Alex en changeant de sujet.

Elle l'avait branché sur le voyage organisé à Hawaï quand il avait cruellement eu besoin de faire une coupure, après ses déboires au sein de la 0-5. Bien que blessé, il avait ramené un criminel de San Francisco impliqué dans le meurtre du parrain de Chinatown, Oncle Quatre. Ça lui avait valu une promotion.

— Ouais, dit Jack, un sourire aux lèvres en se remémorant le moment. Du porc braisé, du poï, du *mahi-mahi*, la totale.

Elle hocha la tête en souriant, avant de reprendre un air sévère.

— Le gamin qui a tiré, dit-elle amèrement, faisait l'objet de trois mandats d'arrêt et n'aurait jamais dû être relâché du centre de détention pour mineurs. Il avait des antécédents violents, quelqu'un a clairement merdé.

Le téléphone retentit à nouveau.

Jack comprit que c'était important et fit mine de partir.

Je t'appelle plus tard, mima-t-il avec son index et son pouce, en s'arrêtant à la porte.

En retour, Alex pointa le doigt vers les récipients en plastique.

— Merci pour le *bok tong go*, dit-elle tout bas en lui adressant un sourire triste alors que Jack s'en allait.

Jour pour nuit

L'immeuble de bureaux de seize étages en verre réfléchissant au 2 Mott Street était le plus haut du carrefour ; le rez-de-chaussée accueillait une agence Citibank et un magasin de souvenirs pour touristes. Le bruit courait que l'un des propriétaires n'était autre que le consortium des commerçants On Yee, qui occupait tout le troisième étage, ainsi que le dernier. En traversant le hall d'entrée, Lucky se rappela que le tong prenait ses dispositions dans le penthouse.

Si l'ecstasy le boostait la nuit, désormais, en plein jour, elle le privait du sommeil dont il avait besoin.

Lucky monta vers le toit par le minuscule ascenseur de service et avança jusqu'au bord. Dans l'air froid matinal, il prit une profonde inspiration, expira et alluma un joint sur lequel il tira si longtemps que le bout incandescent vira à l'orange vif. Fumer l'apaisait, lui permettait de ralentir, de faire le point sur les forces qui gravitaient autour de lui. Il scruta le patchwork chaotique des toits au-dessus de Chinatown qui s'étendait à l'horizon. À l'est, au-delà du croisement, il voyait l'enclave grandissante des immigrants fukiénois, dont le siège de l'association Fuk Chow arborait le drapeau rouge de la République populaire au-dessus d'un balcon carrelé surmonté d'une pagode.

Lorsque Lucky était enfant, les partisans de la Chine continentale, les *cocos,* n'auraient jamais osé brandir le drapeau rouge, par peur d'être attaqués ou de voir leurs commerces vandalisés, si ce n'est incendiés. Des hommes cagoulés auraient pu débarquer à tout instant, arme au poing, pour les tabasser ou les poignarder.

Les temps avaient changé.

Alors que les vieux de la vieille des sociétés chinoises se montraient toujours prudents, les jeunes qui se disputaient les rues voyaient les choses à leur façon : gérer l'argent sale généré par leurs trafics.

Lucky tira sur son joint tout en contemplant la vue sur le vieux Chinatown, les rues principales que les premiers immigrés chinois avaient considérées comme leur nouveau chez-eux, galérant pour mener leurs petites vies sous le joug de Blancs qui ne les aimaient pas et ne voulaient pas d'eux. La communauté s'était quand même développée. Désormais, les Fukiénois dominaient les zones limitrophes au nord et à l'est, occupant en grande majorité les logements habités autrefois par les WASP, les Irlandais, les Italiens, les juifs, et les Toishanais et Cantonais avant eux.

Le vent qui balayait le toit le revigora et la marijuana lui calma les nerfs. Il avait toujours un peu de mal à mettre de l'ordre dans ses pensées à cause de l'ecstasy, mais il commençait à voir un schéma se dessiner dans son esprit. En tant que chef de la Ghost Legion, Lucky n'était pas le plus calé en histoire, mais c'était un fervent admirateur des Romains et des hordes mongoles avant eux. Il avait vu les films *Ascension et chute de l'Empire romain*, sous-titré en chinois, et *Gengis Khan*, deux cassettes vidéo oubliées dans le sous-sol Numéro 17 par il ne savait quel tocard.

Il avait appris que l'Empire romain s'était effondré parce qu'il était devenu trop grand à gérer et que la corruption l'avait rongé comme un cancer. C'était ce qu'il craignait pour les Ghost. Les chefs des quartiers chinois de Boston et de Philadelphie se plaignaient déjà que de nouveaux clubs et cercles de jeux avaient ouvert autour des rues principales. Ces nouveaux acteurs appartenaient à des organisations locales et à des confréries qui n'hésitaient pas à défier l'autorité. Pour soutenir ces arrivistes, d'autres groupes comme les Ma Ching, un gang malaisien, étaient arrivés de la côte Ouest.

On reprochait aux Ghost de New York de s'être empâtés, de se complaire dans le confort et de rechigner à faire un peu de route pour venir renforcer les rangs de confrères. Lucky savait que le mécontentement bouillonnait aussi à Chicago, où des rumeurs circulaient selon lesquelles un groupe dissident des Ghost envisageait de se scinder. Plus localement, la menace provenait des Fukiénois qui menaçaient quiconque se hasardait dans la zone allant d'East Broadway aux rues adjacentes qui se déployaient comme des tentacules. Les réseaux de prostitution dirigés par la vermine du commerce du sexe complétaient les salles de jeux et la poudre blanche des trafics en lien avec la Chine.

Plus l'insubordination se développait en périphérie, plus Lucky perdait la face et plus des factions ambitieuses risquaient de remettre son autorité en question.

Pour les Mongols, ça avait été une autre histoire. Ils avaient tout conquis mais, au bout du compte, ils s'étaient fondus dans la masse, jusqu'à se faire finalement assimiler à l'un des peuples qu'ils avaient envahis. Comme les Mongols, la grande menace pour Lucky résidait à l'est : la Chine, Taïwan et l'Asie du Sud-Est. La vieille garde des tongs et les triades de Hong Kong allaient-elles suivre le mouvement et sacrifier la Legion à la faveur d'alliances paramilitaires étrangères plus puissantes ?

Lucky tira une dernière bouffée sur son joint avant de le jeter par-dessus le toit. Il n'aimait pas l'idée d'être sacrifié ou assimilé. *Ne fais confiance à personne,* telle était sa devise. Mais, comme dans le cas des Romains et des Mongols, tout n'était-il finalement pas que *jing deng,* le destin ? *Mais alors, y avait-il un moyen de s'en sortir ? Vider ses comptes et se tirer ? Changer d'identité ? Disparaître ?*

Sa peur passagère le fit rire.

Inutile de paniquer, pensa-t-il. *J'ai encore du temps.* En contrebas, deux cars de tour-opérateur chinois tournèrent à Chatham Square, probablement en direction d'Atlantic City.

Lucky pensa aux stocks d'ecstasy dans les soutes des cars descendant l'I-95, un million de tablettes en direction du sud depuis Montréal, des pilules qui finiraient dans les clubs et les boîtes de nuit de toute la côte Est. Sans compter les tonnes de cigarettes hors taxe depuis les réserves indiennes. Qu'on laisse les Fuk escorter les livraisons. *Ouais, putain,* se dit-il, *les Ghost n'auraient plus à gérer les mules et se contenteraient de récupérer les pilules.*

Ils pourraient se concentrer sur la distribution. Le volume augmenterait et la Legion serait moins exposée, ça réduirait les risques. Si le système fonctionnait bien, Lucky voyait d'ici affluer l'alcool, les feux d'artifice, les kalachnikovs, la poudre chinoise.

Par ici la monnaie ! Il comptait déjà.

Lucky avait entendu d'autres histoires circuler dans le quartier. Apparemment, les Hung Huen – la triade du Cercle Rouge – n'étaient pas satisfaits de la façon dont s'étaient déroulées certaines affaires avec les Hip Ching.

Lucky éprouvait un respect mitigé envers les Hung Huen. *Cercle vert, cercle jaune, putain de cercle rose, c'est du pareil au même ; des sociétés secrètes chinoises.* À ses yeux, ça ne valait pas mieux que les fumisteries de Fu Manchu, le personnage créé par les *gwailos* blancs, impressionnés par ces conneries avec les cierges, l'encens et le sang de poulet sur fond d'incantations de zombies. Mais, dans la réalité, Lucky savait que les triades étaient d'immenses gangs à l'organisation complexe qui comptaient parmi les acteurs majeurs de la criminalité en Europe, en Amérique centrale et en Amérique du Sud. Plus récemment, ils avaient fait des incursions en Amérique du Nord via le Canada.

Lucky avait bien conscience de devoir veiller à ce que les Ghost ne finissent pas assimilés ou sacrifiés, toutefois il était trop tôt pour proposer un accord aux triades. Mieux valait d'abord voir comment ça se passait avec les cars. En plus, les On Yee, en partenariat avec la triade des Bak Bamboo, avaient la mainmise sur les routes entre New York, Atlantic City et Foxwoods dans le Connecticut. Les Bak Bamboo envisageaient d'étendre leurs circuits pour inclure Chinatown dans le réseau entre les trois États. Lucky préférait voir quelles opportunités allaient se présenter avant de tenter quoi que ce soit.

Voyons ce qui va arriver, pensa-t-il, sachant qu'il était primordial de faire preuve de patience face au changement. Il regarda le drapeau rouge au loin avant de se détourner du vent froid en provenance d'East Broadway.

Le naufrage du sampan

Sai Go se réveilla sur son canapé-lit, encore tout habillé à part ses chaussures, vaseux, et sans vraiment savoir comment il avait fini là. Il n'avait aucune idée de l'heure qu'il pouvait être, mais, dans la lumière morne qui filtrait à travers les rideaux, il distinguait le mur du placard et le miroir au-dessus de sa commode. Ainsi que les deux cartons de vêtements d'été qu'il avait sortis au cas où il déciderait de partir au soleil. C'était le début de l'après-midi, mais, de l'autre côté de la fenêtre, le ciel était crépusculaire. Quand il roula de son lit, un élan de douleur lui traversa l'épaule, lui rappelant qu'il devait aller chez le coiffeur, où il aurait droit à un massage en prime.

Il tira un coffre en métal gris de sous la commode, fit coulisser les chiffres jusqu'à la bonne combinaison, puis l'ouvrit. Il contenait une pile de cartes téléphoniques prépayées, dont il se servait pour prendre les paris sur ses téléphones portables, un moyen de communication sans fil impossible à tracer. La plupart de ces cartes étaient à vendre, Sai Go les gardait en dépôt de chez Big Chuck Chan, le principal distributeur à Chinatown de cartes téléphoniques internationales. Les turfistes les achetaient à Sai Go, car il accordait un dollar de remise. Big Chuck faisait partie de ses parieurs réguliers et le stock de cartes servait de garantie à ses crédits.

Sous les cartes se trouvait un revolver dans un holster. Il sortit l'arme de son étui et la caressa. Fabriqué en Italie, le Trident Vigilante avait une finition mate en nickel, une crosse en caoutchouc noir et un cylindre à six balles rechargeable compatible avec les cartouches Smith & Wesson, calibre 32. Le revolver à canon court était ultra-léger, seulement quatre cent cinquante grammes, et la cartouche de 32 engendrait moins de recul que la 38. C'était une petite arme très pratique, parfaite pour les tirs rapprochés mais peu performante à distance. Sai Go avait scié et limé le marteau pour qu'il ne se coince pas dans l'étui.

Sai Go n'aimait pas les armes automatiques, il craignait qu'elles ne s'enrayent ou qu'elles ne lui explosent les couilles s'il les portait à la ceinture sans le cran de sécurité et appuyait malencontreusement sur la détente dans la précipitation. Avec le revolver, il n'y avait pas ce genre de problèmes. Il suffisait de dégainer et de tirer. Inutile de le charger. Simple et rapide. Il avait vu assez de parieurs se battre pour savoir que celui qui ouvrait le feu en premier sortait en général vainqueur. Lors des deux premiers coups, l'explosion du canon provoquait un tel choc au tympan qu'on se figeait sur place l'espace d'un instant. Celui qui ne se figeait pas en réchappait. L'autre non.

Sai Go posa son argent sur le revolver.

Au fond de la boîte se trouvaient deux petites liasses de billets et une enveloppe renfermant un livret et le certificat de l'assurance-vie de cinquante mille dollars à laquelle il avait souscrit à la Nationwide. Il avait effectué sans faute ses modestes versements au cours des vingt dernières années, depuis que sa femme était partie, pour que, si jamais il se remariait un jour, il ait plus à offrir qu'un simple divorcé vieillissant qui n'avait même pas de vrai métier.

L'assurance-vie était comme un bonus, comme un couteau Ginsu.

Il pouvait rayer le nom de son ex-femme et désigner un nouveau bénéficiaire à tout moment. Il n'avait pas d'enfant, personne d'autre en tête. Ha ! Quelle ironie du sort, être en train de mourir sans savoir à qui léguer son argent. L'assurance était payée jusqu'à l'été suivant, une saison qu'il ne verrait plus.

Il remit l'enveloppe dans la boîte, sur le côté, et sortit les liasses, des billets tout neufs de vingt et de cinquante, quelques mille, des liquidités en cas d'urgence, en cas de départ hâtif. *Eh bien, c'est une urgence, désormais*, songea-t-il, sauf qu'il n'avait nulle part où aller.

Il imagina un village au sud de la Chine, près de Toishan, assez loin de Guangzhou pour que ce soit encore la campagne. Le village de ses aïeux, même si désormais sa famille était éparpillée et qu'il n'y restait que de rares parents avec qui il n'était pas en bons termes, surtout depuis le divorce. *Retourner au village où personne ne veut de moi pour qu'on me regarde mourir ?*

Il était calme, reposé après avoir beaucoup dormi. Il se vit quelque part en Thaïlande, un cadre tropical ensoleillé avec des filles bronzées pour apaiser la fin de ses jours. Passer les nuits à savourer de la bière Singha et des festins de *satays*, de nouilles *chow kueh teow* et de soupe *tom yum*.

Tout compte fait, il pouvait simplement aller chez la Grosse Lily ou chez Angelina s'il voulait des filles à la peau mate, et à Penang ou à Jaya il trouverait de la bière thaïe, du rôti à la thaïlandaise ou du poulet *hainam*. Pour le soleil, il n'avait qu'à prendre un car qui descendait au sud par l'Interstate ou le train au toit vitré panoramique vers la Floride pour quelques semaines. Un endroit pas trop loin, où il faisait beau. Une croisière ? Mais qu'est-ce qu'il ferait sur un bateau plein d'étrangers *lo fan* ? Autant rester seul à Manhattan, il lui suffisait d'éteindre ses téléphones et de rester à l'écart des paris et de Chinatown.

Je prends tout ça très bien, finalement, constata-t-il ; avec résignation, bien sûr, mais que faire d'autre ? Se mettre dans tous ses états ? Sombrer dans la dépression ? Supplier les dieux de lui accorder le pardon et le salut ? Garder espoir, quand même les médecins n'en montraient plus ? Il n'était pas du genre suicidaire et, même s'il redoutait la souffrance à venir, il ne se voyait pas gâcher la moitié du temps qu'il lui restait en se rendant malade à cause des radiations. Il n'allait pas se mettre au lit et attendre la mort.

Bon sang, je suis arrivé jusqu'à cinquante-neuf ans, songea-t-il. De manière générale, il avait mené une vie décente et n'avait commis aucune atrocité dont il aurait à se repentir.

Il n'avait pas de proches à informer. Il ne laissait rien à personne, et sa concession dans la vieille section chinoise du cimetière de Peaceful Valley était payée depuis des années. Il devait apprécier ce qu'il lui restait et essayer d'éviter une mort douloureuse, même s'il avait arrêté de prendre les médicaments et renoncé à la chimiothérapie.

Trois ou quatre mois ?

S'il était père de famille, les choses seraient différentes, mais il était seul. La question était donc de savoir s'il voulait aller mourir ailleurs ou rester à Chinatown jusqu'à la fin. Il pouvait cesser ses activités de paris et simplement profiter des derniers jours. Prendre une navette pour Atlantic City ou le Connecticut et jouer aux cartes face aux flambeurs chinois. Il en aurait pour son argent, et ce n'était qu'à trois heures de route de Chinatown.

Les pensées se bousculaient dans sa tête alors qu'il sirotait son *jook* chaud en mâchonnant les beignets croustillants de chez Big Wang. Il lut son journal chinois et ne put s'empêcher de consulter les résultats des courses.

Son gain de Happy Valley avait été transféré sur son compte de l'US Asia Bank, qui totalisait désormais plus de trente-huit mille dollars. Même en soustrayant les six mille dollars du *dailo*, il avait plus de trente mille à dépenser au cours de ses derniers mois à vivre. Plus les deux mille dollars qu'on lui devait, mais ça n'allait pas poser problème. Les parieurs étaient comme sa famille : serveurs, cuisiniers, vendeurs ambulants et livreurs. Qu'ils misent dix ou cent dollars, il les avait toujours traités avec respect, dans une bonne ambiance de camaraderie et de franchise. Il n'avait jamais laissé les dettes dégénérer et s'était forgé une clientèle fidèle. Plus rien de tout ça n'avait d'importance, il le savait, la partie était terminée.

Depuis Catharine Street il vira sur Henry Street vers l'est ; malgré le froid, les trottoirs étaient bondés de marchands de fruits et légumes, de poissonniers, d'étals de volailles et de boulangeries. Camions et fourgons encombraient le bord de la route, leurs pots d'échappement fumant alors que les chauffeurs se dépêchaient de faire leurs livraisons en essayant d'éviter une *chow pai*, une contravention.

Sur Henry Street, les immeubles en brique dataient du début du siècle, l'époque où ils avaient été principalement occupés par des juifs, alors qu'ils hébergeaient aujourd'hui surtout des Chinois. Manhattan Bridge s'élevait au loin.

Le salon de coiffure New Canton était identifiable à son auvent bleu et à la paire de ciseaux et au peigne affichés sur sa vitrine. C'était une petite échoppe coincée entre un magasin de nouilles et un marché de volailles sur une section délabrée de Henry Street.

Le salon n'avait rien à voir avec les instituts de beauté flambant neufs qui pullulaient sur Pell et Doyers Street. La devanture du New Canton était constellée de graffitis. À l'intérieur, la pièce décrépie disposait de six fauteuils et d'un petit comptoir près de la porte. Des miroirs couvraient les murs, ainsi que des étagères de shampoing, de lotions et de serviettes. Les assistantes lavaient les cheveux à deux lavabos, côte à côte derrière une paroi en plastique.

Quand il s'approcha, Sai Go vit qu'il y avait deux coiffeuses mais aucun client dans le salon. L'une était une jeune Chinoise aux allures de vamp, les cheveux roux, courtement vêtue avec un chat tatoué sur l'épaule. L'autre était sa coiffeuse attitrée, une femme qu'il connaissait sous le nom de Bo, qui signifie « précieuse ». Elle lui coupait les cheveux une fois par semaine depuis près de deux ans.

Mme Chu Bo Jan.

Bo n'était pas une employée à plein temps comme les autres. Elle louait l'un des fauteuils trois ou quatre jours par semaine, en échange de quarante pour cent de ses revenus reversés à la propriétaire du salon. C'était cette dernière, Kiki, parieuse occasionnelle auprès de Sai Go, qui lui avait expliqué la situation lorsqu'il lui avait demandé en privé pourquoi une femme plus âgée, encore très belle, en était arrivée à devenir coiffeuse à temps partiel.

Précieuse

Bo avait une dette envers ses passeurs, les « têtes-de-serpent », comme les milliers de gens qui concluaient des accords à trente mille dollars avec des trafiquants chinois pour venir en Amérique. Le marché incluait des faux passeports, des documents frauduleux et parfois la promesse d'un travail. La famille de ces immigrés clandestins, restée en Chine, servait de garantie humaine en cas de non-respect du contrat.

Bo Jan était déjà considérée comme relativement âgée lorsque, à vingt-huit ans, elle avait épousé un ouvrier de dix ans son aîné. C'était à l'époque de la politique de l'enfant unique. Bo avait voulu un bébé, et Kwok, son mari, avait accepté à contrecœur, à condition que ce soit un garçon. Il n'excluait pas la possibilité d'un avortement.

Ce fut une fille.

Leur relation s'était rapidement tendue. Kwok voulait laisser la fillette dans un orphelinat, comme tant de Chinois le faisaient. Il espérait qu'ils auraient une autre chance d'avoir le garçon si désiré.

Rien que l'idée était impensable pour Bo.

Les orphelinats étaient saturés de petites filles. Les Américains, qui refusaient d'adopter des bébés noirs, affluaient en Chine pour recueillir des nouveau-nés dès qu'ils étaient disponibles. La Chine vendait son surplus indésirable de population à raison de dix mille dollars l'enfant. Ce nouveau commerce international de nourrissons était aseptisé et légal. Les esclaves sexuelles asiatiques qui arrivaient entassées dans les cales de cargos ne bénéficiaient pas d'une telle protection.

Plutôt que de voir sa lignée s'éteindre, Kwok avait préféré abandonner sa femme et son enfant avant le premier anniversaire de la petite. Bo avait emmené sa fille dans le village de sa famille près de la rivière des Perles. Là, plusieurs déboires amoureux successifs l'avaient persuadée qu'elle n'avait aucun futur en Chine, où elle serait condamnée à finir vieille fille, à s'occuper de sa mère et de son enfant. Elle s'était mise à rêver d'un nouveau départ aux États-Unis. Sa fille venait d'avoir trois ans lorsque Bo était partie, aidée par les têtes-de-serpent qui l'avaient fait passer à New York via le Canada.

Désormais, après deux ans à trimer à Chinatown, elle continuait de les rembourser, en permanence sous la menace de la prostitution.

Au début, ses créanciers avaient essayé de lui faire faire le tapin, de la faire travailler comme escort girl, arguant que c'était le moyen le plus rapide d'effacer sa dette, d'autant plus qu'elle n'était plus de prime jeunesse.

Elle avait poliment décliné leur offre et ne s'était jamais laissé intimider. Elle avait expliqué à ces hommes sans cœur ni âme qu'elle était une bouddhiste convaincue et que la prostitution représentait un grave péché. Ils l'avaient tournée en ridicule, traitée de folle, *chi seen*, mais en cumulant plusieurs petits boulots, elle était parvenue à leur payer ses traites sans faute. Elle avait d'abord travaillé dans une boulangerie de Chinatown la journée et complété son salaire par des petites tâches à domicile, *cheun gee*, comme enfiler des perles sur des colliers ou assembler des boîtes cadeaux. Elle pouvait ainsi verser de l'argent aux passeurs ainsi qu'à sa mère et à sa fille à Toishan.

Au bout d'un an, elle avait quitté la boulangerie pour un poste de caissière dans un supermarché, puis s'était fait embaucher dans un magasin de souvenirs – des emplois toujours plus rébarbatifs, qui payaient de moins en moins pour de plus en plus d'heures. Elle s'était tour à tour retrouvée à couper du fil dans un atelier de couture de misère, à pousser un chariot fumant de *dim sum* dans un restaurant et à vider des tilapias au marché de poissons. Puis elle avait vendu des faux sacs à main de luxe sur Canal Street. Entre-temps, elle avait fait des shampoings et balayé les cheveux tombés entre les fauteuils dans les salons de coiffure le long de Doyers Street. Elle avait appris à faire des coupes pour hommes et eut la bonne idée d'inclure un massage gratuit de dix minutes de la nuque et des épaules.

Elle attendit que Sai Go soit confortablement installé dans le fauteuil avant d'étendre sur lui la cape de protection plastifiée.

Il observa les traits tirés de son propre reflet dans le miroir, remarqua le coup d'œil qu'elle lui jeta. Elle lui adressa un petit sourire.

— Je ne vous ai pas vu samedi dernier, vous n'êtes pas venu, dit-elle sans détour.

— Eh non, répondit-il avec un sourire. Comment auriez-vous pu me voir si je ne suis pas venu ?

— J'ai cru que vous aviez trouvé une nouvelle coiffeuse, le titilla-t-elle. Dans l'un de ces salons à la mode, huh ?

Il sourit. Elle s'en réjouit, tout en maniant son peigne et sa tondeuse électrique qui disséminaient des mèches grises et blanches et faisaient voler des petites touffes sur la cape qui le protégeait.

— Vous savez, l'une de ces filles apprêtées comme des stars de cinéma de Hong Kong ? continua Bo. Une *sir jeer,* qui vous proposerait une nouvelle coupe ? Avec un bon massage en prime pour vous faire sentir comme un jeune homme, huh ?

Sai Go pouffa, lui répéta qu'il avait simplement eu une affaire de famille à régler. Il pensa à la plaque dorée bouddhiste qu'elle lui avait donnée un jour en guise de talisman. Il lui avait expliqué alors que dans son travail il traitait avec des gens bien et des gens moins bien, c'est pourquoi il avait toujours un couteau dans sa poche arrière.

À l'époque, Bo avait senti poindre la tristesse en lui, et aujourd'hui encore, chez cet homme qui devait avoir vingt-cinq ans de plus qu'elle. Éprouvant de la peine pour lui, elle essayait de lui remonter le moral avec des adages positifs et lui accordait cinq minutes supplémentaires de massage des épaules. Le talisman bouddhiste était l'un des nombreux dont elle faisait collection pour éloigner la vermine du trafic d'esclaves sexuelles. Elle lui avait assuré qu'il le protégerait dans ses pérégrinations.

La coupe de Sai Go ne requérait guère d'imagination. Des années de bons soins chez le barbier Chin Ho sur Doyers Street avaient façonné ses cheveux en une coiffure en brosse de style militaire, rasés sur les côtés et un peu plus longs sur le dessus, environ deux centimètres, plaqués en arrière. Bo y appliqua du gel afin de camoufler les mèches grisonnantes. *Il fait plus jeune que son âge,* pensa-t-elle, même si aujourd'hui il paraissait fatigué, un peu distant, perdu dans ses pensées.

Quand il se regarda dans le miroir, Sai Go vit le masque abattu d'un homme de cinquante-neuf ans couvert de rides, des poches sous les yeux, des lignes soucieuses lui barrant le front. Cinquante-neuf ans – les chiffres cinq et neuf, en chinois, sonnent comme « pas assez ». *C'est vrai*, pensa-t-il. *Pas assez de chance, pas assez de temps...*

— C'est à cause du massage, entendit-il dire Bo qui le taquinait toujours. C'est parce que je fais un meilleur massage, huh ?

Sai Gao sourit avant de fermer les yeux en se laissant bercer par le ronronnement du sèche-cheveux.

À l'aide du levier, Bo abaissa le fauteuil afin de pouvoir travailler selon un meilleur angle.

C'est vrai qu'elle fait un bon massage, se dit-il en songeant au seul moment où il se sentait vraiment libéré de toute tension. Il appréciait la façon dont elle enfonçait ses coudes en haut de ses épaules. Il ferma les yeux lorsqu'elle pétrit plus en profondeur ses muscles, puis appuya entre ses omoplates. Ses doigts palpèrent ensuite les articulations en accentuant la pression sur les points névralgiques le long de la colonne vertébrale.

Elle avait les mains et les doigts robustes et savait jusqu'où elle pouvait aller avec Sai Go.

— Tout est raide, dit-elle innocemment. Très dur. Qu'est-ce qu'il vous est arrivé ? Vous voyez ? Vous ne venez pas une fois et votre dos est tout tendu.

— Vous avez raison, s'entendit-il répondre. Je vais tâcher de ne plus rater aucun rendez-vous.

— Vous travaillez trop, voilà la raison. Vous devriez boire de la soupe bien chaude. De la courge cireuse, du *fook jook*, des champignons. (Elle lui tapota le dos.) C'est l'hiver. Vous savez préparer de la soupe, n'est-ce pas ?

Elle pressa les pouces sur le creux à la base de son crâne et travailla les nerfs, puis ouvrit toute la paume, appuyant fermement, malaxant la musculature et les nœuds au bas de sa nuque.

Il prit une longue inspiration, retint son souffle un instant avant de le relâcher, en pensant : *J'ai cinquante-neuf ans, elle en a à peine trente et pourtant c'est elle qui me materne ?*

La pression des doigts de Bo sur sa peau, la pétrissant et la frottant, faisait circuler son énergie interne, son *chi*. Il sentait son sang s'activer, les articulations de ses doigts craquer lorsqu'il serrait et desserrait les mains sous la cape en plastique. Finalement, elle ferma les poings et lui tapota le dos. « Jouer du tambour », on appelait ça ainsi.

Quand elle eut fini, il lui donna dix dollars de pourboire, comme d'habitude, généreux mais pas trop, sans autres sous-entendus qu'une simple gratitude pour ses services. Connaissant son histoire, Sai Go était peiné pour elle, pour sa situation difficile, devoir subvenir aux besoins de deux générations restées en Chine et faire face aux têtes-de-serpent.

Une fois que Sai Go fut parti, Bo balayait les mèches de cheveux par terre lorsqu'elle repéra une feuille pliée sous le fauteuil. Il s'agissait d'une ordonnance, des termes qu'elle ne comprenait pas, annotée par la pharmacie Mon Tang de Mott Street. Elle était accompagnée d'un document à l'en-tête de Chinatown Imagerie et d'un petit bout de papier froissé où était écrit *Ming Sing*, « star de cinéma » en chinois.

Sur la feuille de Chinatown Imagerie figurait le mot « chimiothérapie », avec des rendez-vous remontant aux semaines précédentes. Ils semblaient tous être des jeudis. Sous les dates, des mots en chinois étaient griffonnés, parmi lesquels elle reconnut plusieurs fois « cancer » et « radiothérapie ».

Un vent glacial s'engouffra soudain dans le salon et Bo se retourna vers la porte, mais Sai Go était parti depuis longtemps. Elle sortit tout de même dans la rue froide et regarda de chaque côté pour s'assurer qu'elle ne le voyait pas.

De retour dans le salon, elle fourra les papiers dans sa poche, dans l'intention de les lui rendre lors de sa prochaine venue. Elle comprenait à présent pourquoi Sai Go n'était pas venu la dernière fois et, même si elle n'avait pas remarqué de perte de cheveux, c'est vrai qu'il avait l'air plus fatigué, plus calme que d'habitude. Le mot « radiothérapie » lui trottait dans la tête et elle se demanda s'il existait un talisman pour le protéger des souffrances du cancer.

Amis

À 23 heures, à travers la fenêtre de son studio, le fleuve devant Sunset Park miroitait sous la lueur de la lune givrée. Habillé pour braver le froid, Jack ajustait le holster de son arme de service à la ceinture quand son téléphone portable sonna. Il fut surpris de voir s'afficher le nom d'Alexandra dans la petite fenêtre au-dessus du clavier, car, jusque-là, les seules fois où elle l'avait appelé, ça avait été pour des raisons professionnelles.

— Salut, tout va bien ? demanda-t-il.

— Est-ce que je te dérange ?

Elle paraissait fatiguée.

— Non, je m'apprêtais à aller faire un tour chez Grand-Père.

Il y eut une courte pause, comme si elle était en train de boire.

— OK. J'ai juste une question à propos d'un permis de port d'arme, dit-elle.

— Vas-y.

— À ce que j'ai entendu, la procédure est plutôt compliquée.

— Attends une seconde, c'est pour qui ?

— Pour moi.

— Pour *toi* ?

— C'est une longue histoire.

— Eh bien, dit-il en consultant la Timex à son poignet, donne-moi la version courte.

— Nous avons recueilli une immigrée clandestine au foyer. Depuis quelques jours, Doris reçoit des appels de menaces à la réception.

— Quel genre de menaces ?

— « Ne vous approchez pas de nos femmes. » « Attention à ce que vos bureaux ne prennent pas feu. » Des conneries de ce genre.

— Merde. En chinois ?

— En mandarin, plus ou moins.

— *Plus ou moins ?*

— Doris a perçu un accent. Peut-être fukiénois. Il y a deux jours, quand nous avons fermé le bureau, deux types regardaient à travers les stores. Et ensuite j'ai eu l'impression qu'on me suivait, de loin.

Il sortit sa parka North Face de la petite penderie.

— Des Fukiénois ? demanda-t-il.

— Des Chinois, sans aucun doute. Hier soir, j'ai cru en voir un devant ma résidence.

— Va au poste et demande à remplir un formulaire de plainte numéro soixante et un, histoire que ce soit consigné. Et ça pourrait appuyer ta demande de port d'arme. (Il s'interrompit en cherchant ses clés.) Tu as toujours un contact au bureau du procureur ?

— Oui.

— Eh bien, le fait que tu sois avocate devrait t'aider. Le bureau du procureur pourrait passer un coup de fil au département des permis de port d'arme. Si tu vois ce que je veux dire…

— D'accord.

— Une fois que tu auras réglé la partie administrative, je t'emmènerai au stand de tir. Que tu apprennes à manier correctement un pistolet. Je connais quelqu'un à West Side. Un type sympa, chinois, lui aussi.

— Ouais, très bien.

Il l'entendit lâcher un petit rire.

— Merci beaucoup, dit-elle, puis elle prit apparemment une nouvelle gorgée, avant d'ajouter : Il y a autre chose…

Il consulta à nouveau l'heure.

— Tu sais quoi ? Tu n'as qu'à nous rejoindre chez Grand-Père tout à l'heure.

Il crut entendre « Ça marche » avant qu'elle ne raccroche.

Golden Star

Le Golden Star, bar et gril, sur East Broadway, appelé « chez Grand-Père » par les locaux, était un bar à jukebox apprécié de Chinatown, fréquenté par une clientèle du Lower East Side composée de Chinois, de Portoricains, de Noirs et de Blancs. On y accédait en descendant trois marches vers un bar ovale et, même à la faible lumière des néons bleus, Jack repéra tout de suite Billy assis au bout du long comptoir lustré. Il regardait deux latinas jouer au billard dans le fond.

Jack s'installa sur un tabouret à côté de lui.

— Hey ! l'accueillit Billy. Quoi de neuf ?

— À toi de me le dire, répondit Jack. T'as entendu des trucs ?

— Juste ce que racontent mes Fuk en cuisine, dit Billy en faisant signe au barman d'apporter une bière à Jack.

Alors qu'il attendait la suite, Jack pensa à Vincent Chin, reporter au journal chinois *United National*. Il avait aidé Jack par le passé. Jack savait que ce qu'allait lui dire Billy ne relevait que de simples bruits de quartier, contrairement à l'éclairage professionnel de Vincent.

Ils trinquèrent et Billy pivota sur son tabouret, tournant le dos aux deux filles du billard pour se pencher vers Jack.

— J'ai entendu dans l'arrière-boutique les Fuk parler de la fusillade sous le pont, dit-il plus bas. Le merdier remonte à plus longtemps et ça n'est pas encore réglé, apparemment. Il y a quelques semaines, des Fuk Ching ont tabassé des chauffeurs de cars de casino qui ne s'aplatissaient pas devant eux. Ce qui s'est passé l'autre nuit, c'est que des jeunes racailles ont couru après un chef Fuk Chow sur Henry Street, jusque dans les ruelles près du pont. Ils lui ont tiré dessus alors qu'il essayait de s'enfuir. Six balles, dans les jambes et les bras.

— Ils lui ont laissé la vie, nota Jack, comprenant désormais pourquoi la fusillade n'avait pas été enregistrée comme homicide.

— C'était un avertissement, continua Billy. Les jeunes Ching ont eu le sentiment d'être exclus du business des tour-opérateurs, comme si le nouveau deal n'avait pas été respecté. Les Fuk Chow de la vieille génération n'ont pas apprécié le ramdam qu'ils faisaient.

— Eh bien, ça paraît mal barré maintenant, railla Jack. C'est parti en sucette. Quoi qu'ils trafiquent avec les cars, les projecteurs sont braqués sur eux, ce qui ne doit pas leur plaire.

— Probablement pas, acquiesça Billy. Et à propos du cambriolage au bureau de Jeff ? D'après mes gars, les Ching sont pas du genre à tremper là-dedans. Ils veulent pas de trucs à revendre. Ce qui les intéresse, c'est le cash, l'or et l'argent. De la thune facile, des agressions, des kidnappings, la manière forte. Ils ont recours à l'intimidation pour que leurs cibles se tiennent à carreau. Les victimes préfèrent ne pas aller voir les flics, au risque de se faire extrader. C'est tout bénef pour ces raclures.

Jack se souvint du mauvais augure d'Ah Por, le « singe », et ne fit pas de commentaire. Il savait qu'un tiers des affaires demeure irrésolu et si jamais des membres de la famille de Jeff le volaient vraiment, voudrait-il que ça se sache ? Jeter l'opprobre sur lui et les siens ?

Il pensa aux dossiers classés sans suite.

— Un mystère de plus, on dirait, conclut Billy en reportant son attention vers les latinas.

L'une d'elles fit tomber les deux dernières billes, puis poussa des cris joyeux qui secouèrent sa poitrine.

— Joli doublé, commenta son amie.

— Jolie paire, en effet, approuva Billy en lorgnant sur son décolleté, et la fille lui adressa un sourire.

Jack vit Alexandra entrer dans le bar et prendre place à une table. Il tapota l'épaule de Billy.

— À plus tard, dit Jack en se levant du tabouret.

Il abandonna Billy qui regardait toujours les Dominicaines en train de replacer les billes dans le triangle, leurs deux bières fraîches à peine entamées. Pour lui, la soirée ne faisait que commencer et regorgeait de possibilités.

Jack se glissa à côté d'Alex et commanda une autre bière alors que la serveuse apportait un Martini. Alex alluma une cigarette et fuma à la façon d'une diva française.

— Tu passes directement aux choses sérieuses ? plaisanta Jack.

— Exactement, pas de demi-mesure.

Elle sourit.

— Depuis quand tu bois ça ? demanda Jack.

Il repensa au jour où elle avait été escortée au poste de la Cinquième Circonscription ; elle avait échappé aux poursuites pour tapage et état d'ivresse sur la voie publique uniquement parce qu'elle avait glissé le nom de Jack. Le tapage avait d'ailleurs été plus conséquent que l'ivresse : Alex fulminait de rage après avoir jeté les costumes de créateurs italiens de son ex-mari infidèle par leurs fenêtres du dix-huitième étage d'une des tours Confucius.

Le mari avait été en rogne, mais n'avait pas porté plainte.

Jack avait pu arranger la situation avec la policière, qu'il avait remerciée d'avoir abandonné les charges et de lui avoir permis de garder la face, entre collègues. Il avait sermonné Alex sur les dangers de l'alcool avant de la laisser repartir.

Alex souffla de la fumée en formant un O avec sa bouche, puis sourit.

— Tu crois que c'est le travail qui me pousse à boire ?

— Je crois que le travail te pousse à bout.

Il sourit ; il n'allait pas la juger alors que lui-même avait une bière en main.

— Comment va ta fille ? demanda-t-il, motivé par un étrange sens du devoir.

— Chloe est avec son père ce week-end, répondit-elle en fronçant les sourcils.

Il y eut un blanc, elle préférait visiblement ne pas s'appesantir sur le sujet. Ils trinquèrent.

Alex prit une petite gorgée en regardant Jack descendre goulument sa bière.

— Une fois que tu étais parti, l'autre jour, dit-il, une fille est venue. Dix-neuf ans, peut-être. Elle est ici grâce à des passeurs qu'elle doit rembourser. Sauf que le propriétaire de son atelier illégal a filé avec l'argent, l'endroit a fermé et elle se retrouve sans travail. Sans plus de quoi payer. (Elle prit une gorgée de son Martini.) Ils ont essayé de la convaincre de se prostituer, poursuivit-elle plus bas. Elle a refusé et s'est fait tabasser. Nous l'avons recueillie dans notre centre d'hébergement pour femmes. Elle a peur qu'ils ne la retrouvent et elle cherche à tout prix un emploi.

Jack posa une main affectueuse sur son épaule.

— Tu ne peux pas sauver tout le monde, Alex.

— Je peux au moins faire quelque chose pour ceux qui viennent frapper à ma porte.

— Et je sais que tu fais tout ce qui est en ton pouvoir.

Ils firent à nouveau tinter leurs verres.

— À la lutte, dit-elle, de l'ironie dans la voix.

Elle semblait amère ; après une longue et lente gorgée, elle reprit :

— Donc, voici ma question. Qu'est-ce qu'on peut faire, au niveau des forces de l'ordre, pour arrêter ces têtes-de-serpent ?

Jack plissa les yeux.

— Elle n'est pas allée voir la police ?

— Elle a trop peur.

— Demande une ordonnance de protection.

— La bonne blague.

Elle expira de la fumée mentholée sur le côté.

— Et pourquoi pas leur tendre un piège ? Tu acceptes de payer et quand ils se pointent pour récupérer l'argent, tu les fais coffrer.

— Allez, Jack. Elle a encore plus peur de ça.

— Alors persuade-la de partir. De tout recommencer ailleurs, assez loin, de préférence. La justice et la police sont parfois impuissantes face à ces trafics.

— On fait quoi, alors ?

— C'est le monde de la pègre. Adresse-toi à un clan rival.

— Et ça se passe comment ?

— Quel que soit le problème, ce sera réglé. Argent, honneur. Peu importe.

— Les pourritures gèrent ça entre eux ?

— Un truc du genre.

Il la regarda terminer son verre, puis elle fronça les sourcils.

— Écoute, préviens les flics, lui conseilla Jack. Si tu vois des trucs bizarres, comme des types louches traîner dans le coin, ils t'enverront peut-être une voiture de patrouille.

— Tu y crois vraiment ? L'année dernière, on a déposé trois plaintes contre des violences policières avec le comité des droits civiques.

— Et si tu as une bombe lacrymo, n'hésite pas à l'utiliser.

— Jack ?

— Ouais ?

— Tu ne penses pas que je suis simplement parano, si ?

— Non, et toi ?

Elle vida son verre et fit signe à la serveuse de lui en apporter un autre.

— Nous sommes toujours confrontés à des cas sensibles, dit-elle, distante. Ce n'est pas comme si nous n'avions pas déjà reçu des menaces par le passé.

— Alors en quoi c'est différent cette fois-ci ?

— Je ne sais pas. Ça a l'air un peu plus personnel. Je ne sais pas. J'en sais rien.

— Eh bien, reste prudente. Surveille tes arrières, regarde autour de toi. On est quand même à New York, *ma bonne dame.*

Jack savait qu'elle était déjà sous pression à cause de son travail juridique en lien avec la fusillade de la boutique « Tout à 99 *cents* ».

— Et les poursuites au sujet de Mme Ping, ça en est où ? demanda-t-il.

— Ils se préparent à porter l'affaire au tribunal. Il y a beaucoup en jeu. Ça va durer un moment avant que justice soit rendue.

Son deuxième Martini arriva et elle prit une gorgée rapide, puis garda le verre en main.

— Et toi ? s'enquit-elle en levant les yeux. Tu es bronzé mais tu as l'air fatigué.

— Ouais. À peine rentré d'Hawaï, j'ai eu droit à un homicide-suicide. Une famille entière.

— La famille de Taïwanais ?

Jack acquiesça avant de boire à sa bouteille.

— Tous les journaux en parlent, dit-elle en secouant la tête. C'est atroce. On t'a mis sur l'affaire, hein ?

Jack fit oui de la tête avec stoïcisme, finit sa bière et commanda un whisky.

Après deux Martini, Alex était de plus en plus étourdie, comme si elle s'était jetée tête la première dans cette zone où on ne ressent plus rien. Jack descendit d'une traite son shot de whisky. Elle avait eu besoin de se confier et il était ravi d'avoir été là pour elle. Il consulta sa montre, donna sa carte de crédit à la serveuse et passa son bras autour des épaules d'Alex.

— Merci encore pour Hawaï, dit-il.

— C'était le moins que je puisse faire, marmonna-t-elle.

Jack sourit.

— C'est l'heure d'y aller, ma chère.

Ils descendirent les rues sombres jusqu'aux tours Confucius. Jack envisagea de la raccompagner à sa porte tout en réfléchissant aux implications d'escorter une femme éméchée, stressée et vulnérable, en plein divorce, jusqu'à son appartement vide pour les vacances.

Les termes qu'elle avait utilisés, des « différences incompatibles », lui revinrent à l'esprit.

Il méditait là-dessus lorsqu'ils arrivèrent au portail principal de la résidence.

— Merci, dit Alex en repoussant doucement Jack de la main. Ça va aller.

— Tu es sûre… ?

Apparemment, l'air nocturne l'avait revigorée.

— Oui. Et merci beaucoup.

— Pour quoi ? sourit Jack.

— Pour m'avoir écoutée, répondit-elle en lui rendant son sourire. À plus tard, lui lança-t-elle en titubant légèrement vers le gratte-ciel.

Jack attendit qu'elle traverse le lobby et pénètre dans l'ascenseur.

En quittant Bowery, il inspira profondément l'air glacial et descendit sur la route entre deux véhicules garés, à la recherche d'un taxi pour retourner à Brooklyn. Il n'en vit aucun au carrefour. Le feu passa au rouge.

Derrière lui, une forme sombre s'avança furtivement et il reconnut le grondement bas du moteur avant même de voir la Riviera noire, qui roulait, phares éteints, jusqu'à le coincer entre les voitures. Instinctivement, il porta la main vers le Colt.

Il ne fut pas surpris de voir sortir de l'arrière de la voiture Tat Louie, un véritable frère pour Jack autrefois, et aujourd'hui *dailo* de la Ghost Legion.

— Salut, mon pote, sourit Lucky. Enfin, monsieur l'officier. Ou plutôt détective.

— Fais gaffe, Tat, répondit Jack calmement. Si cette voiture ne bouge pas tout de suite, je me verrai dans l'obligation de jeter un œil à l'intérieur. Et qui sait ce que je vais y trouver ? (À son tour de sourire.) Peut-être l'un de tes gorilles ?

Il mima une arme avec sa main, appuya sur la détente imaginaire vers la vitre teintée côté passager, devinant Kongo assis là.

Le sourire de Lucky vira au rictus. Il adressa un signe de tête à son chauffeur et Lefty déplaça la Buick de quelques mètres. Lucky fit plusieurs pas vers Jack et ils se retrouvèrent face à face entre les véhicules stationnés.

Jack parla le premier :

— Tu veux quoi, Tat ?

Il se souvint que les Affaires internes l'avaient accusé d'« association avec des criminels notoires » et d'« extorsion auprès de commerçants de Chinatown ».

— Tu as des infos que je suis prêt à monnayer. Discutons, *mon frère*.

Lucky alluma une cigarette.

— Nous avons déjà eu cette conversation, dit Jack, à court de patience.

— Arrête tes conneries. Tu n'as pas *écouté*, la dernière fois. Tu ne voulais rien entendre. Tu m'as servi ton baratin comme quoi je devais décrocher. Tes potes en uniforme se sont pointés au 17 et chez la Grosse Lily. Mais ça, tu le sais déjà. Alors quoi, *mon frère* ? Pourquoi ils en ont après nous ? Et puis je découvre que t'as quitté la circonscription. Je croyais que tu aimais bien être dans le quartier. Lutter contre la criminalité, tout ça.

— Va te faire foutre, Tat.

— Arf, allez. Tu sais quoi ? Je crois que dans le fond ça te plaît bien ici. Tu reviendras. Tu es le flic chinois, t'as oublié ? Le nouveau shérif de la ville qui va tout révolutionner. Ha ! tu crois que tu peux faire bouger les choses ? C'est Chinatown, mec. Allez, file-moi des tuyaux. Je t'aiderai à passer capitaine.

— Tu me files mal au crâne.

— OK. Plutôt crever. T'aimes bien traîner avec tes Irlandais et Ritals *gwailo*, eux et leurs foutues blagues racistes ?

— Je t'emmerde.

— Crache le morceau alors. Tu te la joues *gay-lo* avec moi ?

Il sourit, passant à une approche plus douce.

— Écoute, tu veux quoi ? Je sais, je sais, l'argent et les filles, ça t'intéresse pas. T'aimes pas le bling-bling, les jolis minois, les belles caisses ?

— T'as rien qui m'intéresse. Si j'avais envie de tout ça, je me le procurerais moi-même.

— Bordel ! Tu crois que tu vas faire tes vingt ans et puis passer à autre chose ? Et finir agent de sécurité je sais pas où ? railla Lucky. Tout ce que je te demande, c'est des infos. Pas de te salir les mains. Merde, tu vas me dire que tu préfères rester du côté des *gwailos* ? Tu choisis ces putains de branleurs qui se foutaient de nous et nous appelaient « tching tchong » ? Mec, t'es rien d'autre qu'un Charlie Chan.

Jack ne se laissa pas démonter et dégaina à son tour :

— Écoute un peu ça, *big boss*. Lucky le chanceux. Tes hommes sont censés régner sur le quartier, nan ? Tu vois les entrepôts sur Pike Street ? Ceux où on allait quand on était gosses ? Eh bien, là-bas, c'est cambriolage après cambriolage. Je croyais que ça faisait partie de ton territoire ?

— C'est le cas, cracha Lucky.

— Ce qui veut donc dire… ce sont *tes* hommes qui sont derrière tout ça ?

— C'est pas ce que j'ai dit. Essaie pas de me la faire à l'envers, petit con. T'as pas la carrure.

— Peut-être que c'est plus vraiment ton territoire. Ça pullule de Fuk et de Dragons, par là-bas. Peut-être qu'ils sont en train de manger tes *dim sum*.

— Ha ! ha ! très drôle. T'es un petit marrant. Mais qu'est-ce que ça peut te foutre ? T'y as des intérêts ?

— Un ami à moi s'est fait voler. Des suggestions ?

Lucky sourit, sentant la pression retomber.

— Là tout de suite, non, Jacky. Mais disons que je peux me tuyauter, garder un œil ouvert. Tu vas de nouveau me servir ton petit sermon, *et tu feras quoi quand ils viendront pour toi,* bad boy *?* Et si quelque chose m'arrivait, *capisce* ?

Il pouffa à ce mot en reculant vers la berline noire. Avant de remonter à l'intérieur, il ajouta :

— Fais-moi signe, Jacky. Fais-moi signe.

— Tire-toi tant qu'il est encore temps. C'est la dernière fois que je te le dis. *Après coup, je pourrai plus rien faire pour toi…*

Jack entendit les rires de hyène dans l'habitacle de la voiture alors qu'elle grondait et accélérait, laissant derrière elle une traînée de fumée.

Une minute plus tard, les rues avaient recouvré leur calme nocturne et, quand le feu repassa au vert, Jack héla un taxi jaune qui le ramena de l'autre côté du pont.

L'argent du *dailo*

Sai Go se tenait dans le hall d'entrée du centre de paris hippiques, à l'abri de la morsure du vent qui s'engouffrait à l'intérieur chaque fois que quelqu'un entrait ou sortait.

Il surveillait les rues à la jonction de Chatham Square à l'affût de la voiture noire du *dailo* qui devait venir récupérer l'argent.

Il était 1 heure du matin, au beau milieu de la nuit.

Il imagina les palmiers, Mickey et le peloton de chiens gris aux dossards numérotés, jappant alors qu'ils couraient sur la piste ovale.

Il avait vu à la boulangerie Gold Carriage une publicité pour un séjour à Disney World à Orlando, pour lequel Longshot Lee avait déjà fait une réservation avec deux autres *da jop*, des commis de cuisine. Chat Choy l'avait appelé pour lui proposer de se joindre à eux, précisant que Gum Sook était aussi de la partie et avait préparé une Thermos d'infusion spécialement pour lui.

Ils pourraient tous parier ensemble sur les chiens.

Il s'était laissé convaincre et ils devaient partir le lendemain. Ils étaient convenus de se retrouver de bonne heure, prendre quelques *baos* et du thé avant de monter dans le car. Ils apporteraient quelques journaux. S'il était fatigué, il pourrait dormir pendant le trajet.

L'offre comprenait un spectacle avec des chanteuses et des danseuses de Hong Kong, et une formule déjeuner avec buffet chinois toute la semaine.

La lueur terne qui provenait du centre de paris jetait des ombres funestes dans la rue, quand finalement la Buick noire s'arrêta au bord du trottoir. Derrière les vitres sombres, Lucky repéra Sai Go en train d'attendre dans le vestibule, comme on lui avait dit de le faire.

Lefty lui fit un appel de phares plutôt que de klaxonner.

Ils regardèrent Sai Go sortir, puis Lefty éteignit les lumières. Le bookmaker vint vers eux en descendant la rue froide avec prudence, le regard fixé sur la voiture. La vitre arrière se baissa et il vit les yeux du *dailo*.

— Monte, dit Lucky.

Sai Go s'assit sur la spacieuse banquette rembourrée. Il tendit une enveloppe en précisant :

— Six mille huit cents dollars.

— Et je sais que je n'ai pas besoin de compter, n'est-ce pas ?

Lucky le regarda du coin de l'œil.

— Seulement si tu le souhaites, répondit posément Sai Go.

Lucky décompta mille dollars de l'enveloppe et glissa les billets dans la poche au dos du siège devant Sai Go.

— Voilà pour toi, dit Lucky. Pour Koo Jai. L'affaire est réglée.

— Merci, *dailo*.

— N'en parlons plus.

— Compris.

Sai Go sortit en le remerciant encore, puis la Riviera démarra et passa le feu vert. Debout au bord du trottoir balayé par le vent, expirant son souffle givré, le bookmaker rangea la liasse roulée des mille dollars dans sa poche.

La voiture noire bifurqua au carrefour et prit vers le nord.

Sai Go se retourna et s'éloigna en pensant aux courses de chiens et au soleil chaud de Floride. Le groupe avait prévu un départ très matinal alors qu'il était déjà fatigué, courbant l'échine sous les rafales qui ralentissaient ses pas.

Dans le rétroviseur, Lucky vit Sai Go faire demi-tour et pensa à Koo Jai, ce petit malin, mais il décida de garder pour lui le fait qu'il avait lui-même payé sa dette. Au moins pour l'instant. Lucky prit conscience de la possibilité que Koo Jai soit à l'origine des cambriolages, mais Skinny Chin était parti pour Hong Kong et ne serait pas de retour avant Noël. *Kid Koo n'ira nulle part*, songea Lucky. *Ça pourra attendre le retour de Skinny.*

Lefty conduisit vers Mott Street et vérifia l'heure à sa montre.

Taudis

L'immeuble du 98 East Broadway était une bâtisse délabrée de trois étages en brique rouge, non loin de Mechanics Alley, sous le rugissement tonitruant du métro, des camions et des navettes qui empruntaient Manhattan Bridge. Une supérette chinoise et une chaîne de cosmétiques occupaient le bas de l'immeuble. Sur le trottoir, une vieille Chinoise, emmitouflée dans une doudoune miteuse, était assise derrière une table pliante sur laquelle étaient étalés des chaussettes et des sous-vêtements Thermolactyl, des sandales en plastique, des casquettes et des piles.

À l'arrière, l'escalier de secours courait du troisième étage jusqu'à une échelle métallique coulissante qui menait à une minuscule arrière-cour entourée d'une clôture de plus de deux mètres. De l'autre côté se trouvait un parking avec une petite remise où un dealer planquait ses cent caisses d'herbe quotidiennes.

Les vieux appartements, à raison de deux par étage, étaient composés de pièces étroites en enfilade, tout en longueur d'un bout à l'autre du bâtiment. Ce qui avait été un jour des sanitaires communs sur chaque palier avait été converti en deux salles de bains minuscules, une pour chaque logement, pourvues d'une petite lucarne qui donnait sur le parking.

Dans l'appartement numéro 2, Koo Jai se tenait à la fenêtre à l'avant, nu derrière les stores qui laissaient passer la faible lumière du jour, en train d'observer les rues glaciales. L'après-midi était couvert, figé sous le brouillard qui annonçait de la neige.

Quatre jeunes Fukiénois traînaient au coin entre East Broadway et Market Street, un type aux cheveux dressés sur la tête et deux autres vêtus de vestes noires en cuir, les mains enfoncées dans les poches à cause du froid. Koo Jai ne voyait pas leurs yeux derrière leurs lunettes de soleil noires rutilantes, mais ils ne lui disaient rien qui vaille. Le quatrième lascar se tenait sur le côté, un solide gamin longiligne qui gardait la main droite dans la poche de son manteau noir. Il se balançait doucement d'un côté à l'autre, façon *tai chi*, et scrutait les alentours par-dessus ses lunettes de soleil, sans rien rater de ce qui se passait au carrefour.

Putains de Fuk, pensa Koo Jai. Il appréciait la fraîcheur de la pièce de devant sur sa peau bouillonnante. La raison pour laquelle il avait quitté la chaleur étouffante de la chambre du fond lui revint à l'esprit et il se pencha sous la fenêtre. Il retira un morceau de la plinthe, sortit un petit paquet enveloppé dans du plastique, avant de remettre la planche en place.

Quand il jeta à nouveau un œil dehors, les quatre Fuk n'étaient plus là – sûrement partis traîner dans un centre commercial de Chinatown.

Foutus bons à rien.

L'espace d'un instant, il observa la petite pièce sombre : la forme du canapé noir en cuir usé, un convertible d'au moins dix ans qui datait de l'époque où l'appartement avait servi de repaire aux Stars, un lieu où le gang faisait la fête et ramenait des filles. C'était quand leur clan régnait sur ces rues, avant que leur leader, Tiki, et trois frères importants disparaissent mystérieusement, avant que les Ghost débarquent avec une centaine d'hommes et prennent le pouvoir.

Il y avait une table pliante branlante dans un coin et une série d'étagères et de penderies dépareillées le long du mur qui menait à la chambre du fond. Trois chaises en métal étaient pliées, appuyées contre la table, au cas où il aurait de la visite.

Voilà longtemps qu'il n'avait reçu personne, mis à part Shorty qui passait à l'occasion fumer un joint et boire une bière, et l'endroit était devenu son chez-lui, sa planque de camé, son nid d'amour, peu importe comment on appelait ça. Les frères Jung étaient trop fainéants pour monter ne serait-ce qu'une volée de marches et râlaient lorsqu'il n'y avait pas de poste de télévision.

C'est tout aussi bien comme ça, pensait-il, au moins il y avait moins de risques qu'il ne soit dérangé quand il ramenait des filles et peu de chances que des membres du gang tombent sur son pognon. Il utilisait la cachette derrière la plinthe de la fenêtre. Il y en avait une autre en dessous du plancher, sous le grand miroir qu'il avait acheté à bas prix, le même que celui de la chambre à l'arrière, placé stratégiquement pour qu'il se voie avec le défilé de nanas qu'il mettait dans son lit.

Il déballa le paquet et contempla les montres. Six Rado, quatre Cartier et deux Rolex. Il y en avait pour vingt-cinq mille balles et il avait gardé la plus belle pour lui. Shorty avait eu une Rolex et une demi-douzaine de Movado, comme chacun des frères Jung. Il sortit l'une des Rado, une montre en or pour femme au bracelet métallique moderne et au cadran carré noir serti de diamants.

Il souleva l'une des Rolex, fit courir son pouce sur le bracelet, puis sur le cadre, caressant le bijou, sentant sa splendeur mécanique. Les mots du *dailo* résonnèrent à nouveau dans ses oreilles : « S'il y a un autre cambriolage, ça retombera sur toi. »

Ces menaces ne l'intimidaient guère, de la part d'un *dailo* qu'il ne voyait jamais à part quand il voulait récupérer son argent ou se plaindre, à croire que ce bout d'East Broadway était trop loin des rues lucratives autour de Mott et Bayard Street et de Canal et Pell Street pour qu'il se donne la peine de faire des visites de courtoisie. *La prochaine combine, ça retombera sur moi ? C'est ça, ouais. Putain, va te faire foutre. Laisse-moi plutôt te dire que la prochaine combine, ce sera moi qui l'organiserai. Imagine, hein,* grogna-t-il mentalement, *devoir quitter Mott Street pour se ramener ici ? Pour venir me lécher le cul ?*

Putain, putain, putain n'arrêtait pas de ricocher à ses oreilles.

Il tenta de se calmer en prenant une profonde inspiration.

Il garda la Rado et fourra les autres montres sous le plancher en dessous du miroir. Quand il se regarda dedans, il fut satisfait de ce qu'il y vit et s'attarda dans l'obscurité pour admirer son corps nu. Approchant le mètre quatre-vingts, il avait un physique à la Bruce Lee, mais sous stéroïdes, et un visage digne des acteurs de Hong Kong. Beau, de manière cool. Amant et guérillero. *C'est pour toutes les femmes dans ma vie,* sourit-il dans le miroir. Sa petite moustache et son bouc, qu'il avait laissé pousser et taillait régulièrement parce qu'il savait que ça plaisait à ces dames. Et les femmes : Mimi, du salon New Wave, qui lui faisait une permanente et le coiffait d'après le modèle des acteurs de Hong Kong en photo dans les magazines. Joanna, sa dentiste, grâce à qui il avait un sourire à tomber. Angela, la couturière qui s'occupait de ses vestes et lui avait clairement fait comprendre qu'elle ne serait pas contre finir dans son lit. Dana, la masseuse, qui chouchoutait ses muscles, y compris ceux de son bas-ventre. Kitty, à la banque, qui lui donnait les billets tout frais qu'il aimait tant. Et ainsi de suite. Les femmes se laissaient charmer par son physique avantageux, son énergie et sa langue bien pendue. Certaines appréciaient aussi sa langue pour des usages plus terre à terre.

Il entendit à nouveau la voix du *dailo* et secoua la tête en pensant au vol dans l'entrepôt de Jung Wah. C'était principalement le fait des frères Jung qui avaient bidouillé les fils du camion pour le faire démarrer après que Shorty s'était introduit dans le hangar et les avait fait entrer. Ils s'étaient tirés avec le chargement entier, pendant que Shorty prenait soin de tout refermer derrière eux et que Koo Jai couvrait leurs arrières. *Mais l'ormeau et les nids d'hirondelle ?* Ils avaient transmis la marchandise aux cousins des Jung qui étaient propriétaires d'un marché dans le quartier chinois de Boston, mais ils n'avaient pas encore vu la couleur de l'argent. *Bordel ?* Ça allait prendre des semaines, voire des mois. Il était d'avis que c'était un coup foireux mais ne mouftait pas pour ne pas faire perdre la face aux frères Jung.

Il s'approcha de la table et mit un trait de dentifrice dans sa bouche, fit des gargarismes avant de cracher la pâte verte dans une poubelle en plastique. Songeant qu'il valait mieux différer ses projets de voler le club de mah-jong des Fuk, il passa la langue sur les restes de dentifrice sur sa gencive, puis cracha à nouveau. Le vieux plancher craquait sous le lino usé, même s'il l'avait recouvert de tapis bas de gamme de chez Kmart.

Dans la pièce du fond, il entendit le froissement des draps puis un doux murmure, comme un soupir. Il se dirigea vers la chaleur moite, la Rado dans une main, sa queue dans l'autre, en pensant à Tina, allongée sur son lit, épuisée mais insatiable.

Tina était la gérante du club de karaoké KK, dans un sous-sol sur Allen Street. Il avait déjà couché plusieurs fois avec elle et savait qu'elle espérait devenir sa petite amie officielle, persuadée qu'elle parviendrait même à évincer les autres filles.

Il se glissa sous les draps, dans l'obscurité derrière les rideaux tirés, et s'approcha d'elle. Il lui mit la Rado au poignet et elle grogna, l'air de penser « pas encore les menottes ».

Il enfouit son nez dans le creux de son cou et accueillit sur son corps froid et ferme la chaleur du lit et des courbes des fesses de la fille.

— Ooooh, geignit-elle, puis elle se tourna et nicha contre lui ses parties intimes, douces et humides.

Après avoir admiré la Rado, elle glissa la tête dans l'entrejambe de Koo Jai et enveloppa ses lèvres chaudes autour de son membre.

Il regarda la chevelure épaisse aller et venir sur son *lun*, sa queue, et se demanda combien de temps il devait attendre avant d'aller cambrioler le club de mah-jong.

Paiement

Bo traversa Bowery en direction des nombreuses bijouteries alignées sur le tronçon nord de Canal Street. Une cinquantaine de boutiques, aux noms tels que Treasure Diamonds, Lucky Star Jewelry, Royal Princess, Golden Jade, Canal National Gems, et dont l'éclat des vitrines illuminait la grisaille du béton qui s'étendait à l'ouest jusqu'au Holland Tunnel.

Elle effectuait toujours ses paiements le matin du premier dimanche du mois, à l'ouverture des magasins, pour ne pas être retardée par d'autres clients.

À proximité de Mulberry Street, elle s'arrêta devant la porte blindée de la bijouterie Foo Ling et Jade, jusqu'à ce qu'on lui ouvre.

Les vitrines étaient remplies de splendides bagues ornées de diamants, de bracelets, de colliers et de bijoux parés de rubis et d'émeraudes, scintillant sous la lumière vive des halogènes. Il y avait des plateaux de médailles en or, des chaînes épaisses reluisantes et toute une section dédiée aux pierres de jade vert, certaines taillées en pendentifs.

Elle s'avança sous la chaleur sèche qui émanait de l'éclairage et passa devant les comptoirs le long des murs.

Le vieux Chinois chauve était assis, seul, au fond du magasin, ses larges fesses débordant du siège en bois. Sourcils froncés, il afficha un rictus en lâchant le bouton d'ouverture de la porte alors qu'il observait Bo qui s'approchait. Elle l'évita du regard.

On le lui avait présenté comme *Hom Sook*, le contact à qui remettre ses traites, et c'est ainsi qu'elle s'adressait à lui, toujours frappée par la façon dont son nom sonnait comme *hom sup*, « lubrique », « vieux pervers » en chinois.

Ça lui va bien, pensait-elle.

La soixantaine, obèse, Hom Sook puait les raviolis au porc et le poulet au curry qu'elle aimait tant. Il avait une grosse tête aux traits reptiliens : des lèvres épaisses, des yeux enfoncés et un nez plat.

Bo visualisait cette tête-de-serpent chaque fois qu'elle préparait ses paiements.

Cette fois, il portait un vieux tee-shirt gris représentant un combat de tigre et d'aigle. Un sourire malsain sur les lèvres, il la lorgna quand elle lui tendit l'enveloppe remplie d'argent.

Bo s'efforçait d'écourter l'échange au strict minimum, ne restait que le temps de le voir prendre note du versement. Elle ne voulait pas engager la conversation, sachant où ça mènerait.

— *Leng nui*, l'appela-t-il, « jolie femme ». Tu as l'air fatiguée, susurra-t-il. Comment ça se passe pour toi ?

— Très bien, répondit Bo sur un ton monocorde. Merci.

— Tu as réfléchi à notre offre ? demanda-t-il, en passant sa langue de serpent sur ses lèvres.

Ils voulaient qu'elle se prostitue pour eux, lui avaient promis une clientèle régulière de choix, des pères de famille proprets qu'il était aisé de satisfaire. *Du travail facile*, avaient-ils dit. *Il suffit de s'allonger pour gagner de l'argent.*

— Non merci, répéta Bo en le regardant compter les billets puis inscrire le montant sur son registre.

Elle se tourna ensuite vers la porte. Le vieux pervers ravala sa convoitise, ses yeux s'attardant sur la courbe du dos de Bo alors qu'il la faisait patienter un instant avant de lui ouvrir la porte avec la télécommande.

— *Leng nui*, gloussa-t-il. On se voit le mois prochain.

Une fois sortie, elle prit une profonde inspiration, accueillant la brise froide qui balayait Canal Street. Elle se sentit mieux alors qu'elle s'éloignait, l'esprit tourné vers le petit village ensoleillé au sud de la Chine où l'attendaient sa fille et sa mère, au bout du monde et à trois vies d'elle.

Temps et espace

Bo retrouva la solitude tranquille de sa petite chambre sur Market Street, le silence à peine dérangé par le bruissement des aiguilles en bambou qu'elle maniait, assise au pied de son lit étroit, tout en fredonnant des incantations bouddhistes, *nom mor nom mor*. Elle poursuivait le tricot de ce qui était sa propre version d'un rosaire, une écharpe noire avec les mots *jung jot* – lutte en chinois –, brodés en lettres blanches sur le haut.

Le fil noir contenait toutes les couleurs du mauvais sort.

Le fil blanc, sans couleur, représentait la teinte insidieuse de la mort.

Elle écartait le mauvais sort.

Quelques centimètres en dessous des caractères chinois se répétait le motif de S horizontaux, ou des serpents blancs. Il y en avait deux rangées, vingt-cinq au total, vingt-six avec celui qu'elle était en train de coudre.

Vingt-six serpents. Vingt-six paiements aux têtes-de-serpent.

Elle s'interrompit et prit une inspiration, fit courir son regard sur le bol de restes de *jik sik*, une soupe de nouilles instantanée, posé sur un plateau au-dessus de la vieille commode, puis s'attarda sur la photo granuleuse représentant trois femmes : Mère et elle-même avec une fillette dans leur sillage.

Seule l'enfant souriait.

L'incertitude se lisait sur le visage de la mère et de la grand-mère, une vague lueur d'espoir et de résignation dans leurs yeux.

Tout à coup, elle reporta son attention sur son aiguille et se remit à l'ouvrage plus vite, de gauche à droite, fébrile.

Elle ne les avait pas vues depuis plus d'un an, mais leur parlait chaque semaine, grâce aux cartes téléphoniques prépayées à prix cassé que Sai Go lui avait procurées.

Nom mor nom mor or may tor fut.

Elle se concentra sur les aiguilles affairées sur le fil : passer, piquer, coudre ; les doigts, mains et poignets coordonnés. Elle déployait la même énergie lorsqu'elle coupait les cheveux de Sai Go et lui massait les épaules.

L'écharpe en acrylique noire mesurait presque soixante centimètres maintenant, grandissant au gré de ses versements mensuels aux serpents blancs.

Elle priait d'avoir la force de la terminer, sachant qu'il lui faudrait des années pour rembourser complètement les passeurs.

Nom mor nom mor, une maille, une boucle, la pelote de fil tourbillonnant dans le petit panier en plastique. Écarter le fil blanc, enrouler le noir, un point complet.

Quelque part à l'arrière de son esprit, elle songeait à tous ses petits boulots oubliés, puis au New Canton, et jaugeait le prix de la liberté.

Société secrète

Gee Sin entrouvrit la fenêtre du van puis s'adossa et sirota son *nai cha* fumant tout en observant les alentours, au pied du Manhattan Bridge.

Le mini-van gris aux vitres teintées était garé au bout de Division Street où, à l'abri du vent et de la pluie, Gee Sin profitait d'un bon point de vue sur East Broadway au niveau où Forsyth Street rejoignait Chrystie Park.

Il voyait les rangées de commerces sous les hauts piliers du pont : plusieurs agences d'emploi, des marchands chinois à côté de distributeurs automatiques d'argent, une agence MoneyGram et un Western Union à chaque extrémité de la rue. En face, une petite échoppe vendait des téléphones portables et des cartes téléphoniques prépayées, flanquée d'un stand de fruits et d'un marchand de chaussettes et de sous-vêtements, de brosses à dents et de savon, les produits de première nécessité pour les nouveaux arrivants chinois qui n'étaient pas encore au bout de leur voyage.

Les choses fonctionnent comme prévu, pensa-t-il. *Tout est fait pour qu'ils trouvent du travail, gagnent de l'argent et s'acquittent de leurs dettes. Des téléphones portables et des cartes prépayées pour qu'ils puissent régulièrement appeler chez eux et gardent à l'esprit qu'ils ont un dû à rembourser.*

La fumée de la tasse s'échappa par la vitre entrouverte tandis qu'il sentait un courant d'air glacial sur son crâne chauve. En ce début d'après-midi, le carrefour était bruyant et bondé. Les gens agglutinés frissonnaient sous le grondement du métro. Il n'entendait parler que fukiénois.

Il constata avec satisfaction que les rues par ici étaient plus larges, permettant de plus amples virages et autorisant une douzaine de cars à stationner le long de Chrystie Park.

Il y avait une station-essence Mobil au coin d'Allen Street. Il avait conclu un accord avec le gérant de la pompe pour les pleins réglés en espèces par les cars qui venaient se garer le long de Pike Street. Sa combine pour les Hung Huen était sur le point de porter ses fruits. Pour blanchir de l'argent, la triade avait financé une flotte de navettes, une vingtaine pour commencer. Comme la plupart des chauffeurs étaient fukiénois, c'étaient les Fuk Chow qui dirigeaient les opérations.

Gee Sin, ou l'Éventail de papier, le titre de son rang respecté au sein de la triade, avait mis en œuvre toutes les étapes du processus. Il avait vu à quel point le secteur de la restauration chinoise s'était développé aux États-Unis. À mesure que de plus en plus de restaurants, de points de vente à emporter et de salons de thé à *dim sum* fleurissaient dans les villes reculées, la demande en main-d'œuvre pas chère et parlant chinois s'était également accrue. Des entrepreneurs avaient même réclamé que des ouvriers sous la coupe des tongs soient délocalisés sur le site de leur nouveau restaurant pour y être logés et nourris alors qu'ils intégraient – et gonflaient – les coûts de leur affaire.

Les Fukiénois, la dernière vague d'immigrés à combler les besoins en coolies – les travailleurs venus d'Asie –, étaient envoyés dans les restaurants et les centres commerciaux de Richmond à Rochester, jusqu'en Ohio à l'ouest et à Montréal au nord.

Douze dollars le voyage pour Boston ou Philadelphie, voilà qui défie toute concurrence.

En développant l'idée d'un système de transport pour acheminer ces travailleurs depuis et vers Chinatown, centre névralgique, Gee Sin s'était aussi rendu compte que le marché non réglementé des tour-opérateurs regorgeait d'opportunités pour le fret inter-États de contrebande.

Une voiture de patrouille passa devant lui.

Il mit sa tasse de thé dans le porte-gobelet entre les sièges avant. Puis il sortit de sa poche le faux permis de conduire que la triade lui avait fourni. Ils avaient utilisé le nom Bok Ji Fan, qui signifie « Éventail de papier blanc ». Il scruta la photo avec un sourire triste. Le poids de ses cinquante ans marquait le pourtour de ses yeux, ses sourcils étaient embroussaillés et parsemés de gris. Il avait les yeux enfoncés et le visage pâle, tourmenté. Il songea à tout ce qu'il y avait encore à faire ici alors que son séjour aux États-Unis tirait sur sa fin. Il n'était pas très friand des voyages ; le mois passé loin de Hong Kong était déjà assez long.

En tant qu'Éventail de papier, il s'était habitué au confort matériel de Hong Kong que lui valaient son rang et son ancienneté au sein du Cercle Rouge.

New York n'était que froid et grisaille.

Il pensa à l'agent de liaison de la triade, Grass Sandal, qui les reconduirait à l'appartement loué en dehors de Chinatown. Toujours concentré sur le carrefour, il vit un car déverser ses passagers puis se diriger vers le parc, son pot d'échappement fumant. Dans une rue latérale, une procession de corbillards noirs passa. Il était ravi de voir le mauvais sort disparaître au loin sur l'avenue.

Il consulta à nouveau sa montre ; Grass Sandal allait bientôt arriver. La rue était productive, c'était tout ce qu'il avait besoin de savoir. Il rangea son faux permis dans sa poche, puis reprit sa tasse pour siroter son thé et observa le trafic en fermant la fenêtre de sa main libre.

Surveillance

Koo Jai se redressa dans son lit et tendit la main vers la montre de femme, la Rado noire nichée dans un creux de la couette où elle avait atterri lorsque Tina la lui avait jetée au visage après sa crise de jalousie. Elle avait enfin compris qu'elle n'allait pas supplanter ses autres copines.

Qu'elle aille se faire foutre, cette salope. Il se sourit à lui-même ; il trouverait un autre joli petit cul bien assez tôt, une nouvelle conquête facile. N'importe quelle fille sortie de nulle part de la campagne de Guangzhou, qui n'avait jamais rien eu de mieux entre les mains qu'une Timex, donnerait tout pour la montre sertie de diamants. *Pourquoi je perds mon temps avec des pétasses jalouses, de toute façon ?* se demanda-t-il.

Il posa la Rado sur la table pliante en métal et s'adossa aux coussins. Il descendit le reste de sa bouteille de bière Tsingtao et s'apprêtait à en ouvrir une autre lorsqu'on frappa à la porte.

Tina, pensa-t-il, *qui revient implorer mon pardon.* Il allait peut-être la laisser le sucer, si elle se montrait vraiment repentante.

Un autre coup retentit, suivi de la voix de Shorty qui le figea sur place.

— Koo, appela-t-il. Ouvre.

Bizarre, songea Koo Jai en tirant son pistolet de sous son oreiller, puis il marcha furtivement vers l'entrée.

— Shorty ? T'es seul ?

— Non, répondit-il.

— Ouvre ! cria une deuxième voix qu'il reconnut tout de suite comme étant celle du *dailo.*

Ici ? Maintenant ? Il s'efforça de maîtriser la panique qui le gagnait, enfouit l'arme sous les coussins du sofa, puis se dirigea vers la porte.

En voyant Koo Jai en slip noir, Lucky afficha un sourire narquois.

Kongo entra, posa deux cartouches de cigarettes et un sac de pilules sur le canapé alors que Shorty pénétrait dans la pièce, accompagné de Lucky.

Koo Jai se décala de la porte.

Lucky repéra la crosse de l'arme qui dépassait entre les coussins.

— *Kai dai*, petit con, dit-il en souriant. Tu t'attends à des ennuis ?

— Non, répondit Koo Jai, toujours décontenancé par cette visite surprise. C'est juste que personne ne vient jamais ici.

— Ouais, pouffa Lucky. Juste toi et les *leng nui*, les jolies filles.

Kongo se tenait entre le canapé et Koo Jai, son manteau ouvert sur le fusil qui pendait en travers de sa poitrine. Lucky lança à Shorty Ng un regard autoritaire et lui dit :

— Va faire un tour. Regarde s'il y a des Fuk au parc et reviens dans dix minutes.

Shorty jeta un coup d'œil à Koo Jai avant de se faufiler devant Kongo, soulagé de sortir de cette pièce surchauffée.

Percevant le trouble de Koo Jai, Lucky lui dit :

— Détends-toi. Les clopes et les pilules sont pour tes hommes et toi. De quoi te faire tenir pendant que tu surveilles le quartier, surtout près du parc.

Lucky s'approcha de la fenêtre et jeta un œil sur East Broadway.

— Pourquoi ? Qu'est-ce qu'il y a ? demanda Koo Jai.

— Je veux que tu guettes les allées et venues là où les cars chinois se garent.

Koo Jai avait toujours l'air circonspect.

— Regarde s'il y a des Fuk qui traînent dans le coin, poursuivit Lucky. Est-ce qu'ils montent dans les cars ? Suivent dans leurs voitures ? Ou ils postent juste des gros bras dans les rues ?

— Tu veux pas me dire ce qui se passe ? insista Koo Jai en mettant son pantalon.

— Pose pas de questions, bordel, menaça Lucky. Et n'oublie pas, on veut toujours coincer les fils de pute à l'origine des cambriolages. (Il se tourna vers le fond de l'appartement.) Y a quoi là-bas ? Ton nid d'amour ?

Koo Jai suivit Lucky jusqu'à sa chambre, accompagné par les pas lourds de Kongo derrière lui.

— Merde, on crève de chaud là-dedans ! s'exclama Lucky.

— Comme ça les nanas se dessapent plus vite, dit Koo Jai, impassible.

Lucky repéra la Rado noire à diamants sur la table pliante et la prit.

— Jolie, commenta-t-il. Elle sera parfaite pour une fille que je connais. Tu permets ?

Koo Jai hocha la tête alors que Lucky empochait la montre.

— C'est bientôt Noël, tu comprends.

Koo Jai acquiesça en souriant.

Lucky lança un sourire à Kongo, qui resta de marbre.

— Peut-être que ça me portera chance, qui sait ? dit-il avant de rire à sa propre blague, qui faisait référence à son surnom. Enfin, ce sera surtout elle la petite veinarde !

Kongo ne quitta pas Koo Jai des yeux alors qu'ils quittaient l'appartement.

— Garde l'œil ouvert, gronda Lucky. Et assure-toi que ton putain de téléphone soit allumé.

Koo Jai ferma la porte et écouta leurs pas dans l'escalier. Il s'assit sur le canapé et sortit son pistolet, trouvant louche le changement de comportement du *dailo*. Soudain rattrapé par la soif, il tenta d'y voir plus clair grâce à une autre bouteille de Tsingtao.

En sortant de l'immeuble, Kongo ouvrait la marche. Lucky serra la Rado dans la paume moite de sa grande main alors qu'ils débouchaient sur East Broadway. Ils se dirigèrent vers la Buick noire ; *les montres de Lee*, pensa Lucky en se demandant si Skinny Chin gérait mieux sa liste de numéros de séries que sa marchandise.

Blanc et rouge

Lucky sentait que l'ecstasy affûtait ses sens, mais plus il en prenait et plus il en avait besoin pour obtenir l'effet escompté. Désormais, le *ma huang* et ses instincts le stimulaient.

Une lumière grise de fin d'après-midi. Les rues avaient l'air glissantes, sous un manteau blanc spongieux. Il jugea plus futé de retirer ses mocassins Gucci pour enfiler ses Dr. Martens coquées aux semelles antidérapantes.

S'imaginant en train de se battre, il leva les mains, façon Wing Chun, dans la position du chat. Son cutter et son téléphone portable dans ses poches formaient des bosses sur son jean large.

Il sortit une autre pilule rouge et l'avala avec une lampée de Grey Goose d'une des bouteilles des vingt caisses qu'ils avaient récupérées chez le vendeur de spiritueux Fook Lau.

Encore une dette de réglée.

Il sentait qu'il devait à nouveau jouer sur l'élément de surprise pour coincer Koo Jai. Kongo était parti faire un petit somme avec une *ho* malaisienne ; Lefty, rattrapé par la gueule de bois due à la vodka gratuite, était allé pioncer au clubhouse.

Vas-y seul cette fois, tente un coup de bluff, vois ce qu'il en ressort.

Il marcha jusqu'à East Broadway, son arme à portée de main dans sa poche alors qu'il frappait chez Koo Jai.

Pas de réponse.

Il fit biper son pager en restant discret à la porte, mais n'entendit rien d'autre que le silence de l'autre côté. Il toqua une nouvelle fois, attendit une minute avant de redescendre l'escalier.

De la rue latérale, il jeta un œil à l'escalier de secours à l'arrière de l'immeuble, mais n'y perçut aucun mouvement.

Allons faire un tour, décida-t-il en tournant sur East Broadway.

Les gens se pressaient d'aller faire leurs courses pour le dîner alors que la météo se détériorait encore. Les vendeurs de poisson criaient à la volée, menaçant de fermer boutique. Lucky regarda dans la direction de Pike Street avec le pressentiment que Koo Jai était non loin. À mi-hauteur de la rue sombre, il aperçut devant le centre de désintoxication un homme blanc rachitique qui titubait au milieu du trottoir boueux, obligeant les *ah por* chinoises, les grands-mères, à le contourner avec leurs sacs de *choy*.

Lucky l'effleura avec son épaule en passant à côté de lui.

Dans son état second de junkie, l'homme marmonna « Connard de Chinetoque », juste assez fort pour que Lucky l'entende.

Lucky fit quelques pas de plus avant de s'arrêter brusquement, comme s'il se souvenait soudain de quelque chose, puis se retourna, leva les mains pour rajuster ses lunettes de soleil et se dirigea vers l'homme. À un mètre de lui, il se pencha en avant et abattit violemment sa paume droite sur le menton de l'homme. Le choc s'imprima sur le visage de celui-ci, un regard de haine dans les yeux alors qu'il sentait le goût de son propre sang empoisonné couler du bout de sa langue qu'il s'était mordue. Il resta figé l'espace de deux secondes dont Lucky profita pour le frapper au genou, sentant les ligaments céder comme du caoutchouc pourri alors que l'homme tombait par terre. Lucky l'attrapa par le col et lui projeta la tête contre le bitume et les marches dures, le faisant cracher ce qui ressemblait à des grains de maïs pleins de sang. Il lui asséna enfin un méchant coup de pied dans les côtes avec sa chaussure coquée. Le camé haleta et se mit à vomir.

T'as eu ton compte ? gronda Lucky intérieurement, *t'as eu ton compte de la part du connard de Chinetoque, hein ?* Il frotta le bout de sa Dr. Martens dans la neige fondue sale avant de s'éloigner, tout en proférant des jurons.

Il voyait des gyrophares au loin, sans pouvoir dire si c'était des flics ou une ambulance. Au coin, il bifurqua. Son accès de bravoure sous l'impulsion de l'ecstasy était en train de retomber.

Il réfléchissait à ses options alors que les lumières clignotantes se rapprochaient et décida finalement à contrecœur de retourner dans son appartement de Bayard Street.

Ce soir, c'était Koo Jai le petit chanceux, pensa-t-il.

Péché

Grass Sandal avait bien choisi l'endroit. Le Cercle Rouge avait investi dans un nouveau gratte-ciel d'habitations, le Tribeca West, à Manhattan, un autre moyen de *sai chien* – de blanchir leur argent. L'immeuble se trouvait à côté de Hudson Square, près du Holland Tunnel et de l'autoroute Westside – une position stratégique s'il fallait quitter la ville rapidement. Puisque le bâtiment n'était occupé qu'à moitié, les activités de Gee Sin n'attiraient guère l'attention. Il se servit un verre de brandy XO et sortit sur le balcon plongé dans l'obscurité, contemplant les lumières colorées de l'autre côté du fleuve qui lui rappelaient Hong Kong. Les projets du Cercle Rouge se mettaient en place comme prévu ; outre la flotte de cars, d'autres arrangements étaient en cours.

Le vent souffla tout à coup et il retourna à l'intérieur, posa son verre. Il regarda autour de lui, satisfait : un mobilier simple de location, ainsi la triade n'avait pas bloqué d'argent en possessions inutiles. L'appartement pouvait être vidé en deux temps trois mouvements et prêt à la vente.

Tous les investissements immobiliers du Cercle Rouge à Manhattan avaient été un succès et les prix continuaient d'augmenter.

Gee Sin se rendit dans le dressing et tapa la combinaison du coffre mural. Il en sortit des piles de cartes en plastique, puis retourna au salon. Dans l'espace calme, à la lumière de la suspension du plafond, il posa les cartes sur le comptoir lisse en pierre noire qui séparait la salle à manger du salon. Il les distribua de sa main gauche, les faisant glisser entre son pouce et son index dans un mouvement souple du poignet.

Neuf tas de onze cartes chacun. Il les aligna en des piles régulières, trois sur trois.

Les cartes vierges Visa *noires*, en haut. *Noir, la couleur de la nuit, de la discrétion, le noir du* hak se wui, *des sociétés secrètes.*

Les American Express *dorées. Wong*, jaune, au centre de tout.

Et les Mastercard *en platine.*

L'or et l'argent, si appréciés des Chinois.

Il but une nouvelle gorgée de son verre de brandy, prit une inspiration et ferma les yeux. Ils avaient appris de leurs erreurs passées. Au lieu de vendre les cartes à des amateurs qui se faisaient arrêter et attiraient l'attention, il avait désormais recours à des Chinois triés sur le volet pour superviser le tout et faciliter la communication. Le fait d'utiliser des centres de stockage et des entrepôts désaffectés lui permettait de gagner en mobilité et en volume.

Ils écoulaient les produits via les commerces légitimes de la triade.

Quand il rouvrit les yeux, il considéra les piles de cartes différemment. Elles représentaient des identités fantômes, prêtes à endosser des noms chinois : Chin et Chang, Dong, Fong et Gong, et beaucoup de Lee et de Wong.

Des numéros de compte volés étaient imprimés sur la bande magnétique. Les noms étaient associés à un client pourvu d'un faux permis de conduire avec photo comme preuve d'identité. Il était quasi impossible de distinguer les faux permis des vrais. Grâce à l'informatique et aux imprimantes laser, on pouvait aussi fabriquer facilement des passeports et des visas.

Ils élevaient la falsification, la fraude bancaire et le vol d'identité au niveau d'art et de science.

Il réfléchit aux Trente-Six Serments de la société. Il avait ajouté une subtilité au septième : *Créer quelque chose à partir de rien, utiliser de manière efficace de fausses informations.* Ils créaient de fausses identités, associaient de vrais numéros de compte à des noms inventés, donnaient vie à des spectres qui rapportaient des millions au Cercle Rouge. *Voler le dragon et le remplacer par le phénix*, voler des numéros de compte et leur apposer de nouveaux visages.

Tout avait commencé avec ceux qu'on appelait les 49 du Cercle Rouge – *sai gow jai*, les chiens soldats – qui avaient kidnappé un haut dirigeant de l'Asia Bank One à Vancouver pour soutirer à la banque des terminaux de paiement par carte de crédit. L'opération avait très bien fonctionné à petite échelle et ils l'avaient étendue d'un bout à l'autre du Canada via les quartiers chinois.

Gee Sin était en train d'introduire le filon aux États-Unis.

Il se sentait fier, lui-même épaté par la facilité avec laquelle tout se déroulait, par la façon dont les fraudes s'organisaient bien grâce aux Fukiénois. Ils étaient des bras pour la restauration chinoise qui ne cessait de s'accroître, des pigeons pour les requins chinois de la finance et des bons larrons pour développer l'opération des cartes de crédit. Les tour-opérateurs facilitaient leurs déplacements. Selon les plans de Gee Sin, les cars qui desservaient les restaurants des adhérents des triades et assuraient le transport des Fukiénois employés dans les cuisines reculées de ce pays de diables *gwai* constituaient la base d'un nouveau réseau. Les subordonnés affectés à la combine des cartes Hung Huen traînaient aux abords des agences d'emploi fukiénoises pour enrôler des Chinois. Les équipes de recrutement, sous les instructions de Grass Sandal, gardaient aussi un œil sur les parieurs et les flambeurs des casinos d'Atlantic Ciy, de Foxwoods et de Mohegan Sun, à l'affût de joueurs qui avaient besoin de liquidités.

En outre, des restaurants chinois regorgeaient de travailleurs mécontents qui vendaient les données bancaires des clients à la triade, à raison de dix dollars par compte. Le *sai gow jai* récoltait les informations et les falsificateurs fabriquaient les faux permis de conduire associés aux cartes. Des employés sous-payés de magasins de téléphonie et du personnel de banque malhonnête monnayaient également les informations personnelles de leur clientèle. Le balayeur d'un vidéoclub pouvait fournir des centaines de formulaires d'adhésion. On ne manquait pas d'immigrants clandestins désespérés ni d'identités auxquelles allouer de nouveaux comptes. Quand ils atteignaient le plafond de dépenses autorisé des cartes de crédit, les porteurs de ces fausses identités étaient envoyés vers une autre cuisine oubliée de l'arrière-pays. S'ils se faisaient attraper, les services de l'immigration leur donnaient un ticket retour gratuit pour la Chine.

Gee Sin, le cerveau derrière tout ça, tirait profit de cette période de fête durant laquelle les Américains achetaient des cadeaux, dans une frénésie consommatrice annuelle qui avait supplanté ce qui était à l'origine des célébrations religieuses. Il savait à quel point ces semaines étaient importantes pour les commerçants qui comptaient sur ces ventes pour survivre le reste de l'année et qui, sous l'afflux de rentrées d'argent, prenaient moins de précautions contre la fraude bancaire.

Les fausses cartes étaient acceptées par le lecteur à bande magnétique des commerçants puisque le numéro de compte était authentique. Si le magasin exigeait une pièce d'identité avec photo, le faux permis en fournissait une. Les caissiers se fiaient volontiers à l'autorisation du terminal de paiement, surtout face à une longue file de clients las. Pendant les fêtes, les limites de dépenses étaient moins strictes que d'habitude et les achats dans le secteur du luxe moins considérés avec suspicion.

Il avait été indiqué aux soi-disant consommateurs chinois quels produits de marque acheter, des articles populaires faciles à refourguer par la suite.

Gee Sin but une nouvelle gorgée de brandy et les piles de cartes prirent encore une nouvelle symbolique. Désormais, il voyait à travers elles les communautés chinoises au sein des villes américaines, chacune sous l'influence de clans des triades et de gangs affiliés aux sociétés secrètes. Les trois piles à droite représentaient Boston, New York et Jersey City. Un partenariat avait été conclu avec les Fuk Chow sur la côte Est. Les trois piles à gauche incarnaient les villes de la côte Ouest, Seattle, San Francisco et Los Angeles. Les Suey Ching régnaient sur les deux villes du nord, mais les Viet Ching menaient l'opération à Los Angeles, ainsi que dans les quartiers chinois du Texas. Les piles du milieu correspondaient à Columbus/Cleveland, Philadelphie et Richmond/Norfolk. Dans ces villes moyennes, c'était le clan Sun Wo qui gérait les cartes.

En plus de mobiliser des Fukiénois pour arnaquer les commerçants locaux, Gee Sin avait encouragé Grass Sandal à avoir recours à des immigrés qui maîtrisaient l'anglais pour les faire travailler au standard de sociétés de vente par correspondance, avec pour mission de rediriger les achats de Noël vers des entrepôts et boutiques désaffectés. Là-bas, des recrues de la triade munies de faux papiers attendaient les livreurs pour réceptionner la marchandise. Elles se concentraient sur les produits électroniques haut de gamme que le Cercle Rouge pouvait revendre sans problème à travers son réseau, des articles chers tels que des caméscopes, des appareils photo numériques, des baladeurs et des ordinateurs portables.

L'objectif était d'extorquer pour plusieurs millions de dollars de marchandise pendant les fêtes, tout ça grâce aux fausses cartes de crédit. Les vrais propriétaires des comptes bancaires et les institutions d'émission des cartes ne détecteraient rien avant plusieurs semaines, lorsque les relevés mensuels arriveraient par la poste. D'ici là, l'Éventail de papier et ses hommes auraient filé depuis longtemps, ne laissant derrière eux qu'une traînée de poudre et des ombres.

Ses pensées dérivèrent à nouveau, lorsqu'il ressentit un élancement dans son poignet. La douleur aiguë se réveillait occasionnellement. Ça arrivait surtout en hiver ou par temps froid, comme à Vancouver ou à Toronto, où il avait testé en premier l'opération des cartes de crédit.

Il est temps de lever les voiles, pensa-t-il.

La psychologue de la clinique de rééducation de Kowloon avait évoqué le concept de « douleur résiduelle », un phénomène dû au fait que les nerfs blessés gardent en mémoire le moment de la blessure. *Tout est dans la tête*, avait-elle dit, *vous pensez ressentir de la douleur, du coup vous avez mal.* En général, il s'agissait d'une irritation ou d'une pression excessive sur l'articulation, là où l'os ressoudé et les muscles frottaient contre la base en silicone de la prothèse.

Il pouvait retirer la prothèse pour atténuer la douleur. Des antidouleurs lui avaient aussi été prescrits.

Dew keuih, putain, jura-t-il tout bas. Il savait que ce n'était pas la main. Elle était parfaite et il s'y était habitué, il y mettait toute sa volonté pour qu'elle fonctionne bien. *Ce n'était pas la main.*

C'était l'attaque qui ne cessait de le hanter, floue mais toujours aussi violente, même vingt-cinq ans plus tard. La douleur du jeune homme de l'époque encore vivace dans le moignon du vieil homme d'aujourd'hui.

Le reflet sur sa gauche. Le bras levé par réflexe.

Ce n'était pas la main, merveille de sculpture et d'ingénierie.

Il était tombé par terre. Quand il avait voulu prendre appui pour se relever, il avait vu qu'il n'avait plus de main gauche.

C'était le souvenir.

Et il avait survécu à l'agression. C'était son cou qu'on avait voulu lui trancher.

Il défit l'élastique et la bande Velcro autour de son poignet, puis ôta la main qu'il posa sur le marbre noir. Une fois retirée de son bras, elle avait toujours l'air bizarre, surtout vue de loin. Ça démangeait sa vraie main de la reprendre.

Il la voyait comme une arme, avec la sangle pour holster.

Toucher

La main bionique avait déjà cinq ans, un modèle extra-léger, une prothèse myoélectrique avec des doigts articulés, un pouce opposable et un poignet rotatif. Elle était alimentée par des batteries intégrées. Des capteurs détectaient la contraction des muscles du bras, puis convertissaient le signal du corps en énergie électrique. Cela actionnait le moteur qui contrôlait la main et le poignet. L'armature squelettique était conçue à partir de thermoplastique et de titane, pour une grande flexibilité, et couverte d'une fine couche de silicone résistant à la chaleur et aux flammes, dont on personnalisait la couleur selon la pigmentation de la peau du patient. La main et les doigts étaient sculptés jusqu'aux ongles, phalanges et sillons. Au premier coup d'œil, il était impossible de la différencier d'une vraie main.

Elle coûtait quatre-vingt mille dollars à Hong Kong, que la triade avait payés sans poser de questions.

Lorsqu'il la retira, il repensa à ses séances de rééducation à la clinique de Kowloon pour apprendre à utiliser son membre artificiel. Ça lui avait pris un an avant de maîtriser à la perfection les mouvements de la main et des doigts, au point d'être capable de manger avec des baguettes et de battre un paquet de cartes. Il pouvait saisir une pièce sur la table.

Il pouvait aussi appuyer sur la détente d'une arme.

Aaya, soupira-t-il en se rappelant le premier des Trente-Six Serments de la société, *traverser l'océan sans que le ciel s'en aperçoive.* Bien sûr, il était là pour superviser les opérations des cars et des cartes de crédit mais également – ce que lui seul et la

« tête de dragon », le chef de la triade, savaient – au sujet des diamants et des pièces d'or volés lors du meurtre d'Oncle Quatre, sans parler des cent mille dollars des Hip Ching dérobés au vieil oncle imprudent par sa maîtresse assoiffée de vengeance. Oncle Quatre avait été tué alors qu'il était en route pour rencontrer les dealers d'héroïne Hakka. Sa maîtresse avait disparu. Gee Sin ne pouvait pas passer l'éponge, même si la majeure partie de ce qui manquait constituait de la marchandise extorquée. Avant de retourner à Hong Kong, il devait régler la situation. Il prit un cachet de vicodine qu'il avala avec le reste d'alcool. Après une minute, il se coucha et essaya de se vider l'esprit. La pièce devint noire et il rêva qu'il volait, admirant le paysage en dessous de lui alors qu'il retournait au port des Senteurs de Hong Kong.

Fêtes et crime

Les commémorations de Pearl Harbor avaient rappelé à Jack les cauchemars japonais de Pa.

Puis les nuits s'étaient enchaînées et soudain on était déjà fin décembre. Les haut gradés étaient en congé pour les fêtes, c'est pourquoi il avait été réassigné à la permanence de nuit.

Le soir de Noël.

Ça lui était égal. Il n'avait pas de repas de famille ni aucune obligation, contrairement à la plupart des autres détectives.

En sortant du Tofu King avec son *dao jeung* fumant – du lait de soja –, Jack se dirigea vers Bowery, projetant d'aller boire quelques verres avec Billy après son service. Comme il n'y avait pas de bus en vue, il décida de commencer à marcher vers le nord, dans l'espoir de trouver un taxi en chemin pour aller à la 0-9.

De nombreux restaurants et magasins avaient accroché des guirlandes de Noël colorées dans leurs vitrines, moins par tradition que comme appât visuel pour attirer le dollar du touriste. Les commerces essentiellement fréquentés par les Chinois du quartier – cafés, boulangeries, barbiers et épiceries – ne se donnaient pas cette peine, sachant que le vrai moment de décorer était le Nouvel An chinois, lorsqu'ils se paraient des rouges et dorés étincelants, symboles de chance et de prospérité.

Plus loin, dans le quartier fukiénois autour d'East Broadway, l'ambiance de Noël était encore moins présente – aucune trace de religion ni faux-semblant de tradition. Dans certaines de ces rues, on ne se sentait pas à New York, pas même aux États-Unis.

Comme dans un port étranger.

Seuls les Chinois nés aux États-Unis, que les « vrais » Chinois appelaient ironiquement *jook-sings* – morceaux de bambou creux –, avaient suffisamment intégré la tradition américaine de Noël pour mettre un sapin chez eux et échanger des cartes de vœux et des cadeaux. Jack se souvenait que Pa avait toujours refusé d'avoir un sapin, arguant qu'il représentait un risque d'incendie, que l'appartement était trop petit et qu'il y aurait des aiguilles partout.

Jack dépassa Elderige Street, où le marché improvisé de primeurs à prix cassés côtoyait les navettes garées au bord du trottoir, chacun criant pour gagner sa croûte. Tout le monde jaugeait tout le monde. À Delancey Street, il prit finalement le bus M103 bondé en direction du nord pour remonter les dix blocs jusqu'à la Neuvième Circonscription. Le *dao jeung* avait refroidi, mais il pourrait le réchauffer au micro-ondes du poste.

Il descendit à la 5e Rue et marcha vers l'est en cet après-midi sombre.

Réveillon de Noël

Le bulletin d'information à la radio de la brigade annonçait de la neige et des embouteillages. Quand Jack passa en revue les rapports de la main courante, il vit qu'il y avait une flambée de vols à l'étalage et de paiements frauduleux. Noirs et latinos agrémentaient leurs cadeaux. Des noms chinois sur de fausses cartes de crédit. *Joyeux Noël*, pensa-t-il ironiquement, *par tous les moyens.*

Il sirota le *dao jeung* qu'il avait passé au micro-ondes.

Bonnes fêtes à tous. Il parcourut la liste de dépositions, une litanie sans fin de petits larcins.

Après six heures de service, la rue était couverte de trente centimètres de neige et les deux-roues et voitures de patrouille n'étaient plus garés très droit. De la fenêtre des toilettes, Jack vit les gros flacons tomber dru, si bien qu'on distinguait à peine les couleurs des feux de circulation et les panneaux du carrefour. *Une sale nuit à passer dehors.*

Un coup de fil lui parvint du froid. Lorsqu'il ouvrit son téléphone portable, il entendit le rugissement du vent dans le combiné, accompagné d'un grésillement saccadé.

— Le sergent m'a dit de te joindre…, disait l'agent Wong, et il fut question d'un *restaurant de vente à emporter*, de *disparition* et, juste avant que ça coupe, d'un *livreur.*

Jack essaya de le rappeler, en vain.

Il fut surpris. Non pas à cause du fait que l'appel avait été passé sur son téléphone portable, ni que c'était l'agent Wong, mais parce que c'était le service de nuit et que Wong avait déjà assuré la permanence de la journée précédente, de 8 à 16 heures. Wong aurait dû être chez lui à l'heure qu'il était, à profiter de sa soirée de Noël.

Jack finit son lait de soja.

Puis le téléphone du bureau sonna, un appel transféré du standard par l'agent de garde.

À nouveau Wong.

— J'appelle d'une épicerie sur la Septième…

— Je t'entends beaucoup mieux, répondit Jack.

— Voilà ce qui se passe. Je viens d'enquiller douze heures de service. Le sergent dit qu'il n'y a pas d'heures sup' pendant les fêtes, donc je suis sur mon temps perso là.

— OK. Alors ?

— Alors le 911 a reçu des appels d'une personne en panique qui s'exprimait en chinois, de ce qu'ils ont pu deviner. Ils n'ont pas réussi à comprendre. Les autres agents en service sont déjà occupés par des violences domestiques, une au parc, une autre dans les immeubles yuppies sur Lafayette. Le sergent est monopolisé par un malade mental dans un bar d'étudiants. C'est le bordel.

— Sans compter que c'est le soir de Noël, ajouta Jack, guère surpris de voir émerger des cas d'abus d'alcool ou de disputes conjugales en cette période de fêtes, démontrant à quel point les gens étaient fragiles et tordus, à se prendre le bec pour tout et n'importe quoi.

— Ouais, continua Wong. Les appels en question viennent du New Golden Chinatown sur la 10e Rue, au 119. Quand j'ai téléphoné, la femme m'a expliqué que son fils était parti livrer des commandes mais n'était toujours pas revenu. Elle pleurait parce qu'il était très en retard. Puis mon portable s'est éteint.

Il y eut une pause, Jack perçut des mots en espagnol dans le fond, *chino-chino, maricon*, suivis de rires.

— La centrale d'appel veut classer le cas parmi les disparitions, ajouta Wong. Ce qui veut dire attendre de voir si le garçon réapparaît d'une façon ou d'une autre. Mais la mère est dans tous ses états.

Jack savait que ce n'était pas à lui de dire quoi faire à un jeune flic, ce qui relevait de son devoir ou non, tout ça.

Mais Wong lui ôta les mots de la bouche.

— Je sais que je ne suis plus de service mais je me suis dit que j'allais y passer avant de rentrer chez moi. T'en penses quoi ?

Il n'était pas question d'homicide, même si, dans une ville où on pouvait se faire tuer à cause d'un regard de travers, de la couleur qu'on portait, d'une place de stationnement, d'un affront imaginaire ou simplement par malchance d'être au mauvais endroit au mauvais moment, les affaires de meurtre pouvaient remonter au poste à tout moment. Mais, pour l'instant, aucun dossier de ce genre n'attendait sur son bureau et vu que ce cas impliquait des Chinois, Jack savait qu'on le mettrait sur le coup. Et tout appel urgent pouvait être transféré sur son portable, de toute façon.

— Allons-y tous les deux, dit-il, au moins pour entendre la bonne version de l'histoire. C'est peut-être rien, du coup on pourra remballer et toi rentrer chez toi. Au 119 sur la 10e ? Je te retrouve là-bas.

Il raccrocha, puis il se souvint qu'il avait promis de retrouver Alexandra à la messe de minuit de Noël, un beau service à l'Église de la Lumière véritable de Chinatown. Si jamais… il la tiendrait au courant.

Et il y avait aussi Billy qu'il devait rejoindre chez Grand-Père pour trinquer en l'honneur des fêtes. *Aucun souci de ce côté-là.*

Une famille heureuse

Jack quitta la chaleur du poste de police pour affronter les bourrasques vivifiantes qui soufflaient depuis l'East River. Il avait un mauvais pressentiment, c'était plus fort que lui ; la crainte que les appels en apparence désespérés ne se révèlent être des affaires sérieuses faisait naître en lui une poussée d'adrénaline.

Son souffle se découpa dans le froid, il jura discrètement et se mit à avancer dans la neige vers la 10ᵉ.

Le New Golden Chinatown était un petit restaurant situé dans la partie nord d'Alphabet City. Sur l'auvent couvert de neige, il était indiqué qu'on y servait des spécialités cantonaises du Hunan et du Sichuan et précisé « **Sur place – À emporter** » en lettres épaisses.

En traversant la rue, Jack repéra la lumière criarde du néon et le menu bien visible avec les photos en couleurs des plats accrochées au-dessus du comptoir où on passait commande. *Pas de mauvaises surprises.*

Un vélo était cadenassé au rideau métallique. Jack évaluait si un endroit était populaire ou non au nombre de deux-roues garés devant. Ce boui-boui tournait avec deux vélos, rien de très important, à peine assez de livraisons pour joindre les deux bouts.

Il s'arrêta à la porte et vit un couple de Chinois en train de parler à l'agent Wong qui prenait des notes sur son calepin. Jack étudia les lieux : les murs aux carreaux roses, les grands woks dans la cuisine sombre à l'arrière. Deux bars étroits couraient le long du mur adjacent et devant la vitrine. Une grande poubelle.

Vu qu'il n'y avait ni chaises ni tables, il semblait clair qu'on ne voulait pas que les gens s'attardent ici. *Mangez et repartez.* La caisse se trouvait derrière des panneaux graisseux en Plexiglas blindé. *On paie ses plats comme on paie sa vinasse dans un sinistre magasin de spiritueux, comme on dépose ses chèques dans un misérable centre d'encaissement.*

La femme, la quarantaine, était nerveuse, tandis que l'homme, probablement du même âge même s'il en paraissait davantage, essayait de garder son sang-froid ; tous deux avaient les traits tirés par la fatigue. Jack devinait à quel point les longues heures de labeur les avaient usés, des années qu'ils ne récupéreraient jamais, une génération de sacrifices pour réaliser leur petite part du rêve américain, le *Gum San,* ou rêve de la Montagne dorée.

Lorsqu'il poussa la porte vitrée cassée, Jack fut assailli par l'odeur de friture et de sel dans l'air moite. Ils se tournèrent vers lui et il dégaina tout de suite son insigne pour dissiper le moindre doute, tout en adressant au couple un signe de tête poli. Ils s'exprimaient dans une sorte de mandarin fukiénois, tandis que l'agent Wong reconstituait les faits. Leur jeune fils, Hong, un mètre soixante-sept, veste grise à capuche et jean noir, était parti faire des livraisons et n'était pas revenu. Les appels sur son téléphone portable restaient sans réponse.

— Où est la liste des commandes ? demanda Jack.

Wong la lui tendit et Jack passa en revue les adresses, tandis que son collègue lui expliquait :

— Il y a eu deux livraisons, une sur la 12e, l'autre près du fleuve dans les logements sociaux Riis.

— Si seulement Ah Jun ne s'était pas fait porter pâle, grogna le père. Hong n'aurait pas été obligé de donner un coup de main aujourd'hui. Il devait aller à une fête après le travail.

— Peut-être y est-il allé directement ? Après avoir fait les livraisons ?

— Non, impossible, répondit l'homme. Il aurait appelé. Son téléphone portable…

— Il a déjà eu des problèmes avec ce téléphone, le coupa la mère. La batterie fait des siennes et la réception est peu fiable.

Étant donné que son propre téléphone venait de le lâcher lui aussi, l'agent Wong suggéra :

— Peut-être a-t-il essayé d'appeler ?

— Est-il possible qu'il soit allé à la fête avec l'intention de vous joindre une fois là-bas ? demanda Jack.

— Non, répondirent-ils tous les deux. Il n'est pas comme ça. C'est un bon garçon, responsable. Excellent élève à l'école.

— Nous voulions fermer, bredouilla le père. Pas seulement à cause du temps, mais aussi parce que c'est Noël, une soirée à passer en famille. Nous nous apprêtions à rentrer. (Il échangea un regard contrit avec sa femme avant d'ajouter tout bas :) Mais on a reçu ces deux commandes… (La mère détourna les yeux et se mit à trembler lorsque le père poursuivit :) Il y en avait pour quatre-vingt-dix dollars. On se voyait mal refuser, c'était l'histoire de vingt minutes de préparation, dit-il avant de marquer une pause pour reprendre son souffle. Plus la livraison. Si tout allait bien, nous étions à la maison avant 23 heures.

Le regard de l'homme passa de Jack à l'agent Wong.

— Mais on a reçu les commandes…, répéta-t-il en tendant le bras autour des épaules de sa femme.

Jack vit les numéros de téléphone griffonnés sur le bloc-notes. Les deux dernières livraisons étaient éloignées l'une de l'autre ; la première était au numéro 129 sur la 12e Rue, au nom de Stenhagen. *Crevettes aux pois, légumes, spécialité aux fruits de mer.* Probablement des étudiants de la NYU. Vingt-trois dollars et un soda gratuit. La deuxième commande devait être livrée au 444 Avenue D, au bord du fleuve dans Alphabet City, dans les tours Jacob Riis, au cœur des logements sociaux. Pour un certain Miller, Das, quelque chose comme ça, appartement 14D. Une grosse commande, en portions doubles : du poulet à la général Tso, du bœuf à la mode mongole, le menu « Happy Family » et quatre barquettes de riz frit et de *lo mein*. Pour un total de presque soixante-dix dollars. *Une fête dans la résidence ou une bande d'affamés qui voulait s'en mettre plein la panse en ce réveillon.*

L'agent Wong nota les dernières déclarations des parents. La mère avait continué de tenter de joindre leur fils sur son téléphone portable. Et ils avaient rappelé les numéros des commandes, essayé de tracer les livraisons, mais la première cliente avait raccroché car elle n'avait pas compris leur anglais approximatif. Quant au deuxième numéro, l'appel avait directement basculé sur la boîte vocale.

— D'après le père, dit Wong, les deux livraisons auraient dû être bouclées en trente, quarante minutes max. Ça fait déjà une demi-heure de plus.

— À quoi ressemble le vélo ? demanda Jack.

— Une banale bicyclette sans grande valeur, répondit la mère en retenant ses larmes. Pas le genre qu'on voudrait voler. Noire.

— Il y a une grosse chaîne, précisa le père, avec un cadenas en laiton, de Chine.

— Un cadenas chinois ? De marque chinoise ? demanda Jack.

— Oui.

Jack leur tendit sa carte.

— Prévenez-moi s'il appelle ou s'il revient ici. Pendant ce temps, on va aller voir.

Le couple se mit à le remercier vivement.

Jack les arrêta.

— On ne vous promet rien. Ce n'est peut-être qu'un malentendu, mais gardez le téléphone à portée de main si jamais on devait vous joindre.

Il regarda l'agent Wong qui se dirigeait déjà vers la porte.

— Va voir la livraison sur la 12e, lui dit-il. C'est le plus près. S'il n'y a rien à signaler, retrouve-moi à la deuxième adresse.

Ils prirent congé du couple qui les suivit des yeux, inquiet, la mère se tordant les mains.

À l'extérieur, Jack remit une radio à Wong.

— Je l'ai prise au poste, dit-il, mon téléphone marche, c'est bon pour moi. Mais et toi alors ? Je croyais que tu travaillais de jour.

— Nan, répondit Wong en mettant le volume de la radio sur le maximum. Je veux changer pour les nuits. J'ai déjà fait la demande.

— Ah bon ? Pourquoi ?

— Entre toi et moi, je n'aime pas travailler avec le sergent.

— *Donahoe ?*

— Ouais. « Don l'Irlandais ».

— Qu'est-ce qu'il s'est passé ?

— Je l'ai entendu dire à un autre sergent que les flics chinetoques valaient pas mieux que les *fillettes*.

Jack savait que ça faisait référence aux femmes flics.

— D'après lui, on est petits et gringalets, poursuivit Wong, et il ne nous fait pas confiance en cas de course-poursuite ou de fusillade. (Il secoua la tête avec dédain avant de reprendre :) Dixit un type qui pèse plus de cent trente kilos et ne pourrait pas courir après un individu en fauteuil roulant sans faire une attaque.

— Ça craint.

— Tu l'as dit.

— Écoute, oublie tout ça, déclara Jack. Au cours de ta carrière, tu auras affaire à d'autres flics, des *bons* flics.

— Ouais, bien sûr, répondit Wong avec cynisme.

Ils se séparèrent au coin de la rue, partant dans des directions opposées. Jack se dirigea vers les tours Riis, situées à quatre blocs à l'est, plus quatre ou cinq autres en fonction de la répartition des numéros. *Neuf ou dix blocs, près d'un kilomètre, sous la neige et face au vent.*

Observer et attendre

Lucky leva la tête vers le ciel nocturne.

La neige s'accumulait au sol, couvrant la chaussée sous les lampadaires.

Il avait fixé rendez-vous à Skinny Chin, fraîchement arrivé de LaGuardia en taxi *see-gay*, en face de la bijouterie Lee sur Orchard Street ; ils étaient directement allés au coffre-fort. Skinny en avait tiré les factures des montres et les avait photocopiées sur son appareil vétuste fabriqué en Chine qui faisait à la fois téléphone, fax et copieur.

Lucky se tenait un peu à l'écart et regarda Skinny passer la main à l'intérieur de sa veste comme s'il s'apprêtait à dégainer une arme, mais il ne sortit qu'un briquet et une cigarette.

La photocopieuse cracha des feuilles qu'il tendit à Lucky.

— T'as découvert l'embrouille ? demanda-t-il de but en blanc.

Tu me prends pour qui, un putain de détective ? repensa Lucky.

— Non, répondit-il calmement, mes hommes ont remarqué quelques pétasses Fuk avec des Movado et des Rado au poignet. Ils voulaient être sûrs avant de les leur réclamer.

— Et depuis quand tes vauriens de *kei dai* prennent des pincettes ?

Lucky plissa les yeux vers lui en disant :

— Il y a une putain de trêve. Tu veux foutre la merde avec les vieux ?

— OK, OK, du calme, grogna Skinny. Dis-moi juste si tu apprends quelque chose.

Lucky hocha la tête à travers la fumée que lui souffla Skinny au visage, songeant à quel point ce serait facile de le limoger, de se débarrasser de lui, s'il ne faisait pas gaffe à ce qu'il disait et au ton qu'il employait avec lui. Lorsque Skinny repartit, Lucky étudia les factures – de longues colonnes de codes-barres et des numéros de série sous le nom des marques. *Tu me prends pour qui, un putain de détective ?* se dit-il à nouveau avec un rictus.

Il plia les feuilles et retourna chez lui. La Rado au cadre noir était dans son coffre et il se demanda si Koo Jai avait tiré le bon numéro.

Révélations

À sa fenêtre, cinq étages au-dessus de Bowery, Lucky leva l'arrière de la montre noire à la lumière et regarda les derniers chiffres en écrasant le mégot de son joint d'herbe jamaïcaine dans une tasse. Il compara les chiffres à ceux de la liste de Skinny et expira la fumée lorsqu'il trouva ce qu'il cherchait.

Après avoir pris une inspiration, il vérifia le numéro de série une nouvelle fois ; il correspondait à celui de la facture. Aucun doute.

Putain d'enfoiré, pensa Lucky, mais il devait lui accorder une chose : il l'avait sous-estimé. *Il a des couilles, de l'ambition, à aller récolter du blé dans le no man's land, à s'en prendre aux gros bras fukiénois dont il ne comprend même pas le dialecte.*

Les chiffres révélaient aussi à quel point ce salopard de Koo Jai était sournois et culotté, non seulement en organisant les vols mais en gardant ensuite la marchandise.

Que le dailo *aille se faire foutre, pas vrai ?*

À peine quatre types dans le coup ? Pourquoi pas. S'ils s'étaient bien débrouillés. Et pensaient faire porter le chapeau aux Fuk.

Surveille tes arrières, s'entendit-il penser. *Fais comme si de rien n'était. Si tu mets le feu aux poudres avec Koo Jai maintenant, les Ghost pourraient perdre East Broadway. Joue-la tranquille et laisse-lui son butin, laisse couler pour l'instant, les représailles viendront plus tard.* Ramolli par l'herbe rasta, il imagina dans son cerveau brumeux comment il allait gérer ce beau gosse cool de Koo Jai. Il saluerait son audace tout en lui rappelant que sa bande n'en demeurait pas moins redevable des vingt mille dollars extorqués aux membres haut placés. Et puis tout serait réglé, ils seraient à nouveau frères.

Oh, d'ailleurs, ça inclut les mille balles que j'ai payées à ton bookmaker. Tu vois comme je couvre tes arrières ?

Délivre-nous du mal

Sous les flocons, les rues avaient un air féerique. Il remonta sa capuche en roulant.

La première livraison est facile, *nota Hong, c'était presque au coin de la rue du restaurant. Une jolie blonde en pull rouge attendait dans le hall d'entrée du numéro 129. Quand il arriva, elle sortit, lui donna trente dollars et lui dit : « Gardez la monnaie et joyeux Noël » après qu'il lui eut remis le sac en plastique fumant.*

Il n'avait même pas eu besoin de descendre de vélo.

En prenant vers l'est, il souffla pour faire tomber les flocons accrochés à ses lèvres et baissa la tête contre le vent, son jeune cœur vibrant dans sa poitrine à l'idée de Noël, rempli d'un amour brillant tel un néon dans la nuit. La ville n'est pas vraiment paralysée, songea-t-il. Il aurait plutôt dit chaotique. Il pédala dans la neige fondue, dans les ornières et les sillons creusés par les pas des gens qui se hâtaient de rentrer chez eux pour le réveillon. Le trajet n'était pas de tout repos, cahoteux, mais il y avait peu de monde dans les rues et il sentait qu'il était dans les temps, en dépit des bourrasques de face.

Il jeta un œil aux sachets du restaurant derrière lui, toujours bien fixés sur le porte-bagages, puis prit quelques inspirations rapides en expirant des nuages de vapeur.

Penché en avant, il appuyait sur les pédales ses imitations de Timberland fabriquées en Chine, roulant vers les ombres des logements sociaux faiblement éclairés au loin. Alors qu'il s'approchait, il sentit poindre dans un coin de sa tête une petite inquiétude, celle qui le faisait craindre pour sa sécurité. Au moins, son vélo brinquebalant tenait le coup. La dernière fois qu'il était venu livrer une commande ici, des gamins du quartier l'avaient traité de « face de nem » et avaient imité des cris de kung fu derrière lui alors qu'il repartait. Mais il y avait aussi eu la fois où une gentille grosse dame noire lui avait donné cinq dollars de pourboire pour lui avoir apporté un grand sac de plats à emporter pour la fête qu'elle organisait. Il ne savait plus exactement quel immeuble c'était, un numéro dans les 400.

Il se calma en se disant qu'en cette période de fête les gens avaient tendance à se montrer plus généreux dans leurs pourboires, surtout par ce temps. Il pensa à ses amis du lycée qu'il retrouverait plus tard, puis prit à droite sur la longue Avenue D, vers les ténèbres interdites des tours Jacob Riis.

Il longea plusieurs immeubles, sous les branches nues des grands arbres, entre cinq et dix mètres de haut, une canopée squelettique tremblant dans l'air au-dessus des lampadaires, jetant des ombres partout dans les arrière-cours. Il passa devant la plateforme surélevée d'une aire de jeux, s'apercevant que ce qu'il avait pris pour des corps recroquevillés les uns sur les autres étaient en fait un tas de sacs-poubelle noirs qu'on avait jetés là. Quelques petites inspirations supplémentaires.

Se fiant à son intuition, il tourna à gauche, jusqu'à une petite cour encastrée au milieu de gratte-ciel, et plissa les yeux dans la faible lumière à la recherche de numéros sur les bâtiments. En suivant la rangée courbe de lampadaires qui le mena sous une lumière plus vive, il commença à distinguer les chiffres.

Génial, pensa-t-il une fois devant le premier bâtiment des 400. Il était fier d'être arrivé si proche de sa destination du premier coup.

Il cadenassa le vélo à la rampe en fer qui longeait l'aire de jeux avant de vérifier à nouveau l'adresse sur le reçu. Puis il détacha les plats du porte-bagages et se dirigea vers le numéro 444.

Quand il pénétra dans le hall d'entrée, il entendit des chants de Noël quelque part, lui parvenant depuis la cage de l'ascenseur, assortis de relents d'urine et d'excréments. Il appuya sur le bouton d'appel de l'ascenseur, reprit son souffle et réfléchit à la monnaie qu'il devrait rendre au client.

L'ANNÉE DU CHIEN

La porte de l'ascenseur s'ouvrit dans un crissement métallique. Instinctivement, il jeta un œil dans la cabine, s'assurant qu'elle était vide avant de s'y engager avec ses sacs de nourriture, puis sélectionna le bouton du quatorzième étage.

Les numéros des étages s'allumèrent au fur et à mesure de l'ascension, au son des chants de Noël, et il pensa à la fête du club chinois à laquelle il allait arriver bien tard…

En cette nuit sainte

Les rafales de vent de l'East River avaient frappé Jack tout du long des quatre blocs sombres à travers Alphabet City – les Avenues A, B, C et D –, dans l'air glacé qui faisait hurler et tourbillonner les flocons latéralement.

L'Avenue A était morne, à l'exception de quelques néons au-dessus de vitrines désolées.

Il passa devant des terrains vagues et des espaces grillagés, remplis de débris, de pièces détachées de voitures, d'ordures, tout ça en partie recouvert de neige.

Le début de l'Avenue B était bordé par des bâtiments en ruine. Un bus marqua l'arrêt un peu plus loin, trop loin pour qu'il tente un sprint pour l'atteindre, même si la météo avait été meilleure. Il traversa la route, marchant dans les traces de pneus jusqu'à couper par le parc à Tompkins Square.

Il poursuivit de l'Avenue C à la D, toujours sous la morsure du froid. Il avait les doigts engourdis et, lorsqu'il toucha son Colt, le métal gelé le brûla. Il prit de petites inspirations et expira dans ses mains. Presque arrivé au coin, il aperçut les tours Riis s'élever au-dessus de lui. Des immeubles aux airs de bunker se dressaient sur six étages, d'autres un peu plus loin avaient l'air d'en avoir quinze, voire plus. De ce qu'il avait retenu de ses recherches sur la circonscription, la résidence était composée de dix-neuf tours en brique rouge le long de l'Avenue D, construites après la Seconde Guerre mondiale, notamment pour fournir emplois et habitations aux soldats de retour.

Par le passé, les tours Riis avaient été considérées parmi les pires logements sociaux de la ville. C'était encore aujourd'hui l'un des quartiers les plus malfamés du pays, treize mille appartements concentrant une part importante des crimes auxquels avait affaire la 0-9.

Jack composa sur son téléphone portable le numéro écrit sur le bon de livraison. Il tomba à nouveau sur la messagerie vocale et raccrocha. *Miller, Das…*

Les numéros des immeubles allaient décroissant vers le sud. Il était au niveau des 1000, il devait encore descendre cinq blocs, jusqu'aux alentours de la 5e Rue, ce qui le rapprocherait du poste.

La lumière était artificielle, les lampadaires en arc au-dessus de sa tête se découpaient dans le ciel noir de la nuit. Rien n'était clair, tout apparaissait dans un ton monochrome et son imagination lui jouait des tours. Les rues devant lui étaient remplies d'ombres et de branches dénudées. À sa gauche, il vit les panneaux des terrains de basket et, au-delà, l'échangeur de la voie rapide FDR pointer vers Brooklyn au loin. À sa droite, une série de bodegas, des bouis-bouis servant du poulet frit et une épicerie – tous fermés derrière le voile de la neige et de la lueur jaunâtre des réverbères chromés.

Il ne voulait pas prendre le cas à la légère et préférait garder l'esprit ouvert, une personne portée *disparue* étant ce qu'elle était. Jusqu'à preuve du contraire. Essayer de rester objectif, de laisser les émotions de côté. Les inquiétudes de la mère avaient peut-être dramatisé la situation, mais il avait senti les doutes chez le père. *Apeuré, mais hésitant. Ce ne serait pas la première fois qu'un lycéen, un jeune, faisait quelque chose qu'il n'aurait pas dû.*

Il avança, suivant les numéros.

Au niveau de la 4e Rue, près du dernier bâtiment, l'adresse apparut. Il se dirigea vers la cour, se demandant si l'agent Wong avait découvert quelque chose. *Le gamin est probablement déjà de retour au restaurant…*

À une vingtaine de mètres, il distingua la forme d'un vélo à côté d'une balustrade et, en s'approchant, il vit l'immeuble, le numéro 444. Il décida de jeter un œil au vélo avant d'appeler à nouveau. Dans la pénombre, il vit l'endroit sur la grosse chaîne où s'était effacé le logo du fabricant, une bicyclette usée, bas de gamme, d'un noir standard. Munie d'une espèce de porte-bagages bricolé sur la roue arrière. Le vélo reposait contre la rampe, accroché par un gros cadenas. Quand il en ôta la neige et frotta la saleté, il vit que le cadenas portait le caractère chinois *sing* – étoile.

Il scruta rapidement les alentours, mais ne vit pas âme qui vive. De la neige fraîche couvrait toutes les traces. Il composa à nouveau le numéro de Miller, tomba à nouveau sur la boîte vocale et raccrocha. *Ça peut être le vélo de n'importe qui*, se dit-il en se dirigeant vers l'immeuble.

Il faisait chaud dans le hall d'entrée. C'était un soulagement de se mettre à l'abri de la neige et du froid. Il s'arrêta pour reprendre son souffle, mais l'air était nauséabond. À travers les haut-parleurs, il entendit Nat King Cole entonner d'une voix chevrotante un chant de Noël et il appela l'ascenseur, espérant que la puanteur n'y serait pas encore pire. La porte s'ouvrit en grinçant. Ça sentait plus la poubelle que les excréments humains et il appuya sur le bouton quatorze, en veillant à respirer par la bouche, Nate King Cole s'éloignant en dessous de lui. Il ouvrit sa veste. Retint son souffle alors qu'il passait le sixième étage, puis le neuvième, pour enfin arriver au quatorzième.

La porte s'ouvrit dans un crissement. Du hip hop à plein volume braillait dans le long couloir, un groupe qu'il ne connaissait pas, visiblement en colère et jurant contre les *nigga*... Le 14D était-il à gauche ? À droite ? Il suivit la musique, A, B, C, D, jusqu'au coin, là où le menaient les forts effluves d'herbe.

L'odeur se concentrait autour du 14D, même s'il était bien sûr possible qu'elle émane d'un appartement voisin ou que quelqu'un ait fumé vite fait au bout de ce couloir. Il frappa fermement à la porte, trois coups. Quand il entendit qu'on baissait un peu la musique, il annonça :

— Police. J'ai des questions sur...

— *Qui ?*

— *Police.* Vous vous êtes fait livrer récemment...

— *Livrés ?* Nah, *man*, c'était y a une heure, ça.

— Pouvez-vous ouvrir la porte ?

Jack repoussa un pan de sa veste pour dégager son holster.

— *Yo !* aboya la voix. *Chop suey,* on est occupés, là. CASSE-TOI, PUTAIN !

Le hip hop rugit à nouveau.

Jack perdit patience.

— Ouvrez ! hurla-t-il. Police !

Il tambourina sur le battant, sortit son Colt et le brandit lorsque la porte s'ouvrit.

— Tu piges pas l'anglais, fils de pute ?

La mâchoire de l'homme se décrocha quand il vit l'arme de Jack.

— *Yo*, relax, dit-il avec des yeux rouges *ganja. Yo*, relax, *man.*

Son copain au bandana rouge leva les mains au-dessus de sa tête alors que Jack le faisait reculer dans l'appartement sombre, le rythme de hip hop résonnant dans le couloir.

Jack ne voyait pas d'interrupteur au mur.

— Allumez la lumière ! aboya-t-il.

La fraction de seconde suivante, il vit un éclair brun, un pitbull qui se jetait sur lui.

Jack pivota en se recroquevillant sur lui-même. *Une mante religieuse.*

L'homme au bandana saisit une batte de base-ball et l'abattit sur Jack qui réussit à esquiver tout en sentant les crocs du chien se planter dans son avant-bras gauche, la gueule hargneuse de la bête déchaînée dégoulinant de bave et de sang.

Dans un cri, Jack plaqua le canon du Colt contre l'oreille du pitbull enragé et appuya sur la détente ; des bouts de cervelle giclèrent alors que l'animal tombait raide, les yeux encore ouverts. Jack roula, la poitrine en feu, pantelant. Il entendit un nouveau fracas avant de voir la batte revenir à la charge pour s'écraser cette fois-ci sur la table en bois. Il tira deux balles, l'une d'elles passa sous la table. L'homme tomba en arrière. Il y eut un gros bruit, puis le hip hop se tut.

Jack poussa le corps du chien. Le bras gauche ballant, salement amoché, il commença à se lever, en prenant appui contre le mur pour s'accroupir. Soudain, une autre silhouette accourut vers la porte ouverte en canardant sauvagement à la volée, comme les feux d'artifice du Nouvel An chinois.

Pris au dépourvu, Jack tira lui aussi et entraperçut un visage noir sous un bandana blanc tressaillir avant de se ruer hors de l'appartement. En suivant le bruit des pas précipités, Jack entendit les douilles de son Colt tomber, puis sentit son index se replacer par réflexe.

Il ouvrit le canon de son pistolet et secoua les balles utilisées, puis essaya d'en insérer des nouvelles, mais sa main tremblait. Il coinça le Colt sous son bras gauche et se servit de sa main droite pour sortir la cartouche de la poche de sa veste. Tout son côté gauche était parcouru de secousses incontrôlables alors qu'il chargeait l'arme en pensant, *sors ton téléphone, allume la lumière et appelle de l'aide.*

Des pas et du bruit en provenance du couloir.

L'homme au bandana blanc réapparut dans l'embrasure de la porte au moment où Jack mettait le doigt sur la détente du Colt plein de sang, prêt à tirer.

Puis il entendit la radio de police et, tout à coup, les lumières s'allumèrent, tandis que l'agent Wong apparaissait derrière le malfrat. Jack vit que le type était menotté et saignait à la jambe gauche. Des sirènes retentirent dans la rue, en réponse au code 10-13 de Wong, *agent à terre*, qui grésillait dans la radio.

— Je l'ai coincé en train de se barrer en boitillant, dit Wong. Il avait ce flingue merdique sur lui. J'ai demandé des renforts.

Dans la lumière vive, Jack vit du sang partout. Le premier homme avait une plaie béante à la poitrine, ses doigts rouges caressant une croix ornée de faux diamants au bout d'une chaîne, le regard vide. La batte de base-ball gisait près du pitbull mort qui les fixait, la mâchoire ouverte. Encore du sang, plusieurs petites flaques vers les chambres. Du sang que Jack n'attribuait ni à lui-même ni à ces types.

— Fusillade impliquant un officier, aboyait Wong dans sa radio.

De nouvelles sirènes, distantes, leur parvenaient en contrebas.

Au fond de la pièce, une table de cuisine infestée de cafards était jonchée de barquettes vides de plats chinois, de détergent renversé, de produits d'entretien et d'eau de Javel, à côté d'un rouleau d'essuie-tout. *Apparemment on a voulu nettoyer quelque chose.*

Jack tituba vers les boîtes de plats à emporter et vit un reçu froissé. Il le déplia, c'était le même que celui qu'il avait dans sa poche.

— Où est le gosse ? OÙ EST LE GOSSE ? vociféra-t-il, assailli par une soudaine douleur sur le côté gauche de sa poitrine.

— Je sais que dalle sur personne !

Jack prit une lente inspiration, façon tai chi, puis expira avant de dire :

— Tu vas payer, enfoiré. Tu le sais.

— Va te faire foutre, *man*. J'ai rien fait.

— C'est ce qu'on verra. Tu vas prendre perpète, connard…

— Je t'emmerde.

Les yeux baissés, Jack lutta contre la vague de douleur et l'envie pressante de filer un coup de crosse à cette enflure.

— Va te faire foutre, cracha encore le type alors que l'agent Wong écartait Jack. Allez vous faire foutre tous les deux, enculés de Chinetoques.

Jack s'appuya contre le mur. Il avait la tête qui tournait, son *chi* – son énergie – lui faisait défaut.

Les secours arrivèrent. Ils s'occupèrent en premier de lui, le flic, coupèrent sa manche gauche, sortirent des seringues d'antitétanique et d'antidouleur. Médicaments et soins d'urgence.

— Putain, j'ai la jambe qui pisse le sang ! s'écria l'un des types.

— Ils vont regarder ça, dit Wong en le faisant s'asseoir en face de l'homme blessé à la poitrine.

— *Wow*, s'écria l'un des urgentistes. Il a aussi été touché au torse.

Ils ouvrirent la veste de Jack et dégagèrent sa chemise pour localiser la plaie. Ils vérifièrent son dos puis appliquèrent une compresse.

— Blessure superficielle, commenta l'un d'eux.

Ils le bandèrent avant de l'allonger sur une civière en lui faisant une nouvelle piqûre, puis le poussèrent en passant devant Wong qui parlait dans la radio.

— L'Unité spéciale a été prévenue, elle est en route. Demande de renforts pour personne portée disparue.

D'autres policiers affluaient.

— Trouve le gamin, dit Jack en attrapant le bras de Wong. Appelle les parents.

Puis on descendit le brancard par l'ascenseur nauséabond alors qu'une autre équipe paramédicale arrivait. On le fit traverser la cour dans le froid jusqu'à l'ambulance sous le halo jaune des lampadaires.

Les couleurs de la nuit défilèrent.

— Hôpital Cabrini… Les urgences, aboya le secouriste dans sa radio.

Au moment où il sombrait sous l'effet de l'antidouleur, Jack crut entendre une sonnerie, familière mais distante. Lorsqu'il réalisa que c'était *son* téléphone portable, dans sa veste quelque part, il était brinquebalé sur la civière. Il se demanda si c'était Alex qui appelait, ou Wong, ou les parents de Hong, au restaurant, et puis les médicaments le submergèrent, étouffant la lumière dans sa tête et le faisant plonger dans les ténèbres.

Destruction

Shorty pissa sa bière dans la cuvette souillée de la minuscule salle de bains. Il entendait Koo Jai, furieux, arpenter le long appartement en poussant des grognements, tandis qu'il jetait des magazines, des canettes de bière et des restes de plats à emporter dans le grand sac-poubelle qu'il traînait derrière lui. Shorty tira la chasse d'eau, puis ouvrit la petite fenêtre d'aération. Il vit que la rue était calme. L'espace d'un instant, il se rappela s'être faufilé par cette lucarne, un jour où ils étaient restés coincés dehors, à l'époque où les lieux servaient de planque aux Stars. Il avait été acclamé en héros.

— T'as merdé, gronda Koo Jai.

Émergeant des toilettes, Shorty brandit son majeur derrière le dos de Koo Jai.

— C'est quoi, ce bordel…, lâcha-t-il, presque pour lui-même.

Il remarqua sous le miroir le bout de plancher de travers, que Koo Jai avait mal remis en place. Les Stars y entreposaient des armes et Shorty comprit que Koo Jai y cachait maintenant aussi du butin. *Les montres, peut-être, ou de l'argent.* Il pensa à sa dernière Movado ; les autres, il les avait déjà vendues, ainsi que les Rolex. *Les Stars utilisaient également une cachette près de la fenêtre de devant.*

— T'as merdé, répéta Koo Jai. Tu m'as balancé.

Lassé d'entendre ses jérémiades, Shorty répondit :

— Tu voulais que je fasse quoi, putain ? Dire non au *dailo* ? Il me coince dans la rue, me demande de le conduire ici. Il avait son molosse avec lui, et tu voulais que je discute ?

— T'aurais pu m'appeler, connard, fulmina Koo Jai. T'avais qu'à lui dire que t'allais m'appeler. T'aurais pu me prévenir.

— Le boss me dit : « Emmène-moi là-haut. »

— *T'appelles.* Au moins j'aurais pas été en putain de slibard.

— Le type me dit : « Emmène-moi là-haut. » Alors va te faire foutre…

— C'est toi qui vas te faire foutre. Enfoiré.

— … toi et ton slibard, cracha Shorty.

Il sortit en trombe en claquant la porte.

— Putain d'abruti ! cria Koo Jai.

Les insultes suivirent Shorty dans l'escalier.

— Trou du cul, grogna ce dernier.

C'est moi qui nous ouvre des portes et j'ai même pas droit à un peu de respect ? Je l'emmerde, ce sale pédé avec sa jolie petite tronche. Tu vas voir ce qui t'attend.

Dans l'appartement, Koo Jai jeta le sac-poubelle plein devant la porte, bouillonnant de colère et perturbé par la tournure des événements. *Le* dailo *se pointe ici, nous file des clopes et de l'ecsta, pour nous dire de garder les cars à l'œil ? Il a évoqué les cambriolages. Ça veut dire que finalement on nous inclut à part entière dans son gang ? Ou on se paie notre tronche ?*

Ghost Face

Les pensées de Lucky se tournèrent vers Koo Jai et les vingt mille que ce petit con rebelle devait lui ramener.

Sa colère de dragon se dissipa, et Lucky recouvra son flegme. Il voyait la situation sous un œil nouveau. Il savait qu'il pouvait étouffer la haine qui grondait en lui, continuer de se comporter en grand frère prévenant. Il allait réclamer sa part en lui faisant clairement comprendre que les conséquences seraient radicales s'il ne rapportait pas l'argent. Mais il allait la jouer cool, en lui accordant du temps. Il allait simplement attendre d'avoir récupéré l'argent, après les fêtes, quand les choses se calmeraient, avant *chaat sai keuih*, de se débarrasser de toute la bande.

Et il ferait porter le chapeau aux Fuk.

Voilà qui entérinerait le pouvoir de la vieille garde sur le territoire. Ensuite, il prendrait de la distance et verrait qui se rangerait du côté de qui.

Il retrouva Koo Jai au 1-6-8, assis seul au bout du bar, en train de siroter une Tsingtao. Il avait les yeux rivés sur le film d'action à la télé au-dessus de la caisse et ne remarqua pas Lucky jusqu'à ce qu'il soit derrière lui, le *dailo* lui souriant dans le miroir du bar. Koo Jai fit mine de se tourner, mais Lucky lui tapota l'épaule en lui disant avec un rictus froid :

— Contente-toi de bien écouter.

Koo Jai repéra la main du *dailo* enfoncée dans la poche de sa veste, qu'il souleva légèrement au-dessus de sa hanche pour laisser entrevoir une forme rigide. Sans se départir de son sourire glacial. Il savait que Lucky pouvait le flinguer avant même qu'il ait le temps de descendre du tabouret.

— *Hoots pa*, dit Lucky. Tu sais ce que ça veut dire ?

Koo Jai secoua la tête, hésitant.

— C'est juif. Ça veut dire que t'as des couilles.

La main sur son épaule semblait désormais un peu plus rassurante à Koo Jai.

— C'est une bonne chose, continua Lucky. C'était plutôt futé, la façon dont t'as arrangé le coup.

Koo Jai sourit, interloqué.

La voix de Lucky s'adoucit quand il ajouta :

— On aurait besoin de plus de types futés avec des couilles. *(Le caresser dans le sens du poil.)* Mais voilà le problème. Faut encore que tu rembourses les patrons, un dû est un dû. Tu vois ce que je veux dire ?

Koo Jai hocha la tête comme ces figurines à tête branlante, la bouche ouverte, le souffle soudain court.

— Y aura plus aucun malentendu entre nous, poursuivit Lucky. Tous frères, hein ? (Il s'interrompit.) Sinon, trop de gens vont perdre la face. (Une autre pause.) Et tu sais comment ça se passe ; on perd la face et ce sont finalement des vies qui se perdent.

Koo Jai se sentait pris au piège.

— Comment tu fais, je m'en fous. Mets tes mecs sur le coup, ordonna Lucky. Refourgue ta merde, j'en ai rien à battre. Apporte-moi simplement les vingt mille, cash. Je veux pas de putains de montres, de bijoux ou de nids d'hirondelle. Des billets et rien d'autre. Vingt mille balles.

Il entendait presque les rouages dans l'esprit de Koo Jai se mettre en branle.

— Écoute, poursuivit le grand frère, presque sur le ton de la camaraderie, je sais que c'est Noël et que ça va pas être facile de rassembler le blé. Je te donne quelques semaines, jusqu'à la fin de l'année. T'en dis quoi ?

— Bien, dit Koo Jai docilement.

— Bien. Parce que tout est question d'honneur. Et les montres devraient être faciles à refiler, avec les fêtes, les cadeaux, tout ça, nan ?

Koo Jai sourit et hocha la tête. Lucky lui tapota le dos avant de conclure avec un sourire artificiel :

— Et d'ailleurs, les vingt mille incluent les mille dollars que j'ai donnés à ton bookmaker.

Il étudia le regard de plus en plus distant de Koo Jai, puis se pencha pour lui glisser tout bas :

— Joyeux putain de Noël, mon *frère*.

Puis il le laissa pivoter sur son tabouret dans le bar miteux.

Éveil

Jack ouvrit les yeux sur un ciel gris de l'autre côté de la vitre de la salle de réanimation. Il ne savait pas trop où il était et quand il essaya de bouger il sentit des tubes enfoncés dans son bras, une intraveineuse reliée à une poche de sang au-dessus de lui. Puis il vit le visage inquiet d'Alexandra qui se fendit d'un sourire gentil.

— Tout doux, gros dur, dit-elle.

— Où… ?

— Les urgences de Cabrini, répondit Alex en s'approchant. Il est 9 heures et demie du matin.

— Depuis quand… ?

Il toussa, comme pour dissiper l'effet des médicaments.

— Je ne t'ai pas vu à la messe de minuit, alors j'ai eu peur qu'il ne te soit arrivé quelque chose. J'ai appelé le poste et on m'a appris que tu étais ici.

— Et le gamin ?

Il se frotta la tempe de sa main libre.

— Il y avait un agent à l'infirmerie, un certain Wong. Il a dit qu'il était sur l'affaire.

— Les parents… Que s'est-il passé ?

Il scruta la chambre à la recherche de ses vêtements, mais ne les vit nulle part.

— Jack, déclara Alex calmement, les médecins disent que tu as besoin de repos.

Il ferma les yeux, revit la gueule hargneuse du pitbull, l'éclair des tirs du Colt, la batte de base-ball levée dans la lumière.

— Du repos, ouais, dit-il.

— Il y a eu un deuxième appel. D'autres inspecteurs sur le coup…

L'Unité spéciale, devina-t-il, qui prenait certainement le relais concernant la fusillade. Il se demanda où était son pistolet, puis songea que Wong avait dû le prendre, selon le protocole lorsqu'un officier est impliqué dans un échange de tirs, pour que des tests soient effectués. La police scientifique et le bureau des Affaires internes allaient investiguer.

— Jack, les médecins veulent te garder en observation une nuit de plus. Tu es également blessé à la poitrine.

À la poitrine ? Jack ne comprenait pas – les médicaments affectaient peut-être son audition. *Un chien m'a bouffé le bras. C'est quoi cette histoire de blessure à la poitrine ?* Il leva la main vers son cœur, sentit la couche de gaze et le pansement.

Tout à coup, un médecin en blouse blanche, les traits tirés et le crâne dégarni, passa la tête à travers le rideau en vinyle.

— Vous êtes réveillé, génial, constata-t-il. Détective, comment vous sentez-vous ?

— Mal, répondit Jack, prenant conscience de l'élancement dans sa poitrine.

— C'était prévisible, dit le docteur. On vous garde un jour de plus, notamment pour vous faire le test de la rage. Et à cause de cette blessure à la poitrine, par précaution.

Jack prit une profonde et lente inspiration et sentit une gêne au niveau de son poumon gauche.

Le médecin reprit :

— Heureusement, la balle est ressortie. Un petit calibre, qui a traversé vos pectoraux, en égratignant juste les muscles.

— Ça tire quand je respire, dit Jack.

Le médecin adressa à Alexandra un regard rassurant.

— C'est à cause des points de suture, expliqua-t-il à Jack. Et vous avez de la chance, détective. À un centimètre près, la balle atteignait le cœur.

L'enfoiré qui a tiré à l'aveugle dans l'obscurité. Jack avait été touché sans s'en apercevoir. En revanche, il se souvenait bien du cri de souffrance qu'il avait poussé quand le chien l'avait mordu. Il craignit soudain que les points de suture ne cèdent.

— Allez-y doucement, recommanda le docteur. Votre supérieur m'a dit que c'était la deuxième fois en trois mois que vous étiez blessé.

La deuxième fois. Il avait déjà presque oublié les échanges de coups de feu à Brooklyn avec le grand sbire chinois de la société secrète, Golo, qui était désormais six pieds sous terre. Il avait refoulé l'incident dans un coin de sa tête, un dommage collatéral de son passage à la Cinquième Circonscription.

Le médecin examina ses yeux.

— Il me semble que le département a décidé de vous imposer un congé.

— Un congé ? demanda Jack en lançant un regard mécontent à Alex.

— Jack, intervint-elle, c'est pour ton bien. C'est la procédure. (Elle marqua une pause avant d'ajouter :) Il va sûrement aussi y avoir une évaluation psychologique. Tu vas être arrêté un moment.

— Un congé, répéta Jack tout bas, pour lui-même, son esprit à la dérive. C'est Noël, se souvint-il soudain en levant les yeux vers Alex. Qu'est-ce que tu fais ici ?

— Eh bien, Chloe est chez mes parents jusqu'à ce soir. J'avais juste l'intention d'aller à SoHo, faire un peu de shopping. Rien de spécial. Je voulais m'assurer que tu allais bien.

Elle lui caressa la main.

Il y eut un silence, puis le médecin dit :

— L'infirmière va passer. Reposez-vous. Je reviendrai vous voir cet après-midi.

— Merci, docteur, dit Jack, son esprit toujours en train d'intégrer les informations.

Puis une sonnerie retentit non loin, *sa* sonnerie de téléphone. Alex chercha le portable dans le placard au coin de la pièce. Il y repéra ses vêtements alors qu'elle lui tendait l'appareil. Il ouvrit le téléphone, vit un numéro qu'il ne reconnut pas, puis entendit la voix fatiguée de l'agent Wong.

— On a trouvé le corps.

La calebasse des dieux

Elle suivit les larges ornières creusées par les pneus de camion dans la neige, puis tourna au coin sur Bayard Street.

Dans la boutique ésotérique de Mulberry Street, Bo vérifia sa montre et vit qu'elle avait encore une heure avant d'aller travailler au New Canton. Elle voulait acheter du thé et un *bao*, une brioche, sur le chemin.

Un parfum de jasmin et d'encens embaumait la boutique. Il y avait des parasols en bambou, des statues de dieux et de déesses, des dragons et des bouddhas vernis. Elle vit des bracelets en perles, des colliers avec le trigramme taoïste, des pochettes en soie brodée. Tout en passant les objets en revue, elle se remémora les mots « cancer » et « radiothérapie » et se demanda quel talisman pourrait repousser la douleur. Après la section dédiée aux articles de cimetière, avec des bougies et de l'*argent des morts*, il y avait un rayon de mini-temples et de talismans *bot gwa*, des amulettes et des bracelets à breloques. Elle avait besoin d'un autre talisman. Si la compassion ne suffisait pas, elle devait remplacer la déesse Guan Yin par un dieu plus fort, plus viril. C'est tout naturellement qu'elle se tourna vers Guan Yu, le général Guan, dieu de la Guerre. Gravé en série sur la plaque métallique dorée, Guan Yu, la barbe au vent, la mine sévère et muni de sa hache de guerre, était celui qu'il lui fallait.

Car, après tout, il y avait une guerre qui se jouait dans le corps de Sai Go.

Bo contempla aussi les pierres porte-bonheur. Elle choisit une calebasse en jade translucide d'à peu près la taille d'une pièce de cinq *cents*, au bout d'un long fil rouge. La calebasse des moines shaolins, qui l'utilisaient pour y enfermer le diable.

Elle paya les articles et veilla à mettre dans le sac l'ordonnance et la note de Sai Go. À la porte, elle hésita, puis articula en silence une prière avant de sortir dans le froid de cette matinée grise à Chinatown.

Pari contre le temps

Les rues étaient gelées et le froid s'insinuait jusque dans ses os. Il était revenu de son voyage le visage décharné. Il avait mangé de bon cœur au buffet chaque fois qu'il avait eu un peu d'appétit, mais il avait quand même perdu trois kilos.

Sai Go se dirigea par habitude vers le centre de paris, mais s'en rendit compte dans Bowery et bifurqua vers le vieux parc sur Mulberry Street qu'il savait désert à cette période de l'année.

C'était généralement du côté ouest du parc que se retrouvaient les anciens, dans le kiosque ou sous les grands arbres tout autour. L'estrade en pierre était couverte d'un toit en ardoise à pignons avec une corniche soutenue par de simples colonnes et par des arches. L'espace ouvert carrelé était accessible par une douzaine de marches.

Sai Go repensa à ses jeunes années, lorsqu'il venait prendre les paris ici. À présent, l'endroit était très peu fréquenté, mis à part un campement occasionnel de sans-abri. En face du kiosque se trouvait une cour, au milieu de laquelle se dressait un grand mât qui ressemblait à une croix blanche. Le drapeau américain y était hissé tout en haut, puis celui du département municipal des espaces verts juste en dessous et enfin celui de la ville de New York, tous trois ballants dans le ciel froid sans vent. En dessous, des tables et des bancs étaient disposés sous les érables et les noyers dénudés, des arbres meurtris non seulement par les rudes conditions climatiques mais aussi par les lacérations des couteaux et autres instruments de ceux qui se retrouvaient là par beau temps pour jouer aux échecs chinois et aux dames.

Parfois, jusqu'à trois rangées de personnes s'agglutinaient autour des joueurs pour regarder une partie intéressante, uniquement des hommes, fumant des cigarettes et échangeant anecdotes et souvenirs.

Des souvenirs.

C'est à ça qu'il se raccrochait désormais, aux souvenirs, réfléchissant aux étapes de sa vie qui l'avaient mené jusque-là. Assis seul sur un banc sous les arbres nus, il serra dans sa main le talisman de compassion bouddhiste et contempla les jours qu'il lui restait à vivre.

Jeu de la couverture…

Wong avait travaillé avec les deux autres policiers qui étaient restés sur place, quadrillant la zone plongée dans l'obscurité, vérifiant les bâtiments adjacents.

Ils fouillèrent les espaces d'entretien : l'appentis de l'employé municipal chargé des espaces extérieurs et le carré grillagé réservé aux poubelles. Ils vérifièrent les locaux où les concierges et les techniciens entreposaient leur matériel ainsi que les quais de chargement où étaient ramassées les ordures des logements sociaux.

Rien.

Juste des flics à se les geler le matin de Noël, trimant dans leur course au cadavre.

L'homme touché à la jambe s'était muré dans le silence. Les secours l'avaient emmené aux urgences de l'hôpital Beth Israel avec son pote blessé à la poitrine.

Wong passa la nuit à poursuivre minutieusement les recherches, les chutes de neige couvrant tout, effaçant toute trace ou piste. Au petit matin, on l'informa par radio qu'un inspecteur viendrait lui donner un coup de main. Pasini, quelque chose dans ce goût-là. *Un ancien gros con de la 0-9 avant qu'il soit transféré à Staten Island.*

Le jour se levait alors qu'ils fouillaient les toits.

Des gamins de la cité qui jouaient dans les tas de neige du parc FDR avaient remarqué la jolie neige *rouge*, du liquide pourpre qui suintait d'une congère. Une forme volumineuse dans des sacs-poubelle noirs était enfouie en dessous. Un parent appela le poste de police qui prévint l'agent Wong par radio.

— Près du croisement, au niveau de la passerelle qui mène au parc, vers la 6e Rue.

Ils trouvèrent dans les sacs noirs un corps mutilé, enveloppé à la va-vite dans des draps de l'équipe des Oakland Raiders et une couette miteuse. Au premier abord, Wong n'aurait su dire si la victime était chinoise, tant le visage était méconnaissable, une masse de chair rouge ensanglantée, les cheveux noirs plaqués en arrière, une veste grise maculée de rouge foncé, avec une capuche, et des boots Timberland aux pieds.

Du sang avait fui du sac, et la gravité avait opéré pour tacher la neige blanche, comme un cône de glace à la cerise.

Wong était secoué et fatigué, mais il était conscient de devoir encore tenir le coup les prochaines heures, les prochains jours.

Alors que l'équipe du médecin légiste emportait le corps, il nota sur son rapport *prévenir les parents, identifier le corps*, sachant que celui qui allait prendre la suite aurait besoin de toutes les informations concernant les deux criminels.

Dans la lumière crue du jour, il retourna au restaurant où les parents attendaient toujours, la porte fermée, au bord de la crise de nerfs, s'attendant au pire. Quand elle vit Wong, la mère se mit à pleurer. Le père passa le bras autour de ses épaules et le policier dit :

— Nous pensons l'avoir trouvé.

— Vous *pensez* ?

Le père avait la respiration saccadée.

— Nous avons besoin que vous veniez, pour identifier le… pour être sûrs…, bredouilla Wong alors que les parents hurlaient et s'effondraient dans les bras l'un de l'autre.

Bien au-delà

Jack s'habilla rapidement, profitant du changement de tour de garde des infirmières.

Il savait qu'aucun des deux criminels n'irait nulle part. Il demanda que soit tracé le numéro de téléphone utilisé pour la commande du restaurant, puis se rendit directement à la scène de crime du numéro 444 après avoir signé la décharge de l'hôpital, marchant dans la neige fondue. Il regarda le mot NIGGA en grosses lettres fièrement tagué au marqueur noir sur le mur en parpaing de l'immeuble. Si ça se voulait *black power*, lui n'y voyait qu'un symbole de haine. Rien de plus que « nègre » sous un nouveau lustre. C'était un *truc de Noirs*, lui rétorquerait-on, tu ne peux pas comprendre, *toi*.

Il trouva le gardien, passa outre le ruban jaune à la porte du 14D.

En circulant avec précaution sur les lieux, il revit le déroulé des événements comme une série de clichés : le bandana rouge en face de lui, le hip hop à fond, le pitbull sorti de nulle part. Les coups de feu, l'élan de douleur, puis les tirs qui avaient fusé dans tous les sens. Il avait vidé son Colt. Avec le recul, il se rendait compte qu'il avait riposté en état de choc, s'efforçant de rester maître de lui-même alors qu'il saignait abondamment.

Le reste s'était fondu dans le décor.

Désormais, c'était toute la scène qui n'était plus qu'un décor, la police scientifique était sur le coup, tout élément important pour l'enquête avait déjà été saisi. Il redécouvrait les lieux à la lumière du jour – la pile de vaisselle sale en plastique, un sac de croquettes pour chien à moitié vide, des barquettes de plats à emporter écrasées par terre, des cafards partout.

Jack savait que cet appartement miteux était représentatif des logements sociaux, qui regorgeaient de parents toxicos absents et d'enfants illégitimes déscolarisés, frères, sœurs et cousins mêlés dans un environnement de violence et de drogue.

Dans la chambre, des tas de vêtements sales jonchaient le matelas nu. Çà et là, des meubles branlants et abîmés, des sacs de couchage abjects dans les coins, des vestes et des bottes le long du mur. L'endroit ressemblait plus à un squat qu'à un appartement. Une pile de magazines porno était posée sur une commode. *Salopes du ghetto, Putes chaudes, Chattes noires,* des filles de couleur qui se touchaient et s'exhibaient devant l'objectif. À côté, il tomba sur une photo froissée des deux tueurs avec un troisième jeune, qui faisaient des gestes de gangsters, quelque part dans une cour de la cité. Celui sur lequel Jack avait tiré à la poitrine avait les cheveux tressés qui descendaient sur sa nuque, raides, et souriait en dévoilant ses couronnes en or, un clou à chaque oreille.

Celui qu'il avait blessé à la jambe portait une casquette des Knicks, l'équipe de basket de New York, et un tee-shirt de l'équipe de football des Oakland Raiders. Une épaisse chaîne en argent avec une grosse croix aux éclats de verre brillants pendait à son cou. Il lançait un regard mauvais.

Le troisième jeune avait un tee-shirt noir rentré derrière une grosse boucle de ceinture argentée, incrustée de lettres scintillantes formant le mot « ICE », et un pantalon baggy qui tenait tout juste sur ses hanches. Il défiait l'objectif avec un rictus de *gangsta.*

Tous les trois pensaient mener la grande vie. À poser, sûrs d'eux.

Jack empocha la photo.

Il perçut une odeur fétide en provenance de la salle de bains. Il y vit un flacon vide de désinfectant pour toilettes. Depuis la fenêtre crasseuse de la cuisine, il jeta un œil aux quatre voies de la FDR en contrebas, se déroulant du nord au sud, et avisa la passerelle qui les enjambait, la rampe d'accès à côté de l'endroit où avait été trouvé le corps. *Un lycéen, jeté de sang-froid comme un vulgaire sac d'ordures dans le caniveau.* Sai m'sai, *quel gâchis.*

Sur la rive de Brooklyn de l'autre côté de l'East River, vers Williamsburg, il observa les docks abandonnés et les entrepôts en ruine le long des quais, sous le manteau immaculé de neige. Des garages et des décharges industrielles alignés sur le rivage glauque couvert de graffitis. La zone se convertissait peu à peu en lofts résidentiels et en petits immeubles d'habitation, occupés par les pionniers d'une nouvelle conquête urbaine qui ouvraient la voie à une inévitable gentrification, due à la réalité de l'immobilier de l'autre côté du fleuve de Manhattan.

Il reporta son attention sur l'appartement. *Un chiffon dans le coin de la cuisine. Des traces de sang sur la plinthe.* Un poste radiocassette avait été renversé sur le côté. Jack se baissa et appuya sur le bouton « Lecture ». Du hip hop explosa, du rap en colère qui se déversa dans le petit espace – c'était un enregistrement amateur, qui donnait ça :

Nique le Chin'toque
Nique le Chin'toque
Défonce-le
Prends ton marteau,
Défonce-le !

Cogne c'te Noich
Tout le monde, yo !
Prends ta batte,
Tape c'te Noich
Tape c'te Noich
C'te fils de pute !

Plante-lui ta lame
Bien profond
Nique le Chin'toque
Chop chop chop
Cogne c'te Noich

Tape c'te Noich
C'te fils de pute !

Puis un chœur plus lointain de *Huh huh* et de *Yo ! Yo !*

Abasourdi par les paroles, Jack appuya sur le bouton « Arrêt » et se demanda si la police scientifique s'était donné la peine d'écouter ça.

Tuer des Chinetoques était marrant, maintenant.

Comme une petite fête. *Yo ! Yo !*

Une vague de douleur lui traversa la poitrine du côté gauche. *Les médocs s'estompaient.*

Il mit la cassette dans sa poche.

Son téléphone vibra, ils avaient une adresse. Numéro 526. Appartement 4C. Un des immeubles au coin.

Il sortit, le vent glacial étouffant le pic de douleur. Il demanda à un policier de l'accompagner, un agent chevronné qui avait travaillé dans les quartiers sociaux avant que tous les services ne fusionnent en un seul NYPD. Il relevait désormais du bureau des Affaires communautaires.

Jack lui montra la photo.

— Je cherche ce gamin, *Ice*, dit-il.

Le policier secoua tristement la tête.

— Tyrone. Il vit avec sa grand-mère.

Il lui raconta l'histoire du gosse.

Tyrone Walker, dix-huit ans, était un délinquant en herbe qui aspirait à rejoindre les Eastside Blunts, à porter leurs couleurs. Un petit con lâche doublé d'un faux-cul. Même les Blunts n'étaient pas dupes et se foutaient de lui sans l'intégrer, l'utilisant comme larbin.

Mais il avait attiré l'attention de la police sur les trafics de drogue du quartier, c'est pourquoi le quartier le lâchait.

Ensemble, ils le tirèrent du placard de l'appartement de sa grand-mère au 526, tremblant de peur. Il pleurnichait, menottes aux poings, quand ils le jetèrent dans un taxi. Une fois à la 0-9, Jack prit une photo Polaroid avant de le mettre dans une cellule.

Au bout du couloir, l'autre criminel était assis, menotté à une table dans la salle d'interrogatoire que les flics surnommaient « la glacière ». Lui qui se vantait de ne pas avoir froid aux yeux…

D'après les notes que l'agent Wong épuisé avait laissées sur le bureau de Jack, celui qui attendait dans la glacière s'appelait DaShown Miller, dix-huit ans ; son casier judiciaire détaillait son ascension sur l'échelle du banditisme : premières arrestations pour racolage, consommation d'alcool sur la voie publique, fraude dans le métro, il était passé de petits méfaits criminels à des vols à l'arraché, des menaces, des agressions, possession de substances illicites, trafics et enfin port d'arme et tentative de meurtre sur un agent du NYPD. L'enquête était en cours.

Le deuxième malfrat, celui avec la batte, que Jack avait blessé à la poitrine, était Jamal Bryant, ou JB, pour *Jelly Bean* – bonbon –, également âgé de dix-huit ans, avec un casier de mineur qui avait été scellé par le tribunal, ce qui signifiait qu'il avait commis un délit grave, que c'était un gamin ravagé, un danger potentiel pour les autres, une menace pour la société, mais, vu son jeune âge, les tribunaux, dans leur grande sagesse, avaient décidé de le placer en redressement, puis de le réinsérer. Par la suite, Jamal avait commis quelques autres larcins : vol à l'étalage, cambriolage, vol de voiture.

Tous deux avaient abandonné le lycée Seward Park High et étaient tombés dans la délinquance.

Gangsta Rap

Le détective Pete Pasini, qui connaissait bien la circonscription, de même que les tours Riis et la culture de la violence qui y régnait, participait à l'enquête avec l'Unité spéciale, opérant sur le terrain pendant la courte absence de Jack. Trapu, grisonnant et boutonneux, il ressemblait plutôt à un mafioso.

Pour toute réponse aux questions de Pasini, Jamal Bryant, bardé de tubes aux urgences de l'hôpital Beth Israel, lui avait brandi son majeur avant de perdre connaissance. *Un dur à cuire*, avait pensé Pasini en le laissant aux mains de l'infirmière, un officier de garde posté à sa porte. *Qu'il aille se faire foutre, je n'ai pas besoin de lui pour l'instant, de toute façon.* Ce n'était pas comme s'il allait se rendre où que ce soit avant un moment.

La blessure de DaShawn Miller était sans gravité, sa vie n'était pas en danger, il avait donc été soigné, puis ramené au poste de police.

Debout derrière le miroir sans tain pour les observer dans la salle d'interrogatoire, Jack vit Pasini tendre à DaShawn un verre d'eau. Une fois qu'il aurait bu, ils auraient son empreinte digitale sur le verre, avec son ADN. Une vieille tactique.

Pasini affichait un air compatissant, jouait son rôle de prêtre confesseur, de gentil flic.

Jack étudia le visage de DaShawn, qu'il avait aperçu furtivement lorsqu'il s'était précipité hors de l'appartement. Une paire d'yeux enfoncés et un nez aplati au-dessus de lèvres charnues et avides. Les traits marqués par la fatigue et par la colère.

Jack alluma les haut-parleurs et vit Pasini lever la tête vers le son avant de sortir avec le verre vide.

Dans la salle d'observation, Pasini dit tout bas :

— Vous êtes prêt ?

— Absolument, confirma Jack.

— Écoutez, c'est *votre* dossier. Le chef veut juste s'assurer que ça va pour vous, étant donné que la victime est chinoise, tout ça.

— Aucun problème.

— J'y suis allé mollo pour éviter qu'il ne réclame un avocat. Mais il la joue gros dur.

Ils regardèrent DaShawn en train de bâiller, puis de cracher par terre à travers ses dents aux couronnes en or.

— C'est ce qu'on va voir, dit Jack.

— Allez-y quand vous voulez.

Jack acquiesça, pris une lente et profonde inspiration et sentit les points de suture tirer sur sa poitrine. Il entra dans la glacière et referma la porte derrière lui avec son talon.

Balances

DaShawn leva la tête et afficha un air de dégoût.

— Oh ! nan, *man*. Pas encore toi.

DaShawn était faible, Jack le sentait.

Sans un mot, il posa un magnétophone sur la table et l'alluma.

DaShawn renâcla. Le lecteur se mit à déverser le rap de la cassette trouvée sur la scène de crime. DaShawn fut médusé d'entendre ça à plein volume dans la pièce exiguë, surpris que le flic asiatique ait mis la main dessus.

Jack, qui faisait les cent pas derrière lui, laissa la machine tourner encore un peu avant de l'arrêter. Il se tint à côté de DaShawn et brisa le silence :

— *Nique le Chin'toque*, hein ? *Chop chop chop ?*

Un sourire nerveux tendit le visage de DaShawn.

— C'est marrant, huh ? poursuivit Jack en se penchant, avant d'ajouter plus bas : Tu m'as *tiré* dessus, espèce d'enfoiré. Tirer sur un flic ? C'est une tentative de meurtre. Rien que ça, tu prends entre vingt-cinq ans et perpète. Merde, tu vas vraiment toucher le gros lot, cette fois, mon grand.

Il sortit la cassette de l'appareil et l'agita sous son nez.

— Ça, ça nous fournit un mobile. T'as la haine, dit Jack en posant violemment la photo des trois racailles du ghetto. Toi et ton gang.

Les preuves dégainées comme une lame de cutter, taillant à vif le prétendu dur à cuire.

Les yeux de DaShawn s'attardèrent sur la photo au moment où Jack abattit le portrait Polaroid de Tyrone.

— Et voilà ton pote Tyrone. (Jack marqua une pause avant d'ajouter :) Qui, soit dit en passant, affirme que c'était *toi*. Qui as tué le livreur.

— C'est des conneries, protesta DaShawn.

— Laisse-moi te dire un truc – *man*, ironisa Jack. Tu vas prendre cher pour ce merdier. On a trouvé des traces de sang du gosse sur la batte. Et sur le marteau. Et ils sont couverts de tes empreintes.

— Et quoi ? rétorqua DaShawn. Y en a plein d'autres, des empreintes, *yo*. On a tous joué au base-ball, alors quoi ?

— Et sur le marteau ? Vous avez aussi tous joué avec le marteau ?

— Ouais, on a fait des travaux dans la baraque, du bricolage, ces trucs-là.

— Tu te crois malin, huh ? Sauf que ton pote Jamal aussi dit que c'était toi.

— Nan, il a jamais dit des conneries comme ça.

— Oh si ! *Toi*, tout du long. Il t'a balancé pour sauver son cul.

— Nan, nan, t'essaies de m'la faire à l'envers, *yo*.

— Jamal a dit que c'était *toi*, avec la batte, comme sur le terrain.

— Nan, tu racontes que d'la merde.

— Tyrone a dit que c'était *toi*, avec le marteau.

— Tu veux m'piéger…

— C'est aussi toi qui l'as poignardé ? Où est le couteau ?

— J'ai poignardé personne.

— Tu veux dire que c'est Jamal qui l'a poignardé ? continua Jack. Ou vous l'avez fait tous les deux ? L'un après l'autre ?

— Personne de nous deux ! Et Jamal a rien dit d'ça.

— Toi ? Ou Jamal ? Ou Tyrone ?

— *Man*, lâche l'affaire.

Jack se pencha en avant, posa sa paume à plat sur la table et dit, un air écœuré sur le visage :

— Tu risques perpète, mon grand. On n'est pas à la télé, là, tu peux pas zapper. Tu ferais mieux de dire la vérité, parce que Jamal et Tyrone te font porter le chapeau, ils soutiennent que tu avais l'arme, que c'est toi qui as mené la barque. Tu sais ce que ça veut dire, une condamnation à perpétuité ? demanda Jack avant de sourire en secouant lentement la tête. Pas d'herbe. Pas de gonzesses. En fait, ce sera *toi*, la gonzesse. Crois-moi, tu ferais mieux de cracher le morceau.

— Que des conneries, des putains de conneries.

— Jamal t'a vendu. Il t'a balancé et a retourné sa veste. Il dit qu'il va pas payer pour ce que *toi*, t'as fait. Tyrone, pareil. Il dit que t'as pété un plomb. Que tout ce qu'il voulait, c'était de la bouffe chinoise, mais que tu t'es laissé emporter.

— Tu mens, tu mens.

— En plus, on t'a chopé avec le flingue. Tentative de meurtre. Sur un flic, par-dessus le marché.

— On savait pas que t'étais flic. Un Chinetoque ? Putain. T'étais pas en uniforme. On pensait que t'étais du restau, que tu venais pour du pourboire.

— Tu as de la chance si tu échappes à la seringue.

— Nan, *man*. Je savais foutrement pas que t'étais flic.

— Tu *savais pas* que j'étais flic ? Je l'ai crié, crétin. En *anglais*, pas en *chinois*.

— On a entendu que dalle. Y avait Wu Tang au max sur le poste, on entendait que dalle. Tout ce qu'on a vu, c'est un *tching tchong* à la porte.

Jack renâcla.

— Et tu sais quoi ? La surprise du chef ? ajouta-t-il, un sourire jusque derrière les oreilles. On a aussi ton ADN. Tu veux parier qu'on va le trouver sur le corps du gamin ?

DaShawn secoua lentement la tête, incrédule, bouche bée.

— D'après Jamal, tu as besoin de fric. Il a dit…

— Nan, c'est pas vrai. C'est pas vrai.

Jack se redressa, prit une inspiration et dit :

— Dernière chance. Je suis crevé. J'ai envie de rentrer chez moi et de pioncer. Faire une sieste. Pourquoi tu nous infliges ça, bordel ?

DaShawn se tordait les doigts, se frottait les articulations, un éclair nerveux dans les yeux. *Tyrone ? Ce salopard de Tyrone ? Mais pas Jamal.*

— Je suis crevé, répéta Jack. Je vais peut-être juste passer tout ce merdier au procureur. Tu refuses de coopérer pour sauver tes fesses ? Alors va te faire foutre. C'est du tout cuit, de toute façon.

— Jamal ?

DaShawn commençait à hésiter.

— Nan, foutaises.

— Vous allez tous morfler. Reste juste à savoir combien de temps vous allez prendre. Je peux te filer un coup de main, ou alors tu appelles un avocat. Peu importe. Personnellement, j'en ai rien à battre.

Il observa le regard vide de DaShawn.

— Fini de jouer, DaShawn. (Jack se dirigea vers la porte.) Et puis merde, le procureur n'a qu'à t'inculper. Pour meurtre, ça fait mal, petit.

Il posa la main sur la poignée de la porte.

DaShawn poussa un grondement sourd. Ça sonnait comme un vague « OK » qui vrombit de plus en plus fort alors qu'il abattait ses poings sur la table.

— OK ! cria-t-il. OK.

Jack inséra une nouvelle cassette dans le magnétophone.

— Raconte-moi.

Il enclencha l'appareil.

À emporter

— Quand le livreur est arrivé, Jamal a dit : « Aboule la thune, *tching tchong.* » Et pendant que le mec cherchait dans sa poche, Jamal lui a flanqué un coup de marteau par-derrière. Le gosse a jeté l'argent par terre. Il s'est mis à brailler et à chialer en essayant de se barrer. Puis Tyrone lui a planté sa lame et Jamal lui a foutu une couverture dessus en le frappant encore avec le marteau. Tyrone a continué de le poignarder à travers la couverture parce qu'il arrêtait pas de remuer, de donner des coups de pied. Alors Jamal a pris la batte et l'a fracassée sur sa tête et il est tombé. Jamal l'a encore tapé avec la batte. Le gosse pleurait toujours mais plus très fort. Tyrone l'a fini au marteau jusqu'à ce qu'il bouge plus.

DaShawn reprit son souffle et garda le silence un moment.

— Je croyais qu'on allait juste le chouraver, reprit-il. Jamal avait besoin de fric pour des baskets, mais je savais pas que Tyrone et lui allaient buter le mec. Je le jure, *yo*.

Jack se pencha en arrière et écouta le reste de la version des faits de DaShawn.

— Après, Jamal a pété un câble. Il a sorti un truc du genre : « Putain, ce fils de pute de Chin'toque a que cinquante et un dollars. » Tyrone s'est marré en disant : « Merde, gros. Pas d'Air Jordan pour toi, *nigga* ! » Jamal poussait des jurons. « Ah ! *man* faut qu'on se trouve deux de plus d'ces Noichs pour avoir assez de blé, *yo*. » Tyrone a dit : « Passe une aut' commande, *nigga* », mais Jamal lui en a collé une et a dit : « Tout est fermé maintenant, ducon. » Et puis il a crié : « Allez, nettoie c'te merde ! Dégage ce fils de pute de *tching tchong* de là avant que la 0-5 se pointe. » Et

Tyrone qui pleurniche : « Putain, tout ce sang. Et c'est rouge. » Il croyait que le sang des Chinois était jaune. Ils se bidonnaient.

Jack sentit la rage monter en lui. Ils s'étaient marrés, ce n'était rien qu'une bonne blague, même quand ils avaient enveloppé le corps, épongé le sang. Il arrêta le magnétophone, fit signer à DaShawn une déposition impliquant les deux autres.

— C'est eux qui l'ont fait. Tyrone et Jamal, ils ont buté le Chinois.

Jack prit la déposition et la cassette, sortit de la pièce et retourna dans le bureau des détectives. Pasini l'y attendait, souriant, visiblement impressionné.

Jack rembobina la cassette du rap, prépara les photos. Il adressa un signe de tête à Pasini, puis se dirigea vers la cellule où Tyrone attendait de balancer ses potes.

Le rapport du médecin légiste avait été déposé dans le panier des dossiers à l'attention des détectives. Il était adressé à Pasini, mais Jack l'ouvrit quand même et l'étudia longuement.

Il observa les clichés insoutenables du cadavre du jeune Hongkongais. Photographié sous plusieurs angles, le corps présentait treize coups de couteau d'une lame de vingt centimètres, sur le torse, au ventre, à l'épaule, au dos et sur les bras, *absolument partout*. Certains lui avaient perforé le ventre jusqu'à ressortir dans le bas du dos.

Un autre avait transpercé le cœur.

Six blessures à la tête et aux épaules, des plaies de la taille d'une pièce de monnaie et de plus d'un centimètre de profondeur. Des marques de chocs brutaux. On lui avait asséné des coups de marteau comme si on avait fait des travaux de démolition.

Métacarpes, phalanges. Les doigts cassés, aux deux mains. Parce qu'il avait essayé de se défendre.

Cubitus gauche brisé. En faisant bouclier contre les coups.

Tibia fracturé, péroné, côté droit. Une jambe cassée, la rotule déboîtée. Frappé en tombant.

Clavicule luxée, l'épaule.

Trois côtes cassées à gauche. *La batte.*

La preuve en photo de la puissance de frappe d'un Paul O'Neill, champion de l'équipe de base-ball des Yankees, dédicacée.

Des disques broyés à la base de la colonne et au bas de la nuque. La batte, instrument de mort. Enchaînant les home runs sur le corps de Hong qui se débattait sous la couverture.

Le visage humain comporte quatorze os. Hong en avait douze de brisés. La mandibule, le palais, le malaire : mâchoire, bouche, joue. Le bois noir avait craqué contre l'os, le cartilage et les dents, contre le nez et la bouche.

Un visage mutilé, réduit en bouillie ; une autre photo montrant un lourd marteau en métal, celui qui avait arraché les narines, le nez, le cartilage du septum, et délogé l'œil gauche (retrouvé dans la couverture). La structure faciale massacrée. Les orbites occipitales fracturées, des fragments de crâne enfoncés dans les tempes. La mastoïde déboîtée, et ainsi de suite, pour autant de coups de batte et de marteau.

Jack ignorait si c'était un effet secondaire des antidouleurs, mais il se sentait mal. Il savait que de telles horreurs se produisaient chaque jour dans cette ville, dans le pays, dans le monde.

Il y avait plus de trente constats de lésions dues à des actes de violence.

Jack prit une inspiration et referma le rapport. Dans sa tête, il entendait les gémissements et les sanglots de douleur, les plaintes de la Banshee pleurant la mort qui flottait au-dessus des rues tristes depuis le salon funéraire de l'autre côté du terrain de jeux de son enfance.

Mort et désespoir

Koo Jai quitta Canal Street et descendit Baxter Street, pénétrant au cœur de Chinatown par l'arrière, à travers le parc et loin de Mott Street où il risquait de tomber sur Lefty. Ou encore sur Kongo et sa bande. Mais il devait se préparer à ce qui l'attendait parce qu'il n'avait pas ce que le *dailo* réclamait. *Bordel !* Cette putain de montre et cette connasse allaient causer sa perte.

En arrivant sur Mulberry Street, il vit au loin des obsèques. *Fait chier !* Il avait rassemblé huit mille dollars, plus le lot de montres dont ne voulait pas le *dailo*. *Bordel*, il était peut-être désespéré, mais pas au point de bazarder les Rolex, les Cartier et les Rado, qui valaient au moins dans les dix mille. *Putain*. Et aucun de ses hommes n'était revenu avec de l'argent, que des excuses. Ils espéraient plaider leur cause au *dailo*, lui faire entendre raison. *Qu'ils aillent se faire foutre, eux aussi*. Il pensa à Sai Go, le bookmaker, qui était allé pleurnicher auprès du chef, aucun doute là-dessus.

L'orchestre des funérailles commença à jouer, réchauffant l'atmosphère malgré le froid. Trois trompettes et un trombone, deux tambours, une caisse claire et une basse. Accompagnant la lente procession de leur air triste.

Si jamais il le croisait au centre des paris, il dirait deux mots à Sai Go.

Quelques proches tout de noir vêtus sortirent fumer une cigarette, l'odeur d'encens dans leur sillage.

Pour éviter le mauvais karma qui les entourait, Koo Jai traversa un peu plus loin et resta du côté du parc, où Worth Street le mena près du centre des paris, puis à nouveau sur East Broadway, alors qu'il se demandait, anxieux, *mais putain comment je vais mettre la main sur douze mille dollars ?*

Il envisagea une seconde de voler le club de mah-jong des Fuk, mais il se doutait que les lieux seraient bien surveillés pendant les fêtes. *Putain de hak*, de malchance, jura-t-il. Le karma noir le poursuivait.

À l'extérieur du salon funéraire Wah Fook, les chauffeurs se tenaient prêts au volant de leurs Lincoln Town Car noires pour les cortèges de la journée. Deux processions le matin, une l'après-midi. D'abord celle des funérailles de Hong, la plus modeste des trois : un véhicule fleuri précédant le corbillard sombre, devant quatre Lincoln et un mini-van.

Plus tôt, la troupe fukiénoise des East Lions s'était déplacée jusqu'à Alphabet City pour réaliser la danse du lion devant le restaurant New Golden Chinatown afin de chasser les mauvais esprits. L'un des danseurs avait allumé une série de pétards, une explosion en staccato accompagnée d'une pluie de petits bouts de papier colorés qui étaient venus s'échouer sur la couche de neige.

Une voiture de patrouille surveillait l'événement au coin de la 5e Rue, mais les policiers s'abstinrent de souligner que les pétards étaient interdits.

Sur la suggestion d'Alexandra, le dispensaire chinois avait envoyé chez les parents de Hong, dans le logement en sous-sol qu'ils louaient illégalement à Sunset Park, une équipe de psychologues spécialisés dans le deuil qui parlaient leur langue. Le couple n'avait pas dormi depuis deux jours, terrassé par le chagrin, sous le choc de la perte ; leur fils unique, leur source de joie et d'espoir, l'excellent élève qui allait devenir quelqu'un dans cette Amérique fukiénoise *Mai quo*, était parti à jamais, disparu de manière brutale, dans une déferlante de violence insensée. Envolés, tous leurs rêves américains s'étaient envolés. Les meurtriers étaient des diables noirs *hok kwee*, des jeunes trop paresseux ou trop stupides pour réussir à l'école, le cerveau ramolli par la drogue et l'alcool, le cœur dévoré par le racisme et la haine, des âmes d'animaux consumées par la convoitise et la violence.

Les psychologues eux-mêmes étaient atterrés.

Le mot *sociopathe* n'existe pas en chinois, c'était donc un concept que les parents ne pouvaient pas comprendre. *Comment des êtres humains peuvent-ils commettre de telles atrocités ? Sauf, bien sûr, s'ils ne sont pas des êtres humains mais des* m'hai yun, *une espèce animale inférieure.*

Que pouvaient dire les psychologues ? Rien de tout ça n'avait de sens.

En Chine, les personnes coupables de meurtre se voyaient infliger une *coupe à la pékinoise*, une balle de 9 mm dans la tête, accompagnée de la facture envoyée par le gouvernement à leur famille pour s'acquitter des frais de l'exécution.

Jack savait que les policiers en Chine avaient une conception très libérale de l'application de la loi, que la justice y était plus pragmatique : on perpétrait un crime, on était exécuté. Aussi simple que ça, dans un pays d'un milliard de personnes. Il n'y avait pas la peine de mort. Il n'y avait pas vingt ans en appel. La civilisation chinoise avait six mille ans. Ils savaient ce qui fonctionnait. Et ils ne rigolaient pas.

Il regarda les funérailles de loin, près du terrain de jeux de son enfance.

Les entrepreneurs locaux qui avaient été engagés pour les obsèques, depuis l'entreprise de pompes funèbres jusqu'au graveur de pierre, étaient tous ébranlés par cette mort tragique et avaient fait un geste, à en croire la presse chinoise.

Les frères Chin, de la société de cercueils Kingdom Caskets Inc., leur avaient offert un modèle tout simple couleur bronze, sans fioritures ni vernis.

Le fleuriste Peaceful Florist leur avait accordé une remise sur les couronnes et l'association de la famille avait payé pour la cérémonie et la concession au cimetière.

Plusieurs chauffeurs s'étaient proposés pour conduire gratuitement la famille au cimetière de Brooklyn, puis la ramener à Chinatown.

Du côté du parc, un groupe de moines bouddhistes du temple de la Vérité Noble l'inclurent dans leurs prières et plantèrent des bâtons d'encens dans leur urne en fer sur le trottoir.

Un groupe d'écolières portoricaines qui passaient par là plaisantèrent et ricanèrent devant les crânes chauves et les tuniques safran des moines. *Chino Viejo ! Oh mince, comme du kung fu,* leurs gloussements venant perturber les chants funèbres.

Dans le salon funéraire Wah Fook, l'air était lourd, saturé de la fumée âcre de l'encens au jasmin qui brûlait dans la pièce. Les lumières tamisées associées à la lueur des bougies éclairaient doucement le rassemblement de visages en deuil et en larmes.

Un petit rassemblement, à peine une vingtaine de personnes.

À l'entrée principale, journalistes et photographes attendaient, à distance respectueuse. Jack passa devant eux et se dirigea vers le brûleur d'encens, où il rendit hommage au défunt en plantant trois bâtons, puis s'inclina. Il s'approcha du cercueil et se courba à nouveau, puis tourna les talons et alla présenter ses condoléances à la famille avant de retourner à la porte principale.

Les journalistes prenaient des notes sur leur calepin, la triste fin d'un nouvel épisode de violence dans l'histoire de New York.

Un autre livreur chinois mort.

Il y a tant de colère ici, sentit Jack, *dans cette petite pièce. Mais qu'en est-il de la fureur de la communauté là-dehors ? Les Fukiénois vont-ils encore manifester ? Ou la vieille garde cantonaise de Chinatown va-t-elle enfin s'exprimer ?*

Pas de justice, pas de paix ?

L'« entre-nous », non merci ?

Les médias militants de la communauté vont rester focalisés là-dessus, songea Jack, ce que savait pertinemment le bureau du procureur. Cette fois, ça n'allait pas simplement finir en casier de mineur placé sous sceau judiciaire.

Juste au-dessus de l'autel, la photo en noir et blanc de Hong montrait un adolescent souriant. Plus bas se trouvait le cercueil que les parents avaient été forcés d'accepter de présenter fermé, horrifiés par l'état du visage de leur fils.

Une couronne de fleurs était posée dessus.

L'orchestre commença à jouer de l'autre côté de la rue, devant le parc, un air triste à quatre temps, *Plus près de Toi, mon Dieu.*

Les porteurs de cercueil se préparèrent.

Soudain, la mère poussa un cri déchirant, puis jaillit de son siège et se jeta sur le cercueil en tapant du poing la photo encadrée de son fils. Le père et des proches se précipitèrent pour la retenir et la réconforter. La mère criait « *Aah Jai ! Ah Jai !* » et se frappait la poitrine, comme pour se marteler le cœur, se tirait les cheveux. Elle tomba par terre en donnant des coups de pied et en cognant la pierre polie.

Son entourage la remit debout, réussit à la faire s'asseoir, l'encercla pour la soutenir, tous en pleurs, les mots étant inutiles dans ce tourbillon de chagrin.

Le père était bouche bée, sur le point de s'effondrer.

Les porteurs soulevèrent le cercueil et se mirent lentement en marche vers la rue. L'orchestre les accompagnait, le corbillard attendait au bord du trottoir, la porte arrière ouverte.

Le long de la route, les chauffeurs patientaient alors que les porteurs progressaient dans cette matinée gelée jusqu'à charger le cercueil dans le véhicule. La mère vacilla à nouveau et fut escortée jusqu'à l'une des Town Car. La fanfare continua de jouer jusqu'à ce que la dernière voiture quitte le coin de Bayard Street en direction du New Golden Chinatown, puis de Brooklyn, vers un désespoir infini.

La vie est souffrance

Assis dans son fauteuil, Sai Go observait Bo dans le miroir du New Canton. Elle surprit son regard et monta le siège, actionnant le levier avec le pied jusqu'à le mettre à la bonne hauteur.

— Vous êtes bronzé, nota-t-elle avec un sourire.

Et fatigué, pensa-t-elle.

— Vous vous êtes bien amusé ? s'enquit-elle.

— Oui, répondit Sai Go alors qu'elle le recouvrait de la cape de protection en lui rendant discrètement la note du dispensaire et l'ordonnance.

— Vous avez oublié ça, la dernière fois, lui glissa-t-elle avant d'attraper un atomiseur.

Sai Go reconnut immédiatement les papiers et les empocha avec nonchalance.

— Merci, dit-il. J'ai aussi quelque chose pour vous.

Il sortit un porte-clés souvenir estampillé du logo de Disney World et se réjouit de voir la mine ravie de Bo lorsqu'il le lui tendit.

— Il y a même une lumière, précisa-t-il en souriant. Il suffit d'appuyer sur le bouton. Pour les endroits sombres.

— Quel cadeau merveilleux ! s'exclama-t-elle, radieuse, en allumant la petite lampe. Merci beaucoup.

Elle pensa aux talismans qu'elle lui avait achetés, mais décida d'attendre la fin du massage pour les lui donner.

Elle lui humidifia les cheveux.

— Il a fait beau, raconta Sai Go. On s'est beaucoup promenés.

Bo maniait la tondeuse électrique contre le long peigne noir.

— Les gens nageaient, s'amusaient, continua-t-il.

Elle vaporisa à nouveau de l'eau sur son crâne et il jeta un œil aux mouvements du peigne, accompagnés par le ronronnement des lames qui disséminaient des mèches poivre et sel sur la cape plastifiée.

— Tout le monde se prélassait au soleil, poursuivit-il en clignant des yeux.

— Une vraie carte postale, commenta Bo, concentrée sur son crâne.

Sai Go avait l'impression de flotter, de dériver derrière ses yeux. Il scruta la rue nuageuse à travers les miroirs et se sentit détaché, comme ailleurs. Quand il recouvra ses esprits, il vit ses cheveux coupés, courts et réguliers. Bo lui épousseta la nuque. Puis elle ôta la cape.

Il ferma les yeux alors que les doigts toniques de la jeune femme détendaient les boules de nerf de sa nuque et de ses épaules. Il prit une profonde inspiration et expira lentement. Il ressentit un pincement dans la poitrine alors qu'elle lui massait le haut du dos.

Dans sa tête, il revit les palmiers, le ciel bleu et les rayons du soleil de Floride sur son visage. Le pouce de Bo lui malaxa la base du crâne, y décrivit des cercles, puis elle appuya ses avant-bras sur ses épaules.

Il se représenta les lévriers en train de foncer autour de la piste, à la poursuite d'un lapin mécanique, et se souvint qu'il s'était endormi lors de la dernière course mais avait tout de même gagné ce jour-là un total de cinquante dollars.

L'infusion de Gum Sook lui avait fait du bien les deux premiers jours, puis son énergie s'était amenuisée et la fatigue l'avait rattrapé. Il n'avait pas trouvé le sommeil les deux dernières nuits du séjour.

« À ton retour, va voir Sœur Kee l'herboriste, lui avait recommandé Gum Sook. Mélange du litchi et des algues. Fais bouillir de l'ail et de la ciboulette avec des œufs de canard. Ajoute du vin rouge et de la gelée royale. Ça te donnera une soupe épaisse. Tu en prendras pendant deux jours. Je vais l'écrire pour qu'elle sache quoi faire. »

Il avait eu l'air faible et les deux *da jops* – les commis de cuisine – s'étaient assurés qu'il rentre bien chez lui une fois arrivés à LaGuardia. Un *see gay*, un taxi, les avait ramenés à Chinatown et il avait dormi une bonne partie du lendemain. À son réveil, il s'était souvenu de son rendez-vous habituel au salon, ainsi que du porte-clés.

Bo sentit Sai Go se relâcher, se laisser aller, les yeux fermés. Elle était triste de voir à quel point il avait l'air épuisé, alors qu'il était lentement en train de mourir. Elle récita silencieusement une prière bouddhiste dans sa tête tandis qu'elle pressait ses coudes sur les muscles tendus derrière les poumons de Sai Go, comme pour repousser le cancer.

Sai Go ouvrit les yeux alors qu'il commençait à s'assoupir, la tête en arrière. Bo lui malaxa la peau une dernière fois avant de tambouriner ses poings sur son dos. Quand elle eut fini, elle lui offrit le talisman de Guan Yu et la calebasse de jade, passant le cordon rouge du pendentif autour de son cou.

Il se sentit profondément touché, non seulement par ses mains salutaires, mais par sa généreuse empathie, qu'il ne comprenait pas et n'avait malheureusement plus le temps de tenter de comprendre. Voilà une femme qui travaillait dur et économisait chaque centime pour rembourser les têtes-de-serpent et ne pas se retrouver obligée de se prostituer, et pourtant elle lui offrait des nouveaux talismans, des babioles qu'il avait déjà vues à vendre dans les rues de Chinatown et qui avaient coûté à Bo au moins vingt dollars. Une somme certes modeste, mais *c'est l'intention qui compte,* se dit-il.

— Merci, dit-il avec douceur. Mais vous n'auriez pas dû, protesta-t-il, conscient de la précarité dans laquelle elle se trouvait.

Il lui laissa le pourboire habituel et quand il voulut lui remettre vingt dollars de plus, elle se montra *hock hee*, indignée, qu'il essaie de la payer.

Ce n'était pas le style de Sai Go de lui forcer la main.

— Ce n'est qu'un petit cadeau, affirma-t-elle. Pourquoi ne m'accordez-vous pas le plaisir de vous donner quelque chose ?

Il ne trouva rien à redire à ça.

— Voilà ce que je vous propose, suggéra-t-il. Je vais parier les vingt dollars sur un cheval en votre nom. Ce sera comme le loto, d'accord ?

Elle ne pouvait pas refuser cette occasion de tester sa chance. Un petit sourire étira ses lèvres et elle répondit :

— Si vous voulez.

— Très bien alors, dit-il, soulagé. Je vous apporterai le ticket.

Au centre de paris, Sai Go étudia la liste des partants et se décida pour le huitième cheval dans la huitième course, un outsider à huit contre un. Il regarda les probabilités évoluer sur le tableau ; les sommes misées sur les chevaux numéros cinq et deux faisaient baisser leur cote. Son choix lui parut encore meilleur.

Le guichetier sembla surpris de voir le bookmaker acheter un ticket officiel. Remarquant son extrême pâleur, il s'abstint de le chambrer.

Sai Go se dépêcha de payer et évita les parieurs en quête d'action. Dans la rue, il acheta une pochette à bijoux en soie. Elle coûtait un dollar et il en choisit une rouge pour la chance, avec des broderies dorées. Il y glissa le ticket et la referma.

Il retourna au New Canton et la remit à Bo en disant :

— Vous pouvez voir la course à la *deen see*, à la télé, ou regarder les résultats dans le journal. Votre cheval est le numéro huit, au nom d'American Freedom. J'espère qu'il vous portera chance.

Bo passa les doigts sur la soie rouge, tenant la pochette comme si elle était précieuse, et dit, si bas qu'on aurait cru qu'elle murmurait pour elle-même :

— Merci.

Elle le regarda sortir, se diriger directement vers Chatham Square, son visage bronzé se découpant sur le fond gris lugubre des devantures des boutiques.

Au coin, il marqua une pause et jeta un œil en arrière ; l'espace d'un instant, elle crut déceler un sourire sur son visage.

L'espace-temps

Le monde en dessous de lui était un défilé nuageux de montagnes et de vallées, entrecoupées de rares apparitions de routes, de petites villes ou de villages. *Je suis passé par là de nombreuses fois,* se rappela-t-il, lors de ses vols au départ de Toronto, où il avait monté les premières opérations de cartes de crédit, à destination de Vancouver, où le Cercle Rouge était un acteur de premier plan, n'en déplaise aux autorités.

À présent, confortablement installé sur le vol 688 d'Air Canada, Gee Sin planait à vingt mille pieds, amorçant la descente vers Vancouver pour une escale de deux nuits avant le long retour vers Hong Kong. En voyant les contours de la côte canadienne se dessiner plus bas, il prit une profonde inspiration, comme libéré d'un poids. Il était sorti des États-Unis, de l'espace aérien américain, de sa juridiction. Loin des yeux, loin du cœur.

Il échapperait à toutes les enquêtes autour des fusillades liées au réseau des cars et à celles concernant les guerres de clans entre Fukiénois, ou les conflits de tongs. Les transactions financières du Cercle Rouge allaient être suspendues jusqu'à ce que les Fukiénois fassent le ménage dans leurs rangs.

Le tumulte suscité par les fusillades était décevant. Mieux valait tout remettre à plus tard pour l'instant.

Les opérations de cartes de crédit mises en place dans plusieurs villes allaient se poursuivre comme prévu.

Alors que son avion descendait, Gee Sin réfléchit au meurtre d'Oncle Quatre à Chinatown et décida de confier à Grass Sandal l'affaire des pièces d'or et des diamants volés. Il le chargerait d'organiser un rendez-vous avec le chauffeur de Chinatown que la police avait mis derrière les barreaux. Il pourrait leur fournir des informations ou des pistes menant à la maîtresse qui s'était volatilisée.

Je le ferai depuis Hong Kong, songea-t-il, où il avait davantage de marge de manœuvre.

Un des cabinets d'avocat de la triade pourrait enclencher depuis là-bas le processus juridique nécessaire pour obtenir un entretien.

Sinon, les fêtes s'étaient bien passées. Une poignée de faux acheteurs s'étaient fait pincer, comme il fallait s'y attendre, mais la plupart avaient rapporté des sommes substantielles. De toute façon, d'autres porteurs de cartes pouvaient facilement être recrutés, ils étaient remplaçables.

Le volume des transactions par téléphone et par courrier avait surpassé leurs attentes. Grass Sandal avait dû faire fermer ou vider plusieurs entrepôts après qu'ils se furent remplis en quelques semaines de matériel électronique. Des millions de dollars en ordinateurs portables, caméscopes, consoles de jeux, appareils photos et logiciels y étaient stockés pour être réexpédiés, pour passer à travers les mailles du filet vers des magasins avec lesquels ils avaient conclu des arrangements. Les biens généraient de l'argent, à son tour réinjecté dans des contrefaçons de sacs Gucci et Prada à Hong Kong, des montagnes de *bak fun* – de poudre blanche –, au Cambodge, pour redevenir du cash en Europe, au Canada et aux États-Unis.

L'art d'escroquer les gens un peu partout.

La stratégie de la triade se révélait lucrative.

Courage

Dans son petit immeuble de Pell Street, affalé sur son canapé, Sai Go réfléchissait à la proposition de Chat Choy de faire une nouvelle virée. Sai Go n'avait pas faim ni envie d'aller voir Choy au Tang's Dynasty comme il en avait l'habitude, où il prenait au passage les paris des serveurs.

Les piles de son pèse-personne étaient vides, mais il savait qu'il perdait du poids. Le cancer se nourrissait de l'intérieur.

Il alluma la télé, mit une chaîne chinoise du câble en ôtant le son. Longshot Lee lui avait dit qu'il y avait au casino de Foxwoods un cabaret d'artistes taïwanais, des chanteuses sexy et des danseuses dans des tenues moulantes avant-gardistes. Le *hom sup lo* en lui, le chaud lapin, ressurgissait. Vingt-cinq dollars couvriraient l'aller-retour en car, le buffet au Woks to Go et vingt dollars en coupons de paris et bons de réduction pour faire des achats. Gum Sook préférait quant à lui le Plaza, à Atlantic City, qui proposait également un spectacle chinois avec de superbes acrobates malaisiennes en tenues de Noël. Et le buffet était chinois, pas *gwailo*.

Ils avaient opté pour Foxwoods.

Et merde, pensa Sai Go, *pourquoi pas y aller avec eux ?* Ce n'était qu'à trois heures par l'autoroute. C'était une fête *gwailo*, mais il pourrait aussi jouer quelques parties de *pai gow*, du poker chinois, ou quelques *mini-treize*.

De nombreux casinos disposaient de salles à part pour les jeux de chance chinois et asiatiques, comme le *sik bo*, le *pai gow* – le poker chinois –, ou encore les dominos et le *bak ka lo* – le baccarat. Le blackjack et la roulette restaient judicieusement à proximité pour faire plaisir aux copines des joueurs.

Il imagina la scène dans sa tête. *Des boissons à volonté, apportées sur des plateaux par des filles dans des robes* qipaos *colorées*. Des flambeurs asiatiques qui s'amusaient. Ils gagnaient, rejouaient, pour finalement tout perdre, la plupart du temps.

Ce fut la dernière image qu'il vit avant de perdre connaissance.

Au-delà

Le braillement d'un téléphone le réveilla. Il n'aurait su dire si c'était l'un de ses portables ou la ligne fixe de l'appartement. Il avait laissé la lampe et la télé allumées ; un feuilleton taïwanais sous-titré passait en silence.

Sai Go envisagea d'aller décrocher, mais la fatigue l'empêchait de bouger. Puis la boîte vocale se déclencha. *Le téléphone de l'appartement* ; il entendit sa propre voix éraillée et lasse sur le répondeur.

C'était Gum Sook qui voulait savoir s'il avait décidé de se joindre à eux à Foxwoods, précisant qu'il pouvait lui préparer des infusions. « Appelle Longshot, si tu veux venir », conclut-il.

Après cela, son téléphone portable sonna et il essaya de se tourner pour l'attraper, mais ses membres ne répondaient pas. Il s'agrippa au coin du lit et se fit rouler sur le côté. Le téléphone sonnait toujours.

Un violent pic de douleur l'assaillit soudain à la jambe, dans ses os, ses genoux et ses chevilles. Il serra les dents, le souffle saccadé à travers sa mâchoire tendue, jusqu'à ce qu'il ne puisse plus supporter cette torture et sombra dans les ténèbres.

Dans la lumière

Ses yeux se fixèrent lentement sur le radioréveil alors qu'il revenait à lui. C'était l'après-midi, un lundi, toujours en décembre. Sai Go se rappela la douleur dans ses jambes et les bougea avec précaution. Il fut surpris de constater qu'elles le portèrent hors du canapé comme si rien ne s'était passé. Soulagé, il se rendit à la salle de bains et s'aspergea le visage au lavabo. *Des antidouleurs*, pensa-t-il, *au cas où ça se reproduit. Ils ont sûrement quelque chose au dispensaire.*

Il songea à rappeler Gum Sook. Il lui fallait encore *jup sau may*, régler ses affaires. Retirer ses vingt-cinq mille dollars et clôturer son compte à l'US Asia. Récupérer l'argent que des turfistes lui devaient – Lum Kee, le vendeur de poisson et deux serveurs du Garden Palace.

Envoyer un courrier à ses *chun chik* – sa famille – à Hong Kong. Leur faire passer le message. Lui, *Fong Sai Yook*, était décédé.

Peut-être rédiger un avis de décès pour la presse chinoise.

Rendre les cartes téléphoniques à Big Chuck Chan.

Aller voir Lo Fay, l'avocat de l'association de Credit Union. Il savait y faire pour les questions d'immigration, de divorces, et autres affaires courantes.

Il allait demander à Gum Sook de l'appeler et de faire un saut chez lui deux fois par semaine, pour pouvoir signaler la mort quand l'heure serait venue. Il prévoirait une contrepartie financière.

Sai Go se gargarisa, toussa et cracha dans le lavabo, se rinça la bouche au robinet sans regarder s'il y avait du sang.

Il enfila son anorak bon marché et descendit l'escalier, se dirigea vers le dispensaire et le centre de paris.

Le prix de la liberté

Au New Canton, Kiki ouvrit grand le *China Post* et lut les résultats hippiques à Bo. Elle fit courir son ongle manucuré sur le papier journal jusqu'à arriver à la huitième course.

— Là, montra-t-elle. American Freedom. Cent quatre-vingts dollars.

— Mon cheval a gagné ? s'exclama Bo.

— Non, mais toi, tu as quand même gagné. Parce qu'il est arrivé en deuxième position.

— J'ai gagné avec la deuxième place ? demanda Bo, perplexe.

Kiki rit.

— Ne t'inquiète pas. J'irai chercher ton argent à l'heure du déjeuner.

Bo pensa à Sai Go ; elle voulait le remercier, partager avec lui les gains. Quand il viendrait à son prochain rendez-vous, elle pourrait lui offrir du *yum cha,* du *dim sum,* ou une boîte de pâtisseries Fei Dong.

La marche du condamné

Doyers Street était une vraie patinoire et Sai Go marchait avec précaution sur l'épaisse couche de neige tassée. Il suivit la rue sinueuse jusqu'à l'allée étroite qui bifurquait vers Bowery, cette même allée que, soixante ans plus tôt, les tueurs à gages des Hip Ching empruntaient lors de leurs attaques sanglantes contre des bandes rivales. Aujourd'hui, elle servait de raccourci entre Doyers Street et Chatham Square pour rejoindre Bowery.

Moins de neige s'était accumulée dans l'allée. Sai Go déboucha à côté du centre de paris hippiques, à un demi-bloc du dispensaire.

Le centre de paris avait l'air bondé et il décida d'y repasser en revenant du dispensaire.

Celui-ci était sur le point de fermer et il n'y avait personne d'autre à qui exposer son épisode de douleur qu'un aide-soignant, qui s'excusa de ne pas être autorisé à distribuer des médicaments. Le médecin serait là le lendemain après-midi.

Sur le chemin du retour, Sai Go constata que le centre des paris s'était vidé.

À l'intérieur, il tomba sur les deux serveurs à qui il réclama son argent, puis il attendit les marchands ambulants. Il resta tout au bout de la salle, scrutant la foule qui affluait pour la course suivante. Dans l'air étouffant, il se retint de tousser, craignant de cracher du sang. Ses pensées divaguèrent dans le brouhaha. Un juron s'éleva, qui se répercuta immédiatement en *fils de pute* dans six dialectes. Un groupe de vendeurs du marché rit et des ouvriers du bâtiment poussèrent des cris.

Comme il ne vit pas les marchands ambulants, il se dirigea vers la sortie quand Koo Jai, l'air éreinté, surgit à la porte.

Koo Jai le repéra tout de suite et fonça vers lui, furieux.

— T'as été te plaindre auprès du *dailo*, putain ? siffla-t-il en scrutant autour de lui puis, conscient des coups d'œil qu'on leur lançait, il se pencha vers Sai Go et murmura : Surveille tes arrières, le vieux.

Sai Go garda un moment le silence tout en regardant Koo partir en trombe.

Il rit intérieurement. *Ha, menacer un homme déjà condamné, la bonne blague.* Il se sentait tout de même insulté et résolut de sortir son arme du coffre pour la garder sur lui. Il savait qu'il allait mourir.

Mais il n'allait pas perdre la face.

Des résultats, sans efforts

Sai Go posa la tasse de *guk fa* – du thé au chrysanthème – et ouvrit la boîte en métal, qui ne contenait désormais plus que la liasse de billets de cent et le revolver Vigilante dans son holster. Il sortit l'arme de son étui, vérifia qu'il y avait bien six balles, puis relogea le canon en le poussant du bout du pouce dans un clic.

Il rangea le Vigilante dans la poche droite de son anorak. Il ne s'encombra pas de balles supplémentaires. Quoi qu'il arrive, ces six-là seraient suffisantes.

Quand il eut fini le *guk fa*, il décida que l'après-midi était assez avancée pour retourner au dispensaire. Il étira ses jambes et, au souvenir de la souffrance qu'il avait endurée, il songea qu'il aurait aimé avoir un dieu à prier pour obtenir des antidouleurs.

Pas de dieu ; il allait devoir se fier au médecin.

Tout fout le camp, pensa-t-il. *Combien de temps me reste-t-il avant que la douleur et la peine aient raison de moi ? Ou alors n'est-ce qu'une ombre meurtrière, se propageant derrière l'amertume et le désespoir, que ni le temps ni le pardon ne peuvent guérir ?*

Le bookmaker. Il sentait son essence le quitter, comme s'il devenait un *teng jai*, un sampan, à la dérive au milieu d'un océan sombre et agité.

Au début, il considérait qu'il ne faisait rien de mal. Il gagnait juste sa vie en prenant des paris. En permettant aux *hindaai* chinois, aux frères, de nourrir leurs rêves. Les Chinois étaient superstitieux et adoraient parier. Qui étaient les victimes dans tout ça ? Les familles ou les associations réglaient en général les problèmes qui survenaient.

Désormais, une douzaine d'années plus tard, sous le coup d'une maladie qui allait lui être fatale, il voyait enfin tout ça pour ce que c'était vraiment.

Une vie menée dans l'illégalité, une vie de péchés imprudents, à titiller le dragon de la chance. Le dragon le dévorait à présent de l'intérieur. Tout faisait partie du même mal. Il participait à la circulation d'argent sale. Celui-là même qui finançait les passeurs d'immigrants clandestins, qui alimentait l'esclavage, la prostitution. Jusqu'à finalement retourner dans les banques, un cercle vicieux sans fin.

Argent frais

Lucky quitta Kongo et Lefty devant la porte du sous-sol Numéro 17 pour s'occuper des fonds de ce soir-là ; une enveloppe brune pleine de billets à l'effigie habituelle des défunts présidents et hommes d'État : Hamilton, Jackson, Grant et Franklin. Le gérant et le coursier de la maison On Yee passèrent devant lui et disparurent dans un bureau à l'arrière.

Peut-être était-ce parce que la nouvelle année et les dernières recrues de prostituées chez Angelina l'avaient mis de bonne humeur, mais Lucky avait changé d'avis : il allait la jouer différemment avec Koo Jai le rebelle.

Cherchant à se faire pardonner, celui-ci lui avait dit au téléphone avoir rassemblé neuf mille dollars en cash mais avoué n'avoir le reste de la somme qu'en montres, tout en soulignant que leur valeur excédait les vingt mille que réclamait le *dailo*.

Lucky allait garder le cash pour lui-même ; il confierait à Lefty le soin d'écouler les montres via la boutique de son cousin à Toronto. Kongo acheminerait la marchandise vers le nord. Ils se partageraient les gains.

Il entendit Lefty rire tandis que Kongo et lui sortaient des pilules d'ecstasy.

« OK, ramène ta daube, avait-il finalement répondu. Et viens avec tes hommes. Qu'on discute un peu. »

Il préférait les tenir à distance du cœur de Chinatown pour réduire les risques de se faire remarquer par d'autres bandes.

« Au centre de paris, avait-il dit. À 16 h 30, demain. Et me fais pas attendre, bordel. »

Fin juridique

Jack passa les jours suivant l'arrestation des agresseurs de Hong à Hogan Place avec les assistants du procureur, à travailler sur cette corvée assommante qu'était la procédure.

À la fin de la semaine, il retourna à l'hôpital où on lui retira les points de suture. Il avait deux petites cicatrices sur le côté gauche de la poitrine, juste au-dessus du téton. La balle de calibre 22 lui avait traversé le torse. Un peu plus bas, son avant-bras gauche gardait la marque des dents aiguisées du pitbull. *Taré de clébard.*

Pasini appela pour lui rappeler son rendez-vous avec le psy du département. Une formalité standard lorsqu'on avait subi des blessures importantes en service. *Non, mourir dans un couloir fétide des logements sociaux n'était pas la façon dont il se voyait finir son travail.* Le bras, c'était une chose, mais la balle à la poitrine, juste au-dessus du cœur, il la voyait comme une sorte d'avertissement. Pourtant, il ne pouvait pas se permettre de douter, au risque d'affecter sa mission de flic, et il ne cherchait pas à obtenir une notification d'invalidité.

Plus tard, après avoir foulé la neige de plus en plus épaisse, il retrouva Alexandra au Tsunami, à mi-chemin entre son bureau de Loisaida et le poste de police de NoHo. Ils buvaient du saké et de la Sapporo, piochaient des sushis et des sashimis sur les bateaux en bois qui passaient devant eux sur le petit tapis roulant le long du bar.

— C'est entre les mains des procureurs, dit Jack. En gros, les trois salopards se sont retournés les uns contre les autres en s'accusant mutuellement.

Alex sortit des cigarettes et ils s'en allumèrent une chacun, leur conversation entrecoupée de bouffées.

— On a des dépositions orales et écrites, continua Jack après qu'ils eurent trinqué en silence. Des traces d'ADN des trois. (Alex sourit tristement.) Sur les armes du crime. Des empreintes partout.

Il garda le silence un moment, le regard perdu au loin, avant de reprendre :

— La victime… Il s'est bien défendu. Ça n'a pas suffi. Mais il a laissé assez de preuves pour les faire tous tomber.

Alex posa la main sur celle de Jack, les yeux humides. Elle fit à nouveau tinter son verre contre le sien, le tirant de ses pensées.

— Qu'en pense ton ami de l'assistance juridique ? demanda Jack.

— La défense, soupira-t-elle. Ils risquent de prétendre que la descente de police était illégale à la base. Pas de motif.

Ils recherchaient une personne portée disparue… et ça sentait la marijuana à la porte.

— Ou ils peuvent demander un changement de juridiction. En arguant qu'un procès équitable n'est pas possible à Manhattan parce qu'il y a trop de Chinois ou d'Asiatiques parmi les jurés. Ils pourraient réclamer un jury du Bronx ou de Brooklyn. Un juge de couleur, sensible à la cause des minorités.

— Ça va prendre du temps, tout ça, conclut Jack en finissant son saké. Je vois.

Ils se partagèrent le reste de Sapporo avec des *sunomono* et de la salade d'algues.

Dehors, le vent soufflait et faisait vibrer les grandes baies vitrées.

Jack régla l'addition et ils trinquèrent pour la dernière gorgée lorsque Alex dit :

— Bonne année. À 1995.

— Ouais, bonne année, répondit Jack avec un sourire forcé.

Ils vidèrent leurs verres.

Ils partagèrent un taxi qui la déposa aux tours Confucius avant de poursuivre vers Sunset Park. Ils s'étaient fait la bise puis regardés bizarrement, pour finalement se serrer la main avant qu'elle marche sur la neige jusqu'à disparaître dans le lobby.

Alors qu'il traversait Manhattan Bridge en direction de Brooklyn, Jack repensa au livreur mort. 1995 ne démarrait pas vraiment en bonne année.

Tempête

La tempête de neige se déchaîna toute la nuit, un rouleau compresseur polaire en provenance du nord-est. Des rafales de quatre-vingts kilomètres à l'heure renversèrent de grands arbres sur les toits et les voitures, arrachant des lignes électriques. La moitié de Long Island et de Staten Island était plongée dans le noir.

Le département municipal de la voirie déploya deux mille chasse-neige et des centaines de saleuses. Le service d'assainissement mobilisa ses deux mille hommes en deux équipes par jour pour déblayer la neige haute de soixante centimètres.

Toute la ville était battue par des tornades blanches.

Les aéroports étaient paralysés, des centaines de vols annulés et des milliers de voyageurs bloqués à JFK, LaGuardia et Newark.

Les transports depuis le New Jersey et le Connecticut étaient à l'arrêt complet.

La température de moins vingt degrés de la nuit atteignait tout juste les moins dix en journée. Et avec le vent glacial le ressenti était plutôt de moins quinze. Ce vent agressif qui fouettait les gros flocons. Afin de soutenir les efforts du service d'assainissement, la municipalité embaucha des jeunes du quartier pour dégager les rues. Mais la tempête ankylosa tout de même la ville : les écoles et les entreprises restèrent fermées, des véhicules abandonnés jonchèrent les routes, les ponts, et bouchèrent les tunnels. La signalisation et les commutateurs gelés immobilisèrent les métros et les lignes de train.

À Manhattan, la Westside Highway et la FDR Drive furent barrées à cause de berges submergées.

Une canalisation cassée sur Delancey Street inonda l'avenue et les rues adjacentes, ce qui forma une couche de glace sur un kilomètre qui congestionna encore davantage le trafic au sud. Ce matin-là à Chinatown, les commerçants brisaient la glace et balayaient des allées le long des rues glissantes, érigeant des murs de neige au bord du trottoir. De temps à autre, un espace, une trouée dans ces monticules ouvrait le passage vers l'autre côté de la rue. Les bouches d'incendie avaient été rendues accessibles ; les Chinois étaient extrêmement pragmatiques.

L'heure du déjeuner s'apparentait à un défilé chancelant de corps emmitouflés et de visages chinois aux yeux humides enfouis sous les bonnets et les écharpes. Voitures, camions et bus passaient cahin-caha, suivis par les traînées nuageuses de leurs pots d'échappement dans l'air gelé. Chinatown émergeait de la tempête pendant que les quartiers alentour rendaient les armes.

La mort nous sépare

Ils se tenaient tous autour du canapé dans la pièce à l'avant, quatre visages défaits.

— Le *dailo* a trouvé une des montres ici, reconnut Koo Jai à contrecœur. C'est une longue histoire. Elle était posée sur le lit et il est tombé dessus.

— Il s'est passé quoi ?

— Comment ça se fait ?

C'était tout ce que les frères Jung sidérés réussirent à articuler.

— C'est ta faute, marmonna Shorty. T'as pas fait assez gaffe.

— Putain, comment je peux savoir qui est à la porte ? aboya Koo Jai. Personne m'a appelé, bordel. J'aurais pu ranger la montre. C'est toi qui as merdé en le ramenant ici. Rien de tout ça ne serait arrivé.

— N'importe quoi, dit Shorty sur un ton égal.

— Bref, passons, grogna Koo Jai. Il a dit qu'il savait qu'on magouillait des trucs. Qu'il s'en foutait. Tout ce qu'il veut, c'est sa part. On doit lui filer ce qu'on a piqué.

— Ha, tout est parti. Y a pas moyen, grommelèrent les Jung.

— Le *dailo* veut qu'on vienne tous, poursuivit Koo Jai, inébranlable. Il nous attend à Bowery.

— Où ça ? demandèrent-ils en chœur.

— Au centre de paris. Il y a un café à côté de l'allée.

— Pourquoi là-bas ? s'étonna le vieux Jung.

— Qu'est-ce que j'en sais, merde ? Il demande un entretien.

— *Pfff !* Putain ! lâcha le jeune Jung.

— Restez à l'affût, leur ordonna Koo Jai. Gardez la tête haute et vos putains d'yeux ouverts. À moins que le *dailo* ne vous interroge personnellement, c'est moi qui parle. Si ça part en couille, on se retrouve à Boston. (Il adressa un signe de tête aux Jung.) Appelez vos cousins.

Ils sortirent de l'appartement, les frères Jung maussades, comme s'ils allaient à un enterrement.

Menés par Koo Jai, ils restèrent sur les routes à proximité de Chatham Square ; c'était plus facile de marcher dans les traces laissées par les bus. Au bout de l'intersection, ils arrivèrent sur Bowery, où l'accès au trottoir était obstrué par des tas de neige de plus d'un mètre.

Koo Jai et Shorty se frayèrent un passage, suivis tant bien que mal par les frères Jung, plus corpulents.

Des bourrasques soulevaient la poudreuse des lampadaires et des feux tricolores.

La bande du *dailo* déboucha de Mott Street sur Bowery, en formation triangulaire derrière Lucky. Quand Lucky vit Koo Jai et Shorty un demi-bloc plus loin, il pensa aux neuf mille dollars dans la poche de Koo et à la façon dont il allait en utiliser une partie pour une jolie paire de fesses chez Angelina. En périphérie, il vit les frères Jung marcher d'un pas lourd derrière eux dans la neige. *Connards de gros balourds,* se dit-il en se dirigeant vers le lieu de rendez-vous.

Le vieux Jung dérapa et atterrit sur le genou ; le déséquilibre soudain de sa hanche fit glisser le pistolet qu'il portait à la taille. L'arme tomba dans la neige sale, mais il la récupéra pour la ranger aussitôt. Quelques pas devant lui, son frère se retourna et lui lança un regard agacé.

Kongo vit le vieux Jung un genou à terre. Il grogna en discernant une arme dans sa main ; on aurait dit qu'il venait de la ramasser. En repoussant les pans de son manteau, fébrile sous l'effet de l'ecstasy, il porta la main au fusil accroché à sa ceinture.

Koo Jai et Shorty aperçurent le *dailo* et ses hommes qui marchaient vers eux. Leurs cœurs s'emballèrent lorsqu'ils virent Lucky se décaler sur le côté. Derrière lui, les yeux du grand Malaisien étaient soudain aussi ronds que des *don totsi,* des tartelettes aux œufs, alors qu'il dégainait son fusil.

Lefty vit le jeune Jung fixer Kongo, la surprise inscrite sur son visage, comme figé. Chacun d'eux saisit instinctivement son arme.

Lucky recula en entendant l'explosion assourdissante derrière lui et tendit aussitôt la main vers le pistolet dans son blouson. Il jeta un œil en arrière pour voir Kongo tirer à nouveau et Lefty sortir son 9 mm. Quand il se retourna vers Koo Jai, Lefty et Shorty pointaient leur arme sur lui. L'un des Jung se releva en vidant son pistolet à tout-va.

Lucky prit le revolver dans sa poche intérieure alors que Lefty faisait feu méthodiquement devant lui.

Kongo lâcha le fusil, dégaina son pistolet et tenta de viser Koo Jai, mais le *dailo* se trouvait en travers de sa cible. Il vit le minus les arroser de tirs.

Lucky sentit l'impact, comme s'il s'était pris un coup sur la tête, puis s'effondra en avant. Soudain, du métal chaud lui déchira le corps, le transperça en vrillant. *Putain !* s'entendit-il crier, juste avant de ne plus rien penser du tout.

Antidouleur

Sai Go avait traversé Doyers Street et était à mi-chemin de l'allée quand il entendit la rafale un peu plus loin, sur Bowery. *Probablement des crétins qui fêtent l'année du Cochon très en avance.* Deux détonations le firent sursauter, les ondes de choc d'un M-80 chinois, il en était sûr.

Il garda les yeux rivés sur les ornières glacées tandis qu'il poursuivait son chemin.

Tout à coup, il vit Koo Jai, arme au poing, qui se précipitait dans sa direction, courant comme un dératé dans l'allée, suivi par un type de petite taille aux yeux tout aussi exorbités.

Le souffle coupé, Sai Go se plaqua contre le mur et tendit la main vers la poche de sa veste. Koo Jai le dépassa au moment où Sai Go atteignait le Vigilante.

Il regarda le gamin filer en trombe devant lui et dégaina son arme lorsqu'il entendit le premier coup de feu. Il sentit une explosion dans sa poitrine, aspirant tout son air.

D'autres tirs retentirent.

Puis il n'y eut plus qu'un brusque silence et la blancheur de la neige qui vacillait doucement autour de lui.

0-9

Après avoir assuré les tours de garde de ses collègues pendant les fêtes, Jack était à nouveau de service en journée, stimulé par le regain d'activité qui l'occupa jusqu'à l'après-midi pendant le chaos de la tempête. Les employés à temps partiel du service d'assainissement avaient dégagé la neige devant le poste pour permettre aux véhicules de police de stationner. Jack déjeuna tardivement, avalant un sandwich et une soupe de chez Kim's. Vers la fin de sa permanence, le téléphone sonna. Une voix pressée du sud de Manhattan le mit sur le qui-vive.

— Une fusillade a eu lieu à Chinatown, c'est du lourd. Plusieurs victimes, près du centre de paris hippiques. Allez voir le capitaine de la 0-5.

Le centre de paris ? La Cinquième Circonscription ?

La 0-5, Chinatown, se rappelait à lui, l'aspirait dans ses filets.

Saignée hors norme

Jack prit le bus M103 sur St. Mark's Street, scrutant au loin Bowery, visualisant dans son esprit l'embranchement sur Chatham Square puis Park Row dans le prolongement. Il arriva sur place en moins de dix minutes, le chauffeur sautant les arrêts après Delancey jusqu'à ce que Jack désigne la façade verte du centre de paris.

Depuis le bus, il vit les secouristes dans la neige en train de soulever un homme en blouson de cuir noir, des bottes coquées aux pieds. *Le style vestimentaire de Tat*, pensa-t-il. Quand il s'approcha, il eut confirmation qu'il s'agissait bien de son ancien ami, blessé à la tête. Un des urgentistes lui faisait un massage cardiaque alors qu'ils mettaient sa civière dans l'ambulance. De la neige fondue gicla sous les roues, laissant une traînée derrière les gyrophares et les sirènes du véhicule qui fonçait vers les urgences du sud de Manhattan.

Jack observait le bain de sang alors que les policiers tenaient à l'écart la foule de curieux qui s'était formée. Deux voitures de patrouille supplémentaires arrivèrent et quadrillèrent le périmètre.

Il y avait une symétrie macabre dans la disposition des corps : deux d'un côté du centre de paris, deux de l'autre, à cinq ou six mètres de distance. Il prit des photos avec l'appareil jetable qu'il avait toujours sur lui, immortalisant la scène en attendant la police scientifique. Le grand Malaisien, allongé, les yeux écarquillés, se vidait de son sang sous le drap. Le gangster aux cheveux enduits de gel, les jambes écartées sur un tas de neige, à côté d'une boîte aux lettres, était le type qui servait de chauffeur à Lucky, celui qui conduisait la voiture noire. Apparemment, il avait été blessé à la poitrine. Une blessure fatale.

La scène rendait Jack furieux et triste à la fois. Même s'il essayait de mettre ses sentiments de côté, il ne pouvait s'empêcher d'être triste pour Tat – *Tat*, et non Lucky – et furieux contre la désinvolture du gangster vis-à-vis de la vie.

À quelques mètres de ces victimes, deux autres corps gisaient au bord du trottoir. À en juger par leur profil, Jack nota un air de famille entre eux. Ils présentaient tous les deux plusieurs blessures par balle, notamment à la tête. Comme le vent n'arrêtait pas de soulever les draps qui les recouvraient, il mit des blocs de glace noircie sur les coins pour les maintenir en place.

Il repéra des traces de sang près de l'entrée du passage vers Doyers Street.

La première victime était un vieil homme, avachi sur le trottoir à côté de la cuisine d'un restaurant. Son épaule droite était bizarrement tordue contre le mur et sa tête penchée en avant sur sa poitrine. Sa main gauche reposait sur le trottoir devant lui, comme s'il avait cherché à se retenir. Il avait la main droite enfoncée dans la poche de sa veste, coincée derrière lui au bas de son dos. Jack tapota la poche et sentit les contours d'une arme.

Le corps ne présentait aucune blessure apparente.

Jack prit des photos en se demandant quel était le rapport entre cet homme et le reste des événements.

La deuxième victime était étendue un peu plus loin dans l'allée, après l'angle avec Doyers Street. Jack trouvait ça bizarre. Un type plus jeune, approchant de la trentaine. Il était tombé en avant, s'était traîné par terre avant de mourir. Sa doudoune était ouverte, la poche intérieure béante. La poche droite de son pantalon était déchirée, deux billets d'un dollar en dépassaient. Non loin, des pièces étaient éparpillées dans la neige, dans la direction de Doyers.

La façon dont se présentait la scène laissait penser qu'il s'agissait d'une affaire de vol. Connaissant Lucky et le monde des gangs, Jack devina que la fusillade était liée à une lutte de pouvoir au sein de la Ghost Legion, ou à l'argent, voire à l'honneur. *Sauf que personne n'organise une embuscade en plein jour, dans une rue passante, pendant une tempête de neige. Les événements avaient dû mal tourner, à cause de la peur ou de la colère. Quelqu'un a perdu son sang-froid et la situation a dégénéré.* Tous faisaient partie des Ghost. Ou alors ce n'étaient des Ghost que de nom, l'unité du gang s'ébréchant sous le coup de la convoitise et de la jalousie, comme souvent.

Doyers Street était vide, la neige fondue avait effacé toute piste. Il traversa jusqu'à la supérette May May, acheta des sacs de congélation et un marqueur noir.

Il mettait les différentes armes dans des sacs quand la police scientifique arriva. Ils entreprirent d'examiner les lieux à la recherche de preuves, d'échantillons de sang ; ils placèrent des repères à côté des douilles et prirent des photos avec leurs appareils à objectif grand angle.

Jack s'écarta lorsque l'équipe du médecin légiste débarqua et commença à déclarer les décès. Quand ils tirèrent la fermeture Éclair des housses mortuaires noires et les chargèrent dans le fourgon de la morgue, Jack se souvint que le chef de la Cinquième Circonscription l'attendait.

Il pensa au vieux poste miteux sur Elizabeth Street, trois blocs au nord, et se mit en route.

0-5

Il n'avait pas vu le capitaine depuis plus d'un mois, lors de la cérémonie au One Police Plaza pour sa promotion au poste de détective de deuxième rang, après que l'enquête des Affaires internes fut classée sans suite et avant son transfert à la 0-9.

Quand Jack entra dans le grand bureau, l'expression du capitaine Marino trahissait qu'il était sur le point de faire quelque chose à contrecœur. Il lui tendit la main, que Jack serra.

— Content de vous revoir, Jack. Je dois dire que ça ne me réjouit pas de devoir vous rappeler ici de cette façon. Hernandez et Donelly sont sur le dossier, qui leur revient de plein droit.

Jack haussa vaguement les épaules, connaissant assez bien le capitaine pour savoir qu'il valait mieux se taire. Il le laissa poursuivre.

— Mais la hiérarchie est sur mon dos. L'affaire est de premier plan et il nous faut des réponses rapides. La rue s'est vidée quand la fusillade a éclaté et Hernandez et Donelly ne trouvent pas de témoins. Écoutez, ces types des gangs, vous les connaissez. Et nous savons que, par le passé, vous avez été ami avec l'une des victimes. Le *dailo*, Tat Louie.

Le capitaine crut déceler du mépris dans les yeux de Jack. Il tourna la tête.

— Le sujet est si brûlant que ça fait fondre la neige devant le QG.

Jack hocha la tête et attendit la suite.

— On ne veut pas avoir la presse sur le dos.

Il adressa un regard à Jack qui relevait plus de la supplique que de l'ordre.

Jack savait ce que voulait dire « de premier plan ». Les fusillades et la criminalité entre gangs généraient toujours les gros titres du genre « GUERRE DE TONGS » dans le *New York Post* et le *Daily News.* Les médias chinois, conscients que les mauvaises nouvelles risquaient de nuire au tourisme, secteur vital à la communauté, critiqueraient la police de n'avoir rien fait à la base pour éviter une telle escalade de violence.

— Fournissez-moi *quelque chose*, Jack, dit doucement Marino.

Jack, qui éprouvait presque de la pitié pour lui, répondit :

— OK, capitaine. Je vous tiens au courant.

Hernandez et Donelly lui réservèrent un accueil glacial lorsqu'il sortit, et Jack repartit, bravant la neige, suivant mentalement les traces de sang, vers la scène macabre où les policiers cherchaient des preuves.

Instruments de mort

Les armes réunies formaient un véritable arsenal : les automatiques Smith & Wesson 9 mm des Ghost de Lucky, plutôt onéreux, et pour les autres des pistolets Taurus fabriqués en Espagne, plus modestes.

Lucky portait sur lui un 5906, une arme hybride personnalisée munie d'un chargeur à dix coups en acier inoxydable et d'un chien interne. Il était léger et compact, facile à dissimuler. *Tat, avec son pistolet cool et cher, qu'il n'a même pas eu l'occasion d'utiliser.*

Les urgentistes de l'hôpital du sud de Manhattan avaient informé Jack que Tat avait sombré dans le coma et été placé sous assistance respiratoire.

Le Ghost aux cheveux en pics avait un 910 équipé d'un chien ambidextre. D'après le rapport de l'autopsie, des traces de poudre avaient été relevées sur sa main gauche. Le pistolet disposait d'un chargeur à dix coups qu'il pouvait utiliser à demi armé, prêt à l'action dans son holster Combat à accès rapide. Fiable et fatal. Il avait vidé la cartouche et était mort en cherchant la deuxième.

Le grand Malaisien était équipé d'un 3913 de huit balles, à l'épaisse crosse en gomme pour sa grosse main. Une arme de soldat. Qui n'avait jamais quitté sa poche arrière. Mais son véritable argument n'était autre qu'une carabine à double canon, une Winchester japonaise poids plume de calibre 12. Il avait retiré la crosse et le canon pour la rendre moins imposante et pouvoir la sangler sous son manteau. Un engin redoutable, qui éliminait immanquablement les ennemis.

Il avait utilisé toutes ses munitions.

En face, les autres victimes racontaient l'autre versant de l'histoire. Toutes étaient équipées d'armes de soldats. Le type dans l'allée était mort un Taurus 938 dans la main. Il avait vidé le magasin de dix balles de l'automatique de calibre 380, une importation à bas prix. *Une bonne affaire*. Qui ne l'avait toutefois pas sauvé d'une balle dans le dos.

Quant aux deux autres individus corpulents qui avaient l'air de la même famille, l'un avait un Taurus, lui aussi, un PT11 à dix coups. *Peu cher mais fiable.* Il avait tiré huit balles, en laissant deux dans le magasin.

L'autre avait brandi un Ruger Redhawk, un Magnum calibre 357 qui pesait un kilo, plutôt lourd. C'était un revolver tonitruant à six tirs dont le retentissement était capable de figer toute action à lui tout seul.

Il avait vidé le barillet.

La bizarrerie demeurait l'arme trouvée sur l'homme âgé dans l'allée : un vieux modèle italien, un Trident Vigilante. Un revolver à canon court de calibre 32 chargé de six balles Smith & Wesson. Très léger, moins de cinq cents grammes. Une arme de ceinture avec peu de recul. Idéal pour les combats rapprochés. *Mais pourquoi ? Un vieil homme cancéreux ?*

Il la portait dans sa veste, sans étui.

Lors de ses derniers instants, il avait tendu la main vers l'arme.

Quel rapport avec le reste ?

Effets personnels

Jack étudia les rapports d'autopsie des six cadavres qui reposaient dans la chambre froide de la morgue.

Le chauffeur de Lucky, le Ghost aux cheveux laqués, dont le nom de rue était Lefty, avait sur lui un jeu de clés dans un étui noir, une paire de fausses lunettes de soleil Fendi et un petit spray buccal. Ainsi qu'un sachet en plastique contenant une douzaine de pilules rouges et la photo floue d'une Asiatique en train de faire une fellation. Il avait quarante-quatre dollars – *un nombre qui lui a porté malheur*, pensa Jack. Dans son jean, ils avaient trouvé un téléphone portable et un permis de conduire au nom de Cham Yat Lee, né en 1970. Le permis était enregistré à une fausse adresse sur Mott Street. Jack savait que le numéro 17A correspondait à un sous-sol de jeux On Yee.

D'après sa carte d'identité indonésienne, le grand Malaisien s'appelait Bat Boon Kong, vingt-six ans. Dans son manteau étaient rangés un paquet de Marlboro de contrebande et un briquet Zippo avec une tête de mort. Il avait gardé sur lui cent quatre-vingt-six dollars et un rouleau de pièces de vingt-cinq *cents. De quoi décupler la force de ses coups de poing ou juste de la monnaie pour le parcmètre ?* Il y avait aussi des fausses lunettes de soleil Oakley et une carte de visite pour l'institut Oriental Massage Bodywork. Un jeu de clés attachées à un dragon en pierre de jade. Ils avaient tiré de son pantalon un téléphone portable plein de sang, le même que celui de Cham Yat. Kong portait une grosse chaîne en or autour de son cou épais, au bout de laquelle pendait sur sa poitrine un gros bouddha en jade porte-bonheur, même si, en définitive, il n'avait guère eu de *ho toy*, de chance.

Les deux autres cadavres Ghost partageaient plus qu'une vague ressemblance ; ils partageaient le même nom de famille, Jung, et la même date de naissance, en 1971. Ils étaient jumeaux, mais pas identiques. *Presque*, pensa Jack.

À en croire leur permis de conduire respectif, l'un s'appelait James, l'autre Joseph.

Jimmy et Joey Jung. Les frères Jung. Ils portaient chacun autour du cou des *foo* en pierre noire, des chiens, et entre eux deux ils possédaient cinquante et un dollars et de la petite monnaie. Ils vivaient ensemble dans les logements sociaux Rutgers après Pike Street, près du fleuve.

Jack se souvenait d'avoir traîné par là-bas avec Tat et Wing quand ils étaient adolescents, durant les soirées d'été, ce qui semblait être il y a une éternité.

Chacun des frères avait un trousseau de clés et des montres de femme Rado au cadran noir dans les poches de leurs pantalons.

Des machos avec des montres de femme ?

Le même numéro de série était gravé sur les deux montres.

Des deux victimes dans l'allée, Jack nota d'abord les coordonnées de l'homme criblé de balles. Son permis de conduire lui apprit son nom, Koo Kit Leng, et son adresse, 98 East Broadway. Facile d'aller vérifier ; Jack connaissait bien ce coin-là.

Koo avait vingt-six ans.

Dans sa veste, Jack avait trouvé des clés sur un porte-clés du centre de paris hippiques et une fausse paire de lunettes de soleil Ferragamo. Ainsi qu'un paquet de Kool accompagné d'un briquet jetable Bic et d'une boîte de pastilles à la menthe. Dans la poche intérieure de sa veste étaient glissées la carte de visite de la mercerie Tong Yen dans le quartier chinois de Boston et celle du club de karaoké KK sur Allen Street, avec le nom « Tina » et un numéro de téléphone griffonnés au dos.

Il portait la lettre K en pendentif brillant sur une chaîne en argent.

Jack repensa aux deux billets d'un dollar qui dépassaient de la poche déchirée de son pantalon et aux pièces éparpillées par terre dans la neige.

Il n'avait pas d'autre argent ni objet de valeur sur lui.

Vol ou trahison, se dit Jack.

Le dernier corps découvert dans le passage restait un mystère.

Le vieil homme, Fong Sai Go, possédait un portefeuille en plastique qui contenait plusieurs cartes : avocat, sécurité sociale, coiffeur et un talisman chinois sous forme de plaque dorée. Une fiche du dispensaire à son adresse et un calendrier de séances de chimiothérapie indiquaient qu'il avait cinquante-neuf ans et était atteint d'un cancer. En phase terminale.

Des clés et un téléphone portable étaient glissés dans la poche gauche de sa veste, un stylo multicolore dans la droite. Dans la poche de sa chemise se trouvait un prospectus pour le casino de Foxwoods, en chinois. Il portait une calebasse en jade en guise de pendentif autour du cou et avait exactement huit cent quatre-vingt-huit dollars dans la poche droite de son manteau.

Un vieil homme mourant qui comptait encore sur la chance ? se demanda Jack.

La mort de Fong Sai Go ne semblait pas être un homicide, mais à cause de l'arme en sa possession Jack était obligé d'aller vérifier son adresse sur Pell Street et de parler à l'avocat de la carte de visite.

Logements sociaux

La vieille femme qui vivait dans l'appartement des tours Rutgers ne paraissait pas avoir toute sa tête, ou souffrait peut-être d'Alzheimer, Jack n'aurait su le dire exactement. Elle parvint à expliquer que les frères Jung étaient ses petits-fils et que les coupons alimentaires étaient à elle. Ils lui faisaient ses courses.

Elle ne semblait pas saisir que ses petits-fils étaient morts. *Quand rentreront-ils à la maison ?* C'étaient eux qui s'occupaient d'elle.

Jack résolut d'essayer de lui obtenir de l'aide à travers les contacts d'Alexandra au sein des services sociaux de Chinatown.

Taudis

Au 98 East Broadway, Jack pénétra chez Koo, un appartement insalubre en enfilade qui avait visiblement été mis à sac. Des lattes de plancher avaient été déplacées et les planques vidées. Rien dans ces lieux ne donnait de réels indices quant à savoir pourquoi Koo avait fini raide mort dans l'allée. Il n'y avait ici que quelques vieux meubles et babioles d'une vie de marginal.

Le propriétaire se terrait derrière une agence de gestion qui se contenta de confirmer que Koo louait l'appartement depuis longtemps.

Il n'avait aucune idée de ce qu'il faisait dans la vie, mais il avait toujours payé le loyer sans faute.

Il rencontrait déjà de nouveaux locataires potentiels lorsque Jack quitta l'agence.

Sampan

Il trouva l'appartement du vieux Fong sur Pell Street, se présenta au concierge à qui il s'adressa dans leur dialecte commun de Toishan. L'homme à la peau mate apprécia le fait que Jack parle sa langue et le fit aussitôt entrer dans l'appartement.

Tout était bien rangé, propre. Rien dans le réfrigérateur. Pas d'ordures qui traînaient, tout était en ordre comme chez quelqu'un qui s'apprête à partir pour de longues vacances. *En vacances vers l'autre monde ?*

Seul un morceau de fin papier froissé sur l'étagère du magnétoscope attira l'attention de Jack. Des surnoms chinois et des chiffres étaient écrits dessus. Suivant une intuition, Jack se lécha le pouce et toucha le bout de papier. En le voyant se décomposer, il sourit.

Du papier soluble, comme en utilisent les bookmakers de la vieille école.

Jack appela le numéro de l'avocat de la carte, mais tomba sur une boîte vocale.

Il retourna vers Mott Street, avec l'intention de faire un saut plus tard à l'hôpital pour voir s'il y avait du changement chez Lucky.

La disparition du *dailo*

Ils mirent les vêtements et les possessions de Tat dans un grand sac-poubelle noir qu'ils glissèrent sous son lit, près du respirateur.

Le portefeuille Gucci de Lucky contenait huit cents dollars en coupures de cinquante et deux préservatifs. Des préservatifs Trojan à rainures. Ainsi que deux cartes de crédit et un permis de conduire à une autre fausse adresse. Jack savait que le numéro 29A sur Mott Street correspondait aussi à un sous-sol clandestin des On Yee. Il fut surpris de voir que Lucky avait utilisé son vrai nom, « Tat Louie », sur les cartes de crédit.

Il y avait également trois petites pilules rouges dans un sac de congélation et des clés sur un porte-clés Cartier. Il portait une Rolex Oyster, des lunettes Armani et une grosse chaîne en or avec un médaillon rond sur lequel était gravé le mot *fook*, « chance ».

Il avait déjà le médaillon autrefois, à l'époque où ils étaient comme des frères.

La chance de Tat a tourné.

Ils avaient aussi récupéré son téléphone portable, le même que ceux du Malaisien, de Kong et de Cham. *Certainement fournis par l'organisation On Yee,* songea Jack.

Le dernier objet détonnait par rapport au reste : une montre noire Rado pour femme, retrouvée dans la poche intérieure de sa veste. Son numéro de série était consécutif à ceux des montres des frères Jung.

La fusillade concernait les montres, et de l'argent, a priori.

Jack contempla le corps inconscient de Tat et songea à quel point la vie de son ancien ami était du gâchis. *Des voyous qui se pavanaient avec leurs tatouages et leurs pistolets, des billets plein les poches. Mais aucun d'eux n'avait jamais eu d'avenir. Leurs jours étaient comptés à partir du moment où ils avaient opté pour ce train de vie, pour l'argent facile.*

C'est ainsi que ça finit pour toi ? Maintenu artificiellement en vie simplement parce qu'on espère obtenir ton témoignage ?

Lucky et ses hommes avaient été attaqués pour des questions d'argent. Des bandes différentes, des objectifs différents. Rien de surprenant là-dedans, ça arrivait tout le temps dans le monde des gangs.

Tu as quelque chose à ajouter à ça, Tat ?

Il n'escomptait pas que Tat soit d'une grande aide, mais se força à rester encore un peu. Dans la pièce silencieuse, il regarda sa poitrine se soulever légèrement et écouta les bips réguliers des machines qui battaient mécaniquement les rares souffles de Lucky Louie.

En attendant, Jack vérifia les numéros de série des montres auprès du centre de prévention des risques de Rado. On l'informa qu'elles provenaient de la région de Hong Kong et faisaient partie du lot qui avait été volé dans le quartier de Sheung Wan.

Jack n'était pas surpris qu'elles se soient retrouvées à Chinatown.

Il s'apprêtait à appeler Hong Kong avant de se rendre compte que c'était le milieu de la nuit là-bas et que le service de renseignement était certainement fermé. Il retourna donc à Sunset Park pour prendre une douche et se changer. Dans le miroir de la salle de bains, il vit que les cicatrices sur sa poitrine et son avant-bras guérissaient bien. Ce ne fut qu'à ce moment-là qu'il se souvint qu'Ah Por l'avait touché à ces endroits quand il était allé la voir, *avant* qu'il ne soit blessé, alors qu'il avait cru qu'elle s'emmêlait les pinceaux.

Elle savait déjà.

Il irait la voir à nouveau, dès que cette affaire serait réglée.

À 21 heures, il téléphona à Hong Kong. En s'appliquant à parler son meilleur cantonais de Chinatown pour la police royale de Hong Kong, il obtint confirmation, officieusement, que le braquage orchestré par le Cercle Rouge avait rapporté deux cent cinquante mille dollars à la triade.

Il avait causé la mort de six personnes à Chinatown.

La parole des morts

Quand il retourna à la 0-5, une grande enveloppe à son nom l'attendait. Le capitaine l'avait signée et laissée sur le bureau où Jack travaillait sur l'affaire.

C'étaient les rapports d'autopsie, une épaisse liasse de feuilles et de photos ; six comptes rendus médicaux, un pour chaque victime.

À l'exception du vieil homme, les corps présentaient des tatouages de gang. Ça ne surprenait pas Jack. Il savait qu'ils appartenaient à la Ghost Legion, *gwai*, la bande de Lucky. Tat, Cham et le grand Kong avaient tous le mot chinois pour « fantôme » sur le biceps gauche, en référence au nom de leur gang. Les tatouages étaient à l'encre noire, mais dans des typographies et des styles différents.

鬼

gwai

Ce qui intéressait Jack, c'étaient les tatouages des autres types : les frères Jung et Koo Kit. Chacun avait une étoile rouge de la taille d'une pièce de monnaie tatouée dans le dos, juste en dessous de l'épaule droite. *Une étoile à huit pointes.* De vieux tatouages, vu la façon dont l'encre s'était ternie.

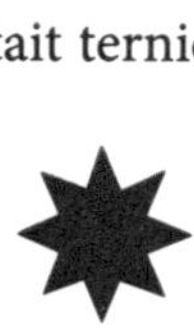

Aucun d'eux n'avait le mot « fantôme » sur la peau.

Mais ils appartenaient tous aux Ghost et avaient certainement des antécédents judiciaires. Jack savait que leur casier allait révéler leur vrai visage.

Le médecin légiste avait laissé en commentaire que des traces d'alcool et d'ecstasy avaient été décelées dans les organismes de Lucky et de ses hommes. Là encore, rien d'inhabituel.

Il était également précisé que des résidus de poudre avaient été trouvés sur la main gauche de Cham. *Lefty*, le « gaucher ». Les autres étaient tous droitiers.

Jack songea que c'était un miracle qu'aucun civil n'ait été blessé. *Pour ça, on peut remercier la tempête.*

Les rapports croisés du médecin légiste et de la police scientifique listaient les causes des décès, *quoi* ou *qui* à l'origine de la mort, et évoquaient les scénarios possibles de ce qui s'était passé.

Ils avaient relevé les correspondances entre les empreintes sur les douilles et celles des différents protagonistes, tirant le tout au clair.

Balistique et criminalistique

Mis à part Lefty – Cham –, les tireurs avaient tous été touchés par plusieurs balles. Lefty avait succombé à une balle fatale provenant du Magnum de Joey Jung. Elle lui avait perforé la poitrine et explosé la moitié du cœur à travers son dos.

Kong, le grand Malaisien, avait été atteint par huit balles de quatre armes différentes ; deux dans la poitrine du 9 mm de Jimmy Jung et deux autres dans le ventre du calibre 380 de Koo Kit. Joey Jung lui avait amoché la hanche droite à deux reprises avec son Magnum calibre 357 mais c'était une paire de balles subsoniques de calibre 22 qui avait achevé le grand gaillard.

Les deux 22 dans l'œil droit.

Les balles avaient été extraites du crâne de Kong, où elles avaient réduit en bouillie la moitié de sa cervelle avant de se fragmenter, aplaties contre l'os.

Jack imagina la scène, reconstituant les échanges de tirs dans son esprit, les types à l'étoile tatouée d'un côté et les hommes de Lucky de l'autre. Tout s'était produit si vite que Tat n'avait même pas eu le temps de dégainer son arme. *Trente secondes, moins d'une minute.*

Jack vit l'enchaînement des événements entraîner malgré eux les gangsters, comme des marionnettes. *Qui a tiré en premier ?* Ils n'avaient retrouvé aucun témoin oculaire. *Attendre que Tat parle ? Si jamais ça arrive un jour ?*

Les frères Jung avaient tous deux été victimes des tirs à la volée du fusil de Kong, mais c'était surtout Jimmy qui en avait fait les frais. Une douzaine de balles lui avait frappé la poitrine et transpercé le cœur.

Joey Jung avait été touché par trois balles du fusil, mais c'étaient les deux tirs à la tête du 9 mm de Lefty Cham qui l'avaient tué. Hormis le profil droit, il ne ressemblait désormais plus à son frère.

Koo Kit avait essuyé des tirs de 9 mm dans l'épaule et la jambe gauches, certainement canardé par Lefty lorsqu'il s'était engouffré dans l'allée. Il était arrivé à mi-chemin de Doyers Street quand quatre balles subsoniques de calibre 22 l'avaient frappé dans le dos et atteint son cœur par l'arrière.

Des calibres 22. Ils avaient trouvé deux balles intactes.

Jack revoyait le corps gisant près du tournant du passage.

Le médecin avait noté que toutes les balles de calibre 22 avaient pénétré le corps par le bas, comme si l'assaillant avait été à genoux ou qu'il avait tiré de la taille. Comme aucune douille de ce calibre-là n'avait été découverte, Jack en déduisit que les balles provenaient d'un revolver.

Dans ce tableau, il manquait donc une arme de calibre 22 et un tireur en cavale, à l'origine de deux homicides et d'un coma.

La mort du vieil homme, Fong, ne relevait pas d'un homicide. Enfin, si c'était le cas, ils ne parviendraient jamais à le prouver. Le médecin légiste avait diagnostiqué une crise cardiaque comme cause de décès. Mort sur le coup, un brusque arrêt du cœur. *Il ne saura jamais ce qui l'a frappé. Mieux valait une mort rapide qu'une lente agonie.* Qui était le responsable ? *Dieu ?*

Après avoir refermé l'enveloppe, Jack appela le QG, puis le bureau du sud de Manhattan.

Le plus précieux

Bo était déçue que Sai Go ne soit pas venu cette semaine-là. Elle avait apporté une boîte de *don tot*, des tartelettes aux œufs, et prévoyait de l'emmener au Golden Unicorn prendre un *yum cha*, un thé. Il était sûrement à nouveau parti en voyage avec ses amis.

Quand deux hommes d'affaires passèrent la porte, elle se dit que c'étaient des clients sans rendez-vous, même si elle n'avait jamais vu auparavant de costumes-cravates au New Canton. *Un Chinois et un homme blanc*, qui scrutaient discrètement les lieux. Soudain, le Chinois demanda à voir le propriétaire, et Kiki lui fit signe, la mine curieuse.

Ils parlèrent à voix basse et, après quelques instants, tous les trois regardèrent Bo.

Celle-ci craignit aussitôt qu'il ne s'agisse d'employés des services de l'immigration. Quelqu'un l'avait dénoncée et ils étaient venus pour la renvoyer en Chine ou lui extorquer de l'argent.

Elle n'en crut pas ses oreilles quand le Chinois lui expliqua être avocat, un ami de Sai Go. Le Blanc, d'après cet avocat, travaillait pour une compagnie d'assurances. Ils avaient des papiers à lui faire signer et des choses à lui remettre.

L'avocat chinois, du nom de Lo Fay, lui annonça que Sai Go avait succombé à une crise cardiaque.

Bo tressaillit, submergée de chagrin. La calebasse en jade et le talisman Guan Yu n'avaient pas suffi.

— Vous êtes la bénéficiaire de sa police d'assurance-vie et d'après son testament…

Elle se mit à sangloter et Kiki passa un bras autour d'elle pour la réconforter.

— Cinquante mille dollars…

Elle entendit les mots comme de loin, par fragments, incapable de saisir les chiffres. Elle se remémora la dernière visite de Sai Go, quand il lui avait offert le ticket de pari. *Il avait un sourire aux lèvres.*

Elle tremblait de manière incontrôlable entre ses larmes et ne parvenait à songer à rien d'autre qu'à ses proches en Chine.

— Il n'avait pas de famille.

Elle eut honte de penser tout de suite à rembourser les têtes-de-serpent, mais la générosité de Sai Go lui donnait un nouvel espoir. Elle allait peut-être enfin pouvoir faire venir sa fille et sa mère en Amérique.

— Le cimetière d'Evergreen Hills, disait Lo Fay, dans la nouvelle parcelle réservée à l'association Fong.

Kiki lui conseilla de rentrer chez elle afin de se reposer et de faire son deuil en privé, mais Bo insista pour finir sa journée.

Elle se jura de rendre hommage à Sai Go dès le lendemain matin, au cimetière. Et se promit d'aller balayer sa tombe chaque printemps au *ching ming* – le jour du souvenir – et à la date anniversaire de sa mort, pour le restant de sa vie.

À la fin de la journée, un vieux Chinois vint au salon et tendit un paquet à Bo en disant que ça venait de son ami Fong Sai Go. Elle le remercia et il repartit. Après avoir retiré le papier de mah-jong brun qui servait d'emballage, celui en général utilisé par les anciens pour couvrir la surface de jeu, elle découvrit une boîte en acajou verni ornée sur le dessus d'un symbole du double bonheur en nacre. À l'intérieur se trouvait la plaque dorée qu'elle avait donnée à Sai Go il y a longtemps. Sous le talisman, elle vit une grande *lai see* rouge, une enveloppe d'argent porte-bonheur.

Elle était épaisse. Elle l'ouvrit et découvrit des liasses de cent dollars, bien rangées. *L'argent porte-bonheur d'un homme honorable qui avait manqué de temps.* Elle remit le tout en vitesse dans la boîte et quitta le salon.

Dehors, la soirée était noire et froide. Elle pleura sur le trajet vers chez elle, de chaudes larmes balayant miséricordieusement la détresse qui avait nimbé son cœur.

Renseignements

En s'adressant à la brigade antigang, Jack eut accès aux données informatiques relatives aux caïds de Chinatown.

La bande de Ghost dirigée par Lucky avait fait l'objet d'un certain nombre de poursuites qui avaient été pour la plupart abandonnées ou classées sans suite. *Violence, vols, cercles de jeux clandestins, possession de substances illicites et ports d'arme illégaux. Suspectés de plusieurs agressions et homicides.* La rumeur courait que les On Yee avaient de bons avocats blancs à leur service. Sachant cela, Jack approfondit ses recherches. Sous « Tatouages et signes distinctifs », il tapa « étoile rouge ».

Le gang des Stars s'afficha sur la page, une douzaine de portraits d'adolescents chinois. Les Stars étaient considérés comme l'un de ces nombreux petits gangs, les rejetons plus jeunes et refoulés par les sociétés établies de Chinatown, qui se disputaient les territoires en marge d'East Broadway avant l'arrivée des Ghost et des Fukiénois.

Comptant à peine une vingtaine de membres, les Stars n'avaient que des antécédents mineurs : mauvaise conduite, menus larcins, tentatives d'agression, méfaits criminels – pas grand-chose à côté des délits commis par les Ghost de Lucky.

Peut-être qu'ils ne s'étaient juste pas fait coincer pour les trucs plus graves ?

Peu après 1989, leurs activités avaient cessé. Les mandats contre leurs chefs n'avaient jamais rien donné. *Comme s'ils s'étaient volatilisés.*

Alors qu'il faisait défiler les résultats, les frères Jung apparurent, en plus jeunes. Ils avaient six ans de moins, à en croire la date sur les photos. Ils avaient été interpellés pour délinquance et menaces. Les circonstances n'étaient pas précisées et les poursuites abandonnées lorsque les plaignants avaient décidé de ne pas donner suite.

D'autres membres des Stars avaient également été appréhendés sans jamais être inculpés.

Un des membres du gang attira l'attention de Jack : Keung Ng, dit « Eddie », mesurant un mètre quarante. Petit. Son casier de mineur lui apprit qu'il avait été arrêté pour des actes de délinquance et pour avoir tagué des étoiles rouges à l'intérieur d'un entrepôt chinois. Il y avait déclenché une alarme silencieuse. Il avait aussi été poursuivi pour effraction même si on n'avait pas réussi à déterminer comment il s'était introduit dans les lieux.

Toutes les portes et fenêtres étaient toujours fermées à clé quand les flics avaient débarqué.

Sous « Signes distinctifs », le dossier indiquait qu'il avait un tatouage de singe sur le poignet gauche, comme dans le dessin animé *Georges le petit curieux.*

Enfin, l'adresse donnée par le petit Keung – alias Eddie – était 98 East Broadway, la même que celle de Koo Kit, le type qui était mort d'une balle dans le dos. Jack en déduisit que Little Eddie était impliqué dans ce qui s'était passé dans l'allée. *Les balles vicieuses de calibre 22, tirées en contrebas.*

Ngai jai dor gai, ironisa Jack – les petits sont sournois. Les Chinois disent que les petits sont plus intelligents parce que leur cerveau est plus proche du sol et qu'ils ont donc les pieds sur terre.

Jack imprima les portraits du dossier de Keung Ng, ou Eddie.

Avocat Loot-see

Lo Fay, l'avocat, était assis derrière une vieille table en métal dans son petit bureau sans fenêtre. Il avait les cheveux peignés en arrière et parlait à travers un sourire en biais.

En l'écoutant, Jack le considéra comme l'avocat véreux qu'il était.

— Il était mourant, dit Lo Fay en parlant de Fong Sai Go, son client et ami. Comme il n'avait personne d'autre à qui le laisser, il pensait que le donner à cette femme était ce qu'il y avait de mieux à faire.

— C'était un homme honorable ? suggéra Jack. Il voulait faire quelque chose de bien ?

— Exactement, confirma Lo Fay sans se départir de son sourire en coin. Elle était gentille avec lui.

Jack lui adressa un regard entendu.

— Que faisait M. Fong dans la vie ?

— Avant, il était serveur.

— *Avant ?*

— Il a pris sa retraite il y a pas mal d'années.

— Et donc ? Il bénéficiait d'une pension ou quoi ?

— Je n'en suis pas sûr.

Jack se pencha en avant et dit doucement :

— Et l'arme qu'il possédait ?

— Ça, j'en sais rien, dit Lo Fay en perdant le sourire.

— Pourquoi à votre avis un vieil homme comme lui garderait un revolver sur lui ?

— Aucune idée. Peut-être qu'il ne faisait pas confiance à la police.

Jack sourit légèrement, serra le poing et se frotta les phalanges.

— Pourquoi *exactement* avait-il fait appel à vous ?

Lo Fay inspira avant de répondre de manière détachée :

— Pour rédiger son testament et pour gérer son assurance-vie.

Jack attendit qu'il poursuive.

— Il voulait que je m'occupe des démarches d'immigration pour elle. La paperasse, tout ça.

— Et vous avez un chèque qui atteste qu'il vous a rémunéré pour ces services ? enchaîna Jack.

— Je ne cherche pas les ennuis, détective, dit l'avocat en détournant le regard. Il m'a payé en espèces.

— À la chinoise.

— *Tout le monde* préfère le liquide, rétorqua Lo Fay. C'est ainsi que ça se passe en Amérique.

— Et vous travaillez pour l'Association ?

— Ne vous méprenez pas. Je ne gère que les comptes de l'Association en rapport avec les funérailles.

— Je vois, les affaires de décès, répondit Jack sur le ton de la connivence. C'est toujours compliqué.

— Il y a beaucoup de formalités administratives quand quelqu'un meurt.

— Comme *qui* reçoit *quoi* ?

— Comme *qui* assure la suite, *qui* perpétue la mémoire de l'esprit, rectifia Lo Fay.

— *L'esprit ?* tiqua Jack.

— Il faut prendre en compte la tradition chinoise, ajouta l'avocat. L'au-delà est tout aussi important.

Jack pensa à la mort de Pa et au cimetière d'Evegreen Hills. Il se pencha vers le charlatan et lui dit sans détour :

— Et vous, vous savez ce qui se passe dans l'au-delà ?

— Eh bien non. Mais on doit considérer la mort avec optimisme.

Optimisme ?

Les deux hommes gardèrent le silence un moment ; l'entretien était arrivé à son terme, la tension était palpable.

Jack secoua la tête avec dédain en quittant le bureau de Lo Fay. Il repensa aux décès de la famille Kung, au meurtre atroce du livreur, Hong, aux corps gisant à côté du centre de paris, et ne vit aucun optimisme dans la mort.

Au contact du Mal

On aurait dit que les deux montres trouvées sur les frères Jung étaient synchronisées, affichant la même heure à dix secondes près. L'un des frères les avait sûrement réglées toutes les deux.

La Rado que Lucky avait dans sa poche s'était figée sur 4 h 44 cet après-midi-là. *Les pires chiffres imaginables pour un Chinois*, songea Jack. La chance avait vraiment tourné pour Lucky.

Jack décida d'emporter les montres, curieux de savoir ce que la vieille femme en dirait.

La balle cuivrée provenait d'un long fusil de calibre 22, une balle rapide généralement utilisée en compétition. Jack ferma le poing dessus et la secoua. La petite pièce en métal ricocha sous ses doigts. *Elle ne pèse presque rien*, constata-t-il. À peine plus grande qu'un grain de *nor may*, de riz gluant, elle avait pourtant causé la mort de deux personnes et plongé Lucky dans le coma.

La vieille sage

Il trouva Ah Por au centre d'accueil pour personnes âgées, assise sur un banc près des volontaires qui finissaient de servir le gruau.

Il lui montra d'abord les montres. Elle les leva à la lumière et fronça les sourcils devant les cadrans noirs rectangulaires. *Noir. Le mauvais sort, trois fois,* devait-elle penser. Elle dit rapidement : « *Gee sin* » et agita sa main libre devant elle, comme si elle s'éventait. *Gee sin*, éventail en papier. *Une nouvelle piste obscure,* songea Jack. *Un éventail en papier ?* Il se retint de la questionner et reprit les montres.

Il sortit la balle de calibre 22 du sac en plastique et la lui tendit.

Ah Por frotta la petite balle dans sa paume, puis la soupesa doucement. Elle plia ses doigts noueux dessus et serra le poing. Les yeux fermés, elle secoua légèrement la tête, comme si elle était surprise.

— *Ma lo*, prononça-t-elle distinctement, et cette fois il parut clair à Jack qu'elle voulait dire « singe ».

« Mauvais singe », comme il avait cru l'entendre la première fois et en était désormais certain. Keung Ng, ou Eddie, était le tireur manquant.

Jack remercia Ah Por, glissa un billet de cinq dollars dans sa main calleuse, puis sortit du centre d'accueil en traversant la foule de têtes grises.

Suspect recherché

De retour à la 0-5, Jack se replongea dans les dossiers des renseignements concernant les gangs et entra le nom, la photo et les tatouages d'Eddie dans le moteur de recherche qui allait ratisser électroniquement des millions d'images à l'affût d'un singe malin.

Compassion et amour

Bo attendait sur Mott Street que le temple de Bouddha ouvre ses portes. À l'intérieur, un chant enregistré s'élevait de derrière la grande statue en bois de la déesse de la Compassion. Bo fit brûler de l'encens, s'agenouilla devant la divinité et récita les prières pour Sai Go qu'elle avait déjà dites pendant la nuit.

En repartant, elle s'inclina devant la statue de Guan Yu, dieu de la Guerre, et ressortit dans Mott Street en retenant ses larmes.

Visage blanc

Jack regarda les officiers fermer tous les établissements de jeux identifiés sur Mott, Bayard et Pell Street, ainsi que les salles de mah-jong, les salons de massage et les clubs de karaoké.

L'OCCB – le bureau de lutte contre le crime organisé –, soutenu par les policiers, les agents de l'ATF – la lutte contre les trafics d'armes, de tabac et d'alcool –, ainsi que les services des douanes et de l'immigration firent une descente aux QG des On Yee, des Hip Ching et des Fuk Chow.

Malgré les protestations des avocats blancs de renom qui défendaient les intérêts des associations, les policiers arrêtèrent tous les Ghost qu'ils purent, ainsi que des Dragons et des Fuk Ching pour compléter l'opération. Les gangsters, d'habitude si fiers, eurent droit à une arrestation publique devant les journalistes, têtes baissées pour se cacher des caméras, essayant d'éviter l'humiliation suprême de perdre la face.

Les forces de l'ordre perquisitionnèrent les appartements, les sous-sols et les entrepôts de Chinatown à la recherche de produits de contrebande : imitations de sacs de marque, logiciels informatiques, montres, cassettes et contrefaçons de cigarettes. Les agents de la voirie firent embarquer les grosses cylindrées des bandits.

La 0-5, soutenue par toutes les strates des forces de l'ordre, envoyait un message clair aux tongs et aux gangs de la circonscription, leur signifiait par la voie musclée que les agents du NYPD ne toléreraient pas la violence gratuite qui avait jeté l'opprobre et une pluie de critiques sur leur brigade.

Les flics n'en ont pas grand-chose à faire que les gangsters s'entretuent, savait pertinemment Jack, *ce n'est qu'une question de politique. Quand l'affaire se tassera, tout reprendra comme avant.*

Les quotidiens publièrent des photos des saisies de contrebandes et des arrestations publiques pour montrer que la police avait durci sa ligne et gardait le contrôle de Chinatown.

Les haut placés du NYPD restèrent prudents dans leurs déclarations, toujours méfiants envers les médias versatiles.

Le capitaine Marino appela Jack et le remercia personnellement pour son aide, lui souhaitant une bonne continuation à la 0-9.

L'*United National*, le plus vieux journal de Chinatown, salua la collaboration des associations avec les forces de l'ordre et leurs efforts pour rendre le quartier plus sûr. Dans son éditorial, Vincent Chin souligna le besoin d'officiers de liaison au sein de la communauté chinoise et d'employés municipaux bilingues dans les antennes locales.

Le *New York Post* titra : « Le NYPD agit pour mettre un terme à la violence des gangs et sévit contre les tongs de Chinatown. »

Le *Daily News* imprima dans ses pages des photos des victimes en les décrivant comme « les hommes de main modernes des nouvelles guerres de gangs ».

La rubrique des faits divers du *Times* diffusa le portrait de Keung Ng, alias Eddie, suspect recherché par les hommes de la Cinquième Circonscription.

Jack savait qu'il faisait référence aux détectives Hernandez et Donelly.

Bai san, rendre hommage

Le 18 janvier, c'était l'anniversaire de Pa. Jack se rendit seul au cimetière, en apportant un plant de cinéraire maritime qu'il avait acheté chez le fleuriste Fa Fa. Un manteau blanc enveloppait tout, des tas de neige s'étaient accumulés autour des vieilles sépultures. Les pierres tombales étaient recouvertes d'une couche blanche qui fondait déjà sous le soleil matinal, des filets d'eau ruisselant vers la terre gelée.

Debout face à la pierre grise de Pa, Jack scruta les alentours, plongés dans une ambiance feutrée et entourés d'une aura mystérieuse. De l'autre côté du cimetière, sur une butte qui faisait partie de la nouvelle section chinoise, il repéra une femme en train de sortir des objets d'un grand sac. La silhouette solitaire disposait des pots rouge vif de poinsettias sur une pierre tombale brune récente, seul mouvement en ces lieux silencieux revêtus de neige blanche et de conifères.

Des flammes vacillèrent dans un grand seau en fer lorsqu'elle attisa le feu avec des poignées de feuilles de taels dorées et argentées, de la fausse monnaie ancienne chinoise. Une voiture en carton rouge disparut dans la fumée, après la liasse d'un million de dollars d'argent des morts. Des talismans en papier de dieux chinois furent immolés, des *bot gwas* de différentes formes et couleurs.

Même au loin, sous les rayons obliques du soleil, Jack vit qu'elle pleurait tout en récitant des prières.

La scène le rendit encore plus triste.

Il se tourna vers la tombe de Pa et plaça ses pots de fleurs dans la neige, de part et d'autre de la sépulture. Les feuilles grises aux minuscules fleurs blanches mettaient en valeur la pierre tombale. Passant les doigts sur les mots chinois gravés dessus, il réfléchit à de bons souvenirs mais se rappela simplement Pa comme un homme travailleur, loyal envers ses amis.

Il brûla l'encens et planta les fines tiges.

Il s'inclina trois fois.

Sans un mot, il sortit la flasque de sa veste et la déboucha. Il fit couler par terre un mince filet de *mao tai* qui creusa une ligne dans la neige. Puis il en but une lampée avant d'exprimer à nouveau les adieux qu'il n'avait pas eu l'occasion de faire de son vivant.

— Désolé, Pa, dit-il doucement. J'espère que tu es heureux là-haut.

Il vida la flasque et recula.

Après s'être à nouveau incliné, il sortit un paquet de feux d'artifice de sa poche, tandis que la tristesse nichée dans son cœur lui faisait monter les larmes aux yeux. Il alluma son briquet et approcha lentement la flamme vers la mince mèche argentée.

Le staccato des feux d'artifice était amplifié par les explosions de pétards et le raffut des articles pyrotechniques alors que la cohue du Nouvel An envahissait Chinatown.

L'année du Cochon s'était glissée dans les ailes gelées du faucon et installée sur les restes de neige et de gadoue. Les feux d'artifice généraient des nuages de fumée gris-bleu au-dessus de la foule qui piétinait le tapis de poussière rouge dans les rues venteuses.

Jack perçut l'odeur corrosive du soufre et des cendres, sentit la poudre dans l'air froid alors que la troupe de danseurs du lion aux costumes colorés tournoyait au milieu des pétarades. Ils se laissaient porter par le tambourinement des gongs et des cymbales, suivant l'hymne guerrier qui s'élevait des grosses caisses en bois et chassant les esprits maléfiques qui infestaient Chinatown.

Les explosions tonnaient dans l'air enfumé, dopant les danseurs pleins d'énergie qui tapaient du pied dans la neige au rythme effréné des percussions. Les gongs plaintifs et les cymbales rauques stimulaient la foule, provoquant d'autres pluies de feux d'artifice.

Les têtes de lion crachaient du feu, des éclairs blancs de lumière sous les décorations dorées, vertes et rouges qui illuminaient le quartier. Des images de cochons dorés occupaient toutes les vitrines.

Devant le Tofu King, Alexandra, vêtue d'une veste matelassée rouge *meen nop*, se tenait à côté de Jack, s'imprégnant de cette ferveur festive alors que Mott Street se remplissait de gens et devenait impossible à traverser.

Les clubs de kung-fu se produisaient tout autour d'eux, faisant tournoyer les têtes de lion multicolores vers les traditionnelles enveloppes rouges de dons que leur tendaient les commerçants.

Billy Bow se servit de son gros cigare pour allumer un tapis de pétards dans la rue.

Un long dragon doré, monté sur des bâtons, serpenta devant eux, suivi par deux licornes argentées.

Partout, une étendue rouge vif.

Des bandes de pétards de six mètres, pendues en haut des escaliers de secours, détonèrent en un final assourdissant, suscitant les acclamations et applaudissements de la foule.

Le Nouvel An célébrait les liens familiaux et représentait un nouveau départ. *Régler ses affaires, ses dettes, ranger sa maison, faire la poussière, acheter des vêtements neufs.*

Le Cochon était le douzième signe, le dernier du cycle lunaire, l'animal au cœur le plus pur et le plus généreux de tous. Le Cochon était loyal, chevaleresque et croyait aux miracles. L'année était placée sous le signe de l'honnêteté, de la force d'âme et du courage.

À Colombus Park, des volontaires avaient déblayé la neige et une immense tente avait été installée pour le marché aux fleurs du Nouvel An lunaire.

Les associations de bienfaisance parrainaient des acrobates chinois et proposaient des démonstrations d'arts martiaux dans leurs salles de réunion. À cause de la neige, la parade de la Lanterne serait un peu plus courte que d'habitude, accompagnée par la fanfare de l'école chinoise.

L'association On Yee finançait un spectacle de la troupe de l'opéra cantonais au théâtre Sun Sang, faisant vivre la communauté à travers ces festivités célébrant tradition, culture et famille.

Le NYPD avait bloqué les rues principales avec des barrières en métal et réservé des axes stratégiques à la circulation des véhicules de police. Des agents rémunérés en heures supplémentaires assuraient le maintien de l'ordre ; la plupart se bouchaient les oreilles avec du coton, plissaient le nez et retenaient leur respiration sous la fumée âcre.

Cette fête, ce Nouvel An du Cochon, ne leur parlait pas.

Jack repéra Jeff Lee dans la foule près de Pell Street, en train de jeter des pétards vers une paire de têtes de lion. Le fait de savoir que c'était le singe, Eddie Ng, qui avait dévalisé le bureau de Jeff sur Pike Street, trottait dans la tête de Jack.

Voir Jeff lui rappela que ce petit futé d'Eddie courait toujours. Jack avait alerté les différentes entités des forces de l'ordre en espérant que le *ma lo* n'avait pas encore quitté le pays.

Jack tendit le visage vers le ciel bleu et sentit les rayons chauds du soleil hivernal. Autour de lui, la foule bourdonnait alors que d'autres pétards retentissaient et Alexandra se blottit contre lui.

Il savait que, *tôt ou tard,* la trace d'Eddie réapparaîtrait.

En attendant, le soleil de janvier lui faisait du bien et Alex lui apportait du réconfort, ouvrant le champ des possibilités en cette nouvelle année porteuse de force d'âme, de courage et de chance…

LA PREMIÈRE ENQUÊTE DE JACK YU DISPONIBLE EN POCHE !

Le portrait sombre du quartier chinois à New York que
lupart d'entre nous… n'ont probablement jamais vu. »

Herbert H. Lieberman

POINTS

RÉALISATION : NORD COMPO À VILLENEUVE-D'ASCQ
ACHEVÉ D'IMPRIMER SUR ROTO-PAGE
PAR L'IMPRIMERIE FLOCH À MAYENNE
DÉPÔT LÉGAL : MARS 2021 (97804)
IMPRIMÉ EN FRANCE